教育部人文社会科学重点研究基地
黑龙江大学俄罗斯语言文学与文化研究中心

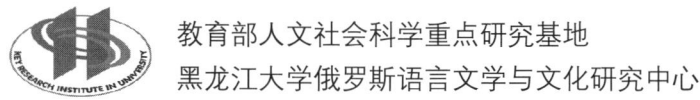

俄罗斯文学经典的语言艺术

王加兴　著

2017年·北京

图书在版编目（CIP）数据

俄罗斯文学经典的语言艺术 / 王加兴著. —北京：商务印书馆，2017
ISBN 978-7-100-14336-3

Ⅰ.①俄⋯ Ⅱ.①王⋯ Ⅲ.①俄罗斯文学－文学语言－研究 Ⅳ.①I512.06

中国版本图书馆 CIP 数据核字（2017）第 141330 号

权利保留，侵权必究。

俄罗斯文学经典的语言艺术
王加兴 著

商 务 印 书 馆 出 版
（北京王府井大街36号 邮政编码100710）
商 务 印 书 馆 发 行
北 京 冠 中 印 刷 厂 印 刷
ISBN 978-7-100-14336-3

2017年10月第1版	开本 787×960 1/16
2017年10月北京第1次印刷	印张 19 3/4
定价：48.00元	

目　录

修辞艺术与修辞分析……………………………………………白春仁　i

一　作者形象篇

作者形象在俄国文学史上的两种基本表现形式……………………… 3
俄国经典作家讲述体中的作者形象…………………………………… 17
从语层结构看《人的命运》的作者形象……………………………… 30
从作者形象看普希金对换说辞格的贡献……………………………… 40
析阿赫玛托娃早期诗歌创作中的"象征"手法……………………… 56

二　人物语层篇

《智慧的痛苦》人物语言的口语化特征和诗律特色………………… 69
《钦差大臣》人物语言的两重性……………………………………… 106
《死魂灵》主人公乞乞科夫的语言特色……………………………… 116
《父与子》的对话艺术………………………………………………… 127
《樱桃园》人物语言管窥……………………………………………… 137
《日瓦戈医生》人物语言浅析………………………………………… 147

三 作者语层篇

从语义场理论看抒情诗《致恰达耶夫》 …………………………… 163
爱情诗篇《致凯恩》的修辞特色 ………………………………… 174
《叶甫盖尼·奥涅金》中的换说辞格和语义古词 ………………… 182
《死魂灵》的比喻手法 …………………………………………… 206
《猎人笔记》的语言风格 ………………………………………… 218
抒情诗《冬夜》的艺术特色 ……………………………………… 230

四 作家语言篇

果戈理笔下人物姓名的修辞特性 ………………………………… 241
谢德林笔下的"伊索式语言" …………………………………… 249
契诃夫作品的标题艺术 …………………………………………… 255
契诃夫小说的对比手法 …………………………………………… 261
阿赫玛托娃诗歌的艺术风格 ……………………………………… 269

附录 俄国文学名著注释本对汉译的重要参考作用 ……………… 287
主要参考文献 ……………………………………………………… 298
后记 ………………………………………………………………… 302

修辞艺术与修辞分析

白春仁

分析文学作品的修辞，却又透露着理论的意味，这是此书作者的自觉追求，也是我翻阅之后得到的实际印象，可以说构成了一本书的特色，或者说是它面世的价值所在。爱好和研究俄国语言、文学、文化的人们，听到作者的娓娓道来，会在早已熟悉的俄国名家的艺术世界里，获得一个又一个的新发现。没想到耳熟能详的故事里，竟如此别有洞天，一个个精致的技巧创造着一层层深邃的意蕴。不懂俄语的文学研究家，自然会关注另外一些问题：文学修辞指的是什么，涉及作品的哪些方面和范畴，怎样来体现民族文化的特色，采用了怎样的分析视角和方法。一本实实在在的文本研究，给上述问题提供了具体、生动的答案。在偏好空论、不屑务实的现今学术氛围里，透过实例演绎出理念，尤其让人感到亲切。

从俄国的情形可以清楚看出，有怎样的文学便有怎样的文学理论，有怎样的文学理论也便有怎样的文学评论。文学的民族特色贯穿于创作、理论、品评三个方面，而创作即民族的文学生活是一切的本源。修辞作为文学的一个艺术侧面，同样不能例外。如何做修辞的分析，取决于有怎样的修辞理论；修辞理论是怎样的面貌，则源自文学创造了怎样的修辞艺术。作者学有专攻，十分熟悉俄罗斯文学。他的书反映了这方面研究的新鲜成果，因而给我们提供了一次极好的机会，可以一睹俄国文学修辞的特色，从修辞分析上溯到修辞理论，再追寻到修辞艺术。这意义当然要远远超过获取一些修辞品评的知识和经验。

文学作品的修辞，或者说文学的语言艺术，自 20 世纪 60 年代起在苏联迅速形成了一门独立学科。它不再依附于一般的语言修辞学，也不再寄身于文学形式研究的篱下。而独立门户的依据，就是摸索到了自己特有的研究对象和研究任务。这一发展趋向我认为具有普适性，传统丰厚的文学都会导引出自己的修辞理论。但这个普适性寓于历史性与民族性之中。这一学术思想在俄国的历史走向，大致可以概括为由片面到全面，由分解到综合。19世纪别林斯基等人的文学批评如同平地楼台，功不可没，但偏向思想意义和社会功能的一端。20世纪初的形式主义派，本意在为艺术正名，却又偏向了技术技巧的另一端。其后的研究家们，不论是立足于语文学（维诺格拉多夫），或是哲学美学（巴赫金），还是结构主义符号学（洛特曼），都有一个共同的追求就是在思想与艺术的高度统一中研究文学作品。分析思想，是透过艺术寓于艺术的思想；分析艺术，是生成思想深化思想的艺术。文学既然是用语言构筑的艺术，修辞也就不单是语言驾驭术，而是艺术建构术了。于是在文学修辞的领域里，出现了一系列新视角、新课题、新范畴、新观念。它们的目标归结起来，都是要揭示这种艺术建构的机制与功能。

看看这本书的目录，就能感受到独立的文学修辞学在视角和课题上迥然有别于普通的语言修辞学。进一步说，这里又彰显出俄国文学修辞学的独特性。最能代表这种独特性的课题，莫过于作者在这里着力展示的"作者形象"与"语层结构"了。下面我们想简略讨论一下这两个范畴对俄国文学何以具有特殊的意义。

先说作者形象。

俄国文学就文人创作而论，起步晚而起点高。欧洲文化的熏陶与民族文化的觉醒，珠联璧合，造就出19世纪的经典文学。普希金奠基了俄国文学，开创了规范俄语，同时达到了艺术的成熟。他的诗歌和小说双峰并峙，后人难以企及。不久后却又有陀思妥耶夫斯基的精深与托尔斯泰的博大交相呼应。除这三位文学巨人外，如果再加上汪洋恣肆的果戈理和珠圆玉润的契诃夫，19世纪俄国的现代小说艺术堪称是圆熟而且齐备了。正是在研究他们的创作时，20世纪的学者们发现，为了把握作品思想与艺术的精髓，必须到作品内部找出统领全局的纲，纲举则目张。于是研究者把目光聚焦在文本和审美活动的主体上。分析表明，对富有理性自觉和独创精神的作家们来说，他们作品的核心，不是风格，不是主题，不是主人公，而是作者潜移默化的存在，换言之是化解于作品，体现于文本中的作者。它的学名便设定为"作者形象"。理解这个范畴须要掌握两个要领。第一，它是贯穿在作品中的一种立场和观念，具体说是对作品艺术世界的评价态度和对语言艺术的取舍态度。因此这不是现实中的作者其人，也不是指作者其人（思想、个性、经历）投射到作品中的影子。我们通常说的"文如其人"，"作者经历与作品内容的关联"，同"作者形象"的概念完全是两回事，不可望文生义。第二，这个"作者形象"不是空泛的假设，而必须落实在文本上，有具体实质的表现可以捕捉，可以指证。我们爱讲"作者的立意""作者运筹帷幄""匠心独运"，说的正是作者统摄一切的作用。但这是感悟式的认知，并不需要文本来实证，所以同作者形象也是大异其趣。

　　作者形象说最先由维诺格拉多夫提出，后来得到巴赫金的支持，尽管两人的见解不尽相同。维诺格拉多夫从话语不可没有主体的事实出发，通过对大量名著的精辟分析，揭示出作者形象在俄国文学中的形成与发展过程，展现了这一范畴的普遍性和阐释力。巴赫金从审美的创作论出发，令人信服地证明，创作活动必然要将作者由现实生活带入到艺术世界里去，但这已是泾渭分明的两个世界了。作品中绝不可能没有作者在，但作者的存在不会显为人身，他化作了创造者的立场和功能。这一点我们不妨表述为贯通全篇的作者情态。进一步结论便不言自明了：理解作品就意味着准确把握其中的作者形象，如同牵牛要拉住牛鼻子一样。

　　提升人的地位，关注主体的作用和价值，在20世纪晚些时候的人文科学中不期而然地形成了一种引领趋向。这在语言学、文学理论、美学等诸多方面都有鲜明的表现。我国20世纪80年代对文学主体性的讨论，可说是借大潮流的声势推动了我们自己的一次独特的观念转变。作者形象论自然地融入了大潮流，才得以广为流布，成了研究家手里一个得力的工具。这本书就是很好的证明。一篇篇对作者形象的个例分析，把文本繁复的现象沟通到作者的核心，又从这核心辐射开来，烛照作者的用意。于是读者能在每一环节上具体而微地感受到作者的立场，作者的情志，作者的艺术匠心。这样，对作品的理解与感悟才说得上是登堂入室了。

　　当然，问题不在"作者形象"这个术语，不认同它也可换一种表述。关键是如实地揭示审美主体在作品中统摄全局的核心作用。这里的复杂性在于，研究文学作品的修辞需要创建一套系统的理论，也就是对文本修辞结构形成某种整体见解，然后在系统理论的框架里循序渐进地解剖作者形象。如果把作者形象这一概念孤立起来，别无依傍地随意去搜寻它的表现，那便从根本上违背了整体把握的初衷。也由于这个原因，我们在上文中强调：作者形象必须有它实际的表现方式，否则便失去了作为科学概念存在的价值。这样一个理论要务实且要落实的要求，对修辞学或诗学乃至一切艺术论来说，有着成败攸关的重要意义。

再说语层结构。

本书中的修辞分析，显然是以作品的语层结构为出发点的。而语层的区别，主要的是作者语层与人物语言的分野。人物语言的研究，落脚在人物性格的塑造上，作者语言的研究，则与挖掘作者形象紧密相关。在深入辨析语言主体的前提下，再来讨论一切其他的修辞问题。在这样一个思路或一种传统中，能看到怎样的学术特色呢？当现代语言学因专注语言体系而名声大振时，以话语文章为研究对象的传统语文学在俄国并没有落荒而逃。文论家不仅思考话语的艺术功能和修辞作用，而且提出要追寻话语之源，即考察社会上语言运用的实况，描写并分析各种话语类型。维诺格拉多夫就认为，在民族生活中形成并变化着的种种语型是文学语言之本，正如现实世界的人物是文学形象的根基和原型一样。离开民族语气象万千的话语，不掌握它们的类型层次，品评文学的修辞艺术便失去了客观的依据和历史的眼光。基于这种认识，记录、描写、分析社会话语实况在 20 世纪下半期的俄罗斯蔚然成风，为文学修辞研究拓宽了基础。与此同时，民族语的两种基本形式——独白与对话，从多种角度受到学者的关注。独白语富有个性特征，体现着语言的创造精神和艺术魅力，而对话语与生活状态密不可分，有着表现社会人生的巨大空间。凡此种种从语言实际到艺术观念上，把民族语、主体（作家）创造、文学作品三者贯通起来，形成了观察语言艺术的独特视角。

在俄国学术思想中，巴赫金的语言观从另一面也提升了语层结构在文本中的地位。在巴赫金看来，个人的话语就是他的生存形式。社会上三教九流的语言汇合为"杂语",就是一个民族、一个社会的生存状态。因此小说之再现生活,便体现为作品展示出五色斑斓的"杂语"。研究小说的内涵,首先就是研究作品中众多人物的独立声音以及他们的对话互动。从哲学本体论上强调语言对个人生存的重要性,顺理成章地引出对话是人类存在的基本方式,话语无不具有内在的对话性。研究话语却聚焦在个人独立的声音上,落实在独立声音之间的对话互动上,这在巴赫金看来也是一种语言学,由于事涉根本,可以称之为"超语言学"。独立声音的对话,既包含作品人物之间的互动,也包含作者与主人公之间的互动。既然作者通常假托形形色色的叙述人,不以自己真实面貌出场,叙述者与作品人物的对话关系便构成修辞学研究的一个重要课题。

"超语言学"把个人独立声音设为研究对象和观察单位,并不直接考察社会语型的结构与功能。但由于文学作品描绘的总是具体的人和具体的生活事件,作品展现的语型语层也总是具体个人的话语,传统语文学同"超语言学"在这里实际上重合或者说融合起来。在实例分析中可以清楚地看到,语型和语层的交错更替,实际上就是独立声音的交错更替,是艺术世界里人物之间矛盾纠葛的发展演变,是作品结构中各种成分在语义上的相互制约和相互影响。这样一来,语层分析整合了作品的几个主要方面,如语言运用、形象情节、意义底蕴等,最终还能在整合中显露出作者形象来。

小说艺术通常理解为叙事艺术,于是围绕叙述,围绕艺术世界如何与读者沟通,展开了对文本内部结构与外部联系的研究。最近几十年欧美兴起叙述学这一新学科,取结构主义分析文本深层结构之长,又以艺术交际观审视读者与文本的交流互动,实际上形成了一种新模式的文学修辞理论。而俄罗斯的文论,如我们上面所说,并没有衍生出这样的叙述学。同叙述相关的各种问题有很多,但都被纳入传统的理论体系中,有自己的解决之道。即便新兴的学理和视角,也多与传统的或自创的观念相结合,自然贴切地适合本民族文学的实际。比如结构主义和艺术交际观的思想,为洛特曼学派所吸纳,融入了他的文学符号学。又如阐释学思想在俄国呈现为巴赫金对话理论的一个重要环节。

看起来,大到整个文学理论,小到修辞手法研究,要能独到且又深刻,必定得扎根在民族的语言、民族的文学、民族的文化上。引进他人的理论,不能不弄清这理论与他人语言、他人文学、他人文化的源流因果关系，然后根据自己的需要和任务加以取舍、改造、融通，来补充和丰富自己的理论。这个过程就已经是自创的过程。要说俄国整个文化思想的发展，我们不敢妄断。单以语文学（语言、文学，或者扩大一些到相邻的人文科学）这一方面来讲，它的进步得益于借鉴他人，更得益于借鉴中的自创。我们目所能及的50年风雨变迁，洗去一时的表面的假象，足够清晰地显露出俄国学术的本色——爱人自爱。学者们从内心里敬重古代希腊罗马和拜占庭的文化，同样也非常珍视现代欧美的学术成就。而对于东方文化，尽管西方深知者不多，但学术界大都相当敬仰，怀有浓厚的兴趣，且向来力主东西方平等对话。尊重他人文化并且喜爱他人文化，来自真诚的人文精神和严谨的科学态度。正因为能爱人也才能自爱，不把自己降低为拾人牙慧的模仿者，而要独立地、创造性地发展自己的学术。大胆借鉴，立足创造，这可说是俄国著名人文学者的共同写照。

那么，特色鲜明的俄罗斯文学修辞在学理上是否还有普遍意义呢？问题缩小一些可以换种提法：俄罗斯文学修辞与汉语文学修辞是否有相通和可比之处呢？回答当然是肯定的。文学的思想内容在不同民族间能够沟通互融，自不待言。文学的形式构造在不同民族间同样有着基本相通的一面，也已是普遍的共识。具体来说，人文思维的机制，文学文本的结构基础，话语修辞的系统和层次，至少在俄汉两种文化之间可称是同构的，就是说有着共同的核心，共同的要素，共同的关联。问题是核心深藏在外壳之内，贯通于流变之中，不是一眼就可看透的，也不是凭偶然的一得之见就能把握的。毫无疑问的是，以人观己可让我们发现什么是共有的核心，什么是各自的特色；进一步比较又会发现人家的特色由来何处，于我有否补益。其中宏观和整体上的特点，基本观念和方法论上的特点，尤其富有启发的作用。比如作者形象之说引出一系列非常重要的问题：如何区分作品外与作品中的作者；诗文中作者的存在取何形态，怎样发挥作用；在创作过程中作者的审美活动如何把生活现实变为艺术现实；在作品结构之中作者又如何整合各个层面而统摄全局；如此等等。这一系列问题提醒我们，对文学作品只有感悟和陶醉是不够的，还要重视理性和实证的分析，要深入认识作品复杂的内在结构，考察作品结构形成与运作的机制和规律。一种学理如果能促使人们思考这样一些问题,恐怕也就是它的普遍意义之所在了。

最后谈一谈修辞分析。

文学作品的分析是多元的,这一点不言而喻。研究视角取决于研究目的,所以有对思想内容的分析,有对艺术的或对诗学的分析。这本书既然研究文学的修辞特色,当然属于艺术的或诗学的分析。不过与一般理解的修辞分析相比,作者的视角又颇具新意。这便是立意要把文学研究与语言研究综合起来。这种综合说得再准确些,是分析语言艺术,揭示文学内涵;目的在于把握文本意义,途径是推敲它的修辞。这便不同于抛开文本的语言表现,仅凭阅读直感研究艺术世界的意义内涵。这也不是专注于文本中语言修辞的技巧,而不问技巧背后表现什么。这两种研究早已大行其道,至今仍有其存在的理由和需要。但学术发展要求我们的,是对文学作品做综合的研究,既看它的思想内涵又看它的艺术表现,既看它的结构整体又看它的运作功能,既问作品给予了怎样的感染和愉悦,又问这感染和愉悦是通过哪种艺术手段实现的。

自然,通过艺术阐发意义的原则,可施于大题目也可施于小题目,大题目如揭示一部作品的作者形象,小题目如研究人名修辞的艺术目的。修辞事实不拘大小,关键是说明所指与能指相倚相生的关系。其实,这里体现着一个非常简单又非常质朴的道理:修辞的高低优劣,不在运用什么材料和如何运用,全在于你是否达到了预期的目标。我觉得书中大大小小的文章,都是在证明这个平常的道理,同时又把这个道理扩大提升到文学修辞研究的一条基本信念,为更新修辞分析方法做出了自己实实在在的贡献。有了这条贡献,便有了出版的意义。

一　作者形象篇

作者形象在俄国文学史上的两种基本表现形式

作者形象（образ автора）作为文学修辞学的一个重要理论范畴，是由俄罗斯著名学者维·弗·维诺格拉多夫（В. В. Виноградов，1895—1969）首先提出的。作者形象是一个高度抽象、高度概括的综合范畴，简单地说是作者对所写世界的评价态度和作者对民族语的态度。作者对艺术现实的态度，决定着作品的情调和气势，构筑了复杂的评价语层；作者对语言艺术的态度，决定着表达体系的面貌。因此作者形象堪称作品思想和艺术的聚焦点，是统摄一部文学作品整体的核心因素。

综观维诺格拉多夫有关作者形象的理论阐述，并结合对俄国经典文学作品的实际分析，我们发现，作者形象在俄国文学史上有两种基本表现形式：第一，指整部作品中叙述人的叙述结构，用维诺格拉多夫的话讲，就是作者的一种语言面具；第二，指作品中作者和人物的多种声音所组成的统一体，作品叙述结构中交相融汇的不同的主体视角。下面我们就来具体分析一下作者形象在俄国文学史上的这两种基本表现形式。

一

在现实主义的文学作品中，一般来说并非作家直接出面来讲故事，而通常是他假托一个叙述人来讲。这个叙述人的叙述结构正是作品建构的关键所在。整部作品的情调、气势都有赖于这人的叙述。维诺格拉多夫指出，叙述人的叙述格调实际上是作者本人的一副"语言面具"。这副"语言面具"带有叙述人的社会性，心理特征及个性。作品叙述人的叙述结构又具有两种形态：一、完整统一的叙述结构是由几种不同的"脸谱"组合而成；二、作品的叙述虽然只有一人承担，即一种脸谱，但他本身又分化出好几副面孔。

（一）完整统一的叙述结构由几种不同的"脸谱"组合而成

如普希金（А. С. Пушкин，1799—1837）的《别尔金小说集》（«Повести Белкина»）的叙述结构是由三个主体——讲述人、别尔金（即所谓的"作者"）、出版人（即普希金）共同完成的。这三个主体的表层关系是：作品集的五篇小说是由别尔金写出来的。不过，他仅承认这是从好几个讲述人那里听来的，自己只是执笔将这些故事记录下来而已，并不是他本人创作的。而出版人则将这些故事汇辑起来，修改润色，写上前言，并在每篇故事前加上题记，然后出版。这就构成了叙述的多主体性。这三种主体的叙述成分在书中时离时合的流变，形成了辞貌上的多姿多彩。叙述结构的"三位一体"，不仅表现在词汇、句式的使用上，更重要的是反映在这三类主体各自不同的社会特征上。对作品中的同一个艺术现实，他们各自得出不同的认识，做出不同的反映。因之，这三类主体的作用是各不相同的。小说的基本情节是由几位讲述人提供的。故事中正是通过他们的眼睛，通过他们世界观的折射来再现世界。小说集里出现了四个分属不同阶层的讲述人：一、地主贵族（《暴风雪》《村姑小姐》）；二、军官（《射击》）；三、小官吏（《驿站长》）；四、小商人（《棺材店老板》）。别尔金将讲述人的故事联缀起来，并做了艺术加工。他成为了联系讲述人和出版者的纽带。出版者的思想直接反映在集子的前言和各篇题记中。各篇题记所引用的都是感伤主义和浪漫主义流派中一些颇有影响的诗人的诗句，其目的在于揭示《别尔金小说集》的风格和思想不同于这两个流派，与之形成鲜明的对照。

我们来看一下这种叙述的多主体性是怎样具体反映在《棺材店老板》这篇小说中的。

小说的讲述人是一名店员，他的姓名在作品中仅以缩写的形式 Б. В. 出现。整个叙述的基调涂上了一层工匠行业的色彩。这种言语基础的构成，不仅包括词汇、句式的运用特点和独特的言语表现力，更包含着对生活细节的选择和描写，包含着讲述人的整个评价体系。小说随处可见与棺材制造和销售有关的物品。

词汇的语义场无非是商品、买卖、销售、盈亏、价格等。手艺人之间的话题也没有超出这一范围。这些正是店员所关心、所感兴趣的，同他的生活意识极为贴近。这就说明在对现实的描写和评价中，反映出最初讲述人的视点和看法。

店员虽然是这篇小说现实主义风格的社会生活的一个支点，但他的作用毕竟在于提供生活素材。小说真正的艺术情节的建构，是由别尔金实现的。以店员所提供的故事为基础，别尔金建立了小说的形象体系。这篇小说的题材，本是感伤主义和浪漫主义文学作品中经常出现的，但在别尔金的笔下却表现出了与这两者迥然相异的现实主义格调。

出版者则将现实主义倾向又向前推进了一步。他运用反讽的手法表示与此前的文学传统的决裂。他的面目或形象反映在题记中（如："我们不是每天都看到棺材，这日渐衰老的宇宙的白发？——杰尔查文"）和插叙中（如："博学的读者知道，莎士比亚和瓦尔特·司各特都把自己书中的掘墓人写成快活诙谐的人，以这样截然不同的对比来使我们的想象力相形见绌。"），这样，店员所讲的故事本身便获得了新的含义。出版人透过别尔金转述的折射，使小说与世界文学，与莎氏、司氏的掘墓人形象形成鲜明的比照，流露出对棺材商的同情。

正如维诺格拉多夫所指出的那样：

> 作为《别尔金小说集》风格的标准，可以确定有三面棱镜：讲述人，别尔金和创作者普希金本人。在整篇作品的结构中，而且在整部小说集的结构中，他们的观点相互交叉反映并得以统一。对艺术现实的反映采用多视角、多方位的描写方式。其表现风格具有深广的含义和强烈的流动感。[①]

（二）同一个叙述人分化出多副面孔

作品的叙述由某一个叙述人来承担，但这个叙述人根据需要经常变换自

---

① В. В. Виноградов, *Язык и стиль русских писателей*. Москва，1990，с. 219.

己的面孔。这种情况通常出现在第三人称的叙述中，较为典型的便是列·托尔斯泰（Л. Н. Толстой，1828—1910）的《战争与和平》（«Война и мир»）。首先这是一部以几个家庭的悲欢离合为线索的战争题材的长篇小说；其次，这是一部有事实根据的史诗性作品。叙述人大量运用军事文件、军事术语、军人阶层的口语、行话，还有军事科技语体和战情报告语体等。这时，他仿佛是一位深谙军事的行家里手。当然，这些语言材料都经过了提炼和加工，不是生活中的原型，使用它们的目的在于真实地揭示出那一时代的特征和精神。小说的叙述人更不时地发出种种充满哲理的议论，借以表现作者本人的历史哲学观。在充满哲理的议论中，叙述人广泛运用自然科学知识，如物理学、数学、天文学的术语及语汇，目的在于构成各种明喻、暗喻、类比和对照等手法。如：

Сама огромная масса их, как в физическом законе притяжения, притягивала к себе отдельные атомы людей.

如同物理学的引力定律一样，他们那巨大体积将一个个原子似的人吸附到自己身边。

为了揭示历史规律，叙述人广泛运用了数学术语和短语：

Принимая все более и более мелкие единицы движения, мы только приближаемся к решению вопроса, но никогда не достигаем его. Только допустив бесконечно малую величину метрической прогрессии, мы достигаем решения вопроса.

把运动的单元愈分愈细，我们只能接近问题的答案，却永远得不出答案。只有假设出无穷小数和由无穷小数产生的十分之一以下的级数，再求出这一几何级数的总量，我们才能得出问题的答案。

在句式方面，叙述人多次运用数学中的论证方法的句式，或逻辑学中的严格推理方法的句式，如：

> Ежели бы Кутузов решился оставаться, <...>, то <...>. Ежели бы Кутузов решился отступать по дороге <...>, то <...>. Кутузов избрал этот последний план.
>
> 如若库图佐夫下定决心留守……就会……若是库图佐夫下定决心放弃……道路，……就会……。库图佐夫选择了这最后一条出路。

这时，叙述人给自己换了一副政论家和哲学家的面孔。为了再现那一时代的精神面貌，作品中还使用了法语。法语与俄语的交替使用不仅出现在文献中，人物的语言中，还表现在叙述人的语言中，叙述人时而还对这些法语的运用及法语的内容背景、含义进行解释。这时，叙述人就像是一个熟谙生活风俗的历史学家。

可以看出，"由于《战争与和平》的作者有多副面孔：他既是语言艺术家，又是历史学家，同时还是军事专家，政论家和哲学家，这就增添了作品语言的复杂性"。[1]

这里我们要特别强调一点：作者形象不是简单地指叙述多主体中的某一个或几个主体，也不是指单一主体多面孔中的某个或几个面孔。作者形象指的是叙述多主体的结构，单一主体多面孔的结构，即叙述主体的复杂而完整的体系。换句话说，它是作品中的叙述结构。

二

作者形象的另一种表现形式体现为作者和人物的视角结构（структура точек зрения），指作品中作者和人物各自的视角、各自不同的声音以及它们之间的相互关系。如果说作者形象的第一种表现形式是对"作者面具"——叙

---

[1] В. В. Виноградов, *О языке художественной литературы*. Москва, 1959, с. 634.

述人做单独的考察，那么在第二类表现形式中，则是从几个方面将作者（或通过叙述人）与人物联系起来加以考察。

叙述视角问题在20世纪70年代至80年代受到各种文学理论的广泛注意，出现了许多专门的研究。结合这种学术发展的情况，回过头看维诺格拉多夫的观点，他在这个问题上的确算是先声夺人，而且有不同于别人的独特角度，也就是作者形象的角度。我们结合近三十年关于叙述视角的理论，在对维诺格拉多夫的视角分析爬梳梳理的基础上，将这种视角按其内容分成四种类型：一、时间视角；二、心理视角；三、语言视角；四、评价视角。时间视角指作品情节发生先后的时序以及表现这一时序的手法。心理视角是描写作品人物的一种心理出发点。对人物行为的描写可以从旁观者的角度出发，既从外部来描写，也可以立足于该人物本身，或从可以深入到人物内心状态的全知全能的观察者的角度出发，即从内部来描写人物。外部描写反映出作者的一种相对的客观性，而内部描写则是作者的一种主观反映。语言视角指作者的叙述语言和人物语言的交融或对立。评价视角指作者和人物对某物某事的认识和评价。一部作品可以自始至终只有一种评价观点，即使出现其他评价态度，这一观点也可凌驾其上。但更为常见的是，一部作品中有多种评价视角，它们相互交锋，一起推动作品故事的发展。这四类视角各自都有一定的功能与作用，它们紧密相连，组成了一个有机的整体。

这里我们拟从作者和人物的视角结构出发具体分析一下普希金《黑桃皇后》（«Пиковая дама»）的作者形象。小说讲述了这样一个故事：男主人公格尔曼一心想靠赌博发财；为了探听到伯爵夫人赢牌的秘诀，他骗得了夫人养女丽莎的爱情，但最后还是落了个一场空。这篇作品里除作者外，有三个主体域：男主人公格尔曼，女主人公丽莎及伯爵夫人。作者在他们之间来回穿梭，时而离此，时而即彼，将他们连接成一个故事。在这一穿梭活动中，作者又保持着自己的个性。这三个主体域对同一现实有着不同的反应。它们相互交织并同作者的意识相互对立，从而推动着作品的情节发展。作者虽然能洞悉人物的心理意识，但并不出来替代他们讲话。在人物形象中有两种现实属性辩证地统一起来：一方面，他们对世界有着自身的主观认识；另一方面，他们自身又是这世界的一个组成部分。因此，他们既作为艺术世界的客体，又作为认识这一世界的主体形式出现在作者的叙述中。不过，需要说明的是，伯爵夫人几乎不作为主体出来活动。在作者笔下，她是一具行尸走肉，作者很少通过这一视点去观照世界。

（一）时间视角

主体域的多样性首先表现在作品时间的进程中。这个时间在过去时的大范围内能够从某一主体意识自由地转换到另一个主体意识。小说的整个叙述时间，自然是逐渐向前推移的。但由于作者与人物主体域的对立，作者的叙述时间就常常被属于人物意识的时间所切断。这样，时间的运动就取决于不同主体域的互相穿插。通过对时间视角的分析，我们可以更加清楚地看出整部作品的结构及作者对情节的轻重处理，可以把握作品的情节重心。以下我们就对整部作品的时间进程做一简要考察。

小说的第一章写的是包括格尔曼在内的一群赌徒在军官纳鲁莫夫家的谈话和托姆斯基对祖母——伯爵夫人有关赢牌故事的追述。时间是从某天早上的四点多至五点三刻。第二章将读者带入了另外一个全新的环境——伯爵夫人的更衣室。一开始，这个场景与第一章的时间关系并不明朗，但一系列的暗示和意义上的关系说明：这事发生的时间要晚于前一章。第二章的开头，时间是以对话的方式向前推进的。但到了中间部分，叙述时间便出现了断裂。在作者指出纳鲁莫夫家的一幕已过去九天之后，作者的客观时序被打乱了。以下的叙述是以丽莎的感受和心理活动为坐标的。由此，情节便退回到一星期前，即丽莎第一次见到格尔曼的那一天。对她来讲，正是从这一天开始了一种充满戏剧冲突的新生活。自然，其后发生的事是紧接着这一天的（"两天后……她又见到了他。"）。由此就很清楚，老伯爵夫人更衣室的那一场景就出现在丽莎第一次朝格尔曼微笑的那一天。"当托姆斯基请求伯爵夫人允许他把自己的朋友介绍给她的时候，可怜的姑娘的心怦然跳起来了。"在这里，叙述转向另一主体域——格尔曼。对格尔曼来讲，时间的计算是以他听到三张神牌的故事时开始。正是从那天起，他开始了与命运的博弈。第二天傍晚他沉浸在对三张神牌的幻想之中，无意间走到了伯爵夫人的住宅附近。第三天，他从那座住宅的窗口看到了丽莎那"娇艳的小脸"。这样，情节叙述中那些被打断的环节就连接了起来，各个主体域的时段都串连到同一个链条上，于是作者又回到了客观的时序上。

第三章又将读者带回到伯爵夫人的更衣室，把丽莎第一次朝格尔曼微笑那天的事情接着讲下去。在第一部分中，时间的计算是以丽莎的意识为标准的。就是在这天，她收到了格尔曼的第一封求爱信。接着，简单历数了其后几天的情况（"第二天""三天之后""丽莎维塔·伊万诺夫娜每天都要收到他的来信。"），但随着"最后"的出现，时序又中断了，在第二部分中，格尔曼一登场，叙述时间便进入了他的主观感受中。他寻找机会潜入伯爵夫人的住宅以及等待她回来的这一过程中的分分秒秒，在他看来都相当的漫长：

Германн трепетал, как тигр, ожидая назначенного времени. В десять часов вечера он уже стоял перед домом графини.<...> Он подошёл к фонарю, взглянул на часы, — было двадцать минут двенадцатого. <...> Ровно в половине двенадцатого Германн ступил на графинино крыльцо. <...> Время шло медленно. <...> В гостиной пробило двенадцать; по всем комнатам часы одни за другими прозвонили двенадцать <...>. Часы пробили первый и второй час утра — и он услышал дальний стук кареты.

格尔曼像老虎似的浑身颤动，等待着约定的时间。才晚上十点钟，他已经站在伯爵夫人府邸前面……他走到路灯前，一看表，是十一点二十分……十一点半整，格尔曼走上伯爵夫人府邸的台阶……时间过得很慢……客厅里的钟打了十二下，各个房间里也相继敲了十二点……钟打了一点，又打了两点，——他听到远远的马车声。①

从这段的句子结构，以及对钟点的多次反复表示，可以看出，这里是以格尔曼的意识来计算时间的。作者借此为小说情节进入高潮做准备。伯爵夫人出

---

① 《黑桃皇后》的译文引自磊然、水夫翻译的普希金小说集《村姑小姐》（人民文学出版社，1988年版）。

场后，情节时间回到了作者叙述中。

第四章一开始的情节，并不是第三章的延续。这里是以丽莎的意识为坐标系的。"丽莎维塔·伊万诺夫娜坐在自己的房间里，身上还穿着参加舞会的服装，就陷入了深深的沉思。"接着丽莎将读者带回到当天晚上的舞会上。她正在沉思之际，格尔曼从死去的伯爵夫人那里走进了她的房间。之后，作者替代丽莎又担负起叙述的任务。

第五章的叙述涉及"在出事夜晚的三天之后"的各个不同的时间点。这一天，格尔曼满脑子都装的是伯爵夫人。情节准备收拢。

第六章开头的叙述又被格尔曼的时间隔断。接下来，描述了连续三个晚上的赌博情景。作者的叙述不再与人物的主体域发生关联了。

可以看出，对事件时间的排列，不同时间段的相互衔接、相互交替决定了小说的整个结构模式。情节结构的重心落在第一章和第三、第六章的后半部分。

（二）心理视角

作者与人物在心理视角上的关系并不是单一的，既有外部描写，也有内部描写。作者写伯爵夫人、丽莎、格尔曼这三个人物，所取的心理视角是各不相同的。

当伯爵夫人在第二章首次亮相时，作者完全是作为一个旁观者来描写她的。这与第一章形成了鲜明的对照。在第一章，从叙述中可以感到，作者很像是上流社会的一分子，很像是那群赌徒中的一员。他是事件的积极参与者，和自己的主人公打成了一片。到第二章描写伯爵夫人时，突然变换了一个角度，全然是一个冷峻的旁观者在描写他的亲眼所见。作者根本不去触及伯爵夫人的内心世界，因为在作者看来，伯爵夫人只不过是早已失去灵魂的行尸走肉而已。全篇小说在描写这一人物时采用的就是这种外部描写的手法。

对丽莎的描写虽然也多是外部描写，但却与写伯爵夫人全然不同。伯爵夫人的外部描写反映不出任何的内心活动；而丽莎则相反，她的充满矛盾、丰富多彩的内心活动正是通过外部描写反映出来的。作者对丽莎的内心世界的活动本身也时有涉笔，用的是人物内心世界自我暴露的方法。如对她第一次接到格尔曼的求爱信时心慌意乱、不知所措的那段描写。

在格尔曼这一人物形象身上，外部描写和内部描写两者兼而有之。作者不时游离于他本人的客观叙述和格尔曼的主观感受之间。如：

  Поздно воротился он в смиренный свой уголок; долго не мог заснуть, и, когда сон им овладел, ему пригрезились карты, зелённый стол, кипы ассигнаций и груды червонцев. Он ставил карту за картой, гнул углы <u>решительно</u>, выигрывал <u>беспрестанно</u>, и загребал к себе золото, <u>и</u> клал ассигнации в карман.

  他很晚才回到他那简陋的小屋里，久久不能成寐，等他被睡魔征服之后，他就梦见了纸牌、绿呢牌桌、一叠叠的钞票和一堆堆的金币。他一张接一张地出牌，坚决地折角，不断地赢钱，把金币搂到自己面前，把钞票放进口袋。

从副词的后移及连接词带有感情色彩的重复可以看出作者已透视到人物的主体意识中。作者是以格尔曼的主观感受来描写这一梦境的。但紧接着转入了出自旁观者之口的客观叙述：

  Проснувшись уже поздно, он вздохнул о потере своего фантастического богатства, пошёл опять бродить по городу и опять очутился перед домом графини.

  早晨他很晚才醒来。因为失去了梦幻中的财富叹了口气，又去城里闲逛，又来到伯爵夫人的府邸前面。

而后，作者和格尔曼这两个主体域又接近了：

  Неведомая сила, казалось, привлекала его к нему. Он остановился и стал смотреть на окна. В одном увидел он черноволосую головку, наклонённую, вероятно, над книгой или над работой. Головка приподнялась. Германн увидел личико и чёрные глаза. Эта минута решила его участь.

仿佛有一种神秘的力量把他吸引到这里来。一个满头黑发的小脑袋低垂着，大概是在看书或是做活计。那个小脑袋抬起来了。格尔曼看见了一张娇艳的小脸和一双乌黑的眼睛。这一刻决定了他的命运。

句中插入语的运用说明这是格尔曼的意识反映。最后随着 Эта минута решила его участь.（这一刻决定了他的命运。）这句话又使情节回到了作者的客观叙述。

在人物形象的塑造过程中，作者的主体意识与人物的心理意识时合时离，取决于创作的意图，而起着统帅作用的，只能是作者（或通过叙述人）的意识。

（三）语言视角

语言视角指人物语言与作者叙述语言间的相互关系。人物语言和作者叙述语言之间的关系有两种形式：第一种形式是分离的，即指作者叙述与人物对话的关系；第二种形式是融合的，即指作者叙述中融汇了人物的言语。我们先看作者叙述与人物对话的关系。

在《黑桃皇后》中，人物的对话是包含在作者的整个叙述独白体系中的。总的来说，人物对话服从于叙述语言的体系。不过，人物对话语言与作者叙述语言的差异是明显的。因此，这两者之间的关系并不是单一的。如第一章以人物对话为主，辅之以一些简短的解释性说明。在第二章里，叙述与对话的关系就发生了变化。叙述成为主要形式与对话一起推动情节的发展。作者不仅描绘了伴随对话出现的动作，而且还较为详细地解释了它们的含义。这样，对话几乎被叙述所覆盖，成了叙述语流中的一个短暂环节。

我们简要分析一下格尔曼的言语以及它与作者叙述之间的关系。格尔曼的言语特色在于：一方面带有书面语的华丽色彩，甚至是庄严崇高的色彩，如第一章；另一方面又有明显的口语色彩，表现在第二章里。不过，这里并不是他的言谈，而是他的沉思。格尔曼的言语很少伴有作者的解释性说明，只是在第

三、四章，即发生悲剧性的场面时，才伴有作者的解释性说明。最能反映出他的言语特色以及他的言语与作者叙述之间关系的，是他与伯爵夫人的对话。这里表现出了他的言语特性的双重面貌。他的崇高华丽、富有激情的言语常常又被自己带有粗俗色彩的口语感叹所打断，这说明他本人社会心理的分裂。这里，伴随格尔曼的话语出现了作者一系列的解释性说明："他清晰地低声说""格尔曼气愤地说""格尔曼下跪了""他咬牙切齿地说"等。正是这些简洁的说明把格尔曼的对话包含在了作者的叙述语言之中。

作者叙述语言和人物言语，在以上这种形式中，其界线一目了然，因为人物言语用的是直接引语。它们之间的关系还表现为另一种形式，即在作者的叙述语言中融汇了人物的言语。这就是所谓的"准直接引语"（несобственно-прямая речь）。在准直接引语中，既有作者的声音，又有人物的声音。准直接引语可以鲜明地表现出人物的情感活动。在《黑桃皇后》中，作者主要用它来表现丽莎的丰富情感，丽莎的内心言语常常进入到作者的叙述之中。这反映在词汇和句式的一些特点上。如：

Лизавета Ивановна выслушала его с ужасом. Итак, эти страстные письма, эти пламенные требования, это дерзкое, упорное преследование, всё это было не любовь! Деньги, — вот чего алкала его душа! Не она могла утолить его желания и осчастливить его!

丽莎维塔·伊万诺夫娜胆战心惊地听完了他的话。原来，那些充满热情的信，那些火样热烈的要求，那些大胆执着的追求，这一切都不是爱情！金钱——这才是他的灵魂所如饥似渴地追求的！能够满足他的欲壑，能使他得到幸福的不是她！

这里运用了准直接引语最为典型的句式——感叹句来表现丽莎富有激情的内心言语。

可以看出，在表现人物意识时，无论在人物对话中，还是在准直接引语中，作者并不将自己的语言强加于作品的人物，人物的语言都有自己的特色。

（四）评价视角

作品中作者和人物对某一人物形象的不同评价，从不同侧面的认识和表现，可使形象具有立体感。无论是伯爵夫人，还是丽莎和格尔曼，都是由好几个评价视角反映出来的。

在作者的叙述中，伯爵夫人是上层妇女的典型，身上保留着旧式贵族的遗风。"伯爵夫人心肠并不坏，但是她像在上流社会被人捧坏的妇人那样任性，也像所有既不再留意逝去的年华而同现代社会又格格不入的老年人那样吝啬、冷漠、一心只顾自己。"好逸恶劳，槁木死灰，悭吝小气，自私自利——这便是作者对她的评价。而在格尔曼的心目中，伯爵夫人却充满了神秘感。正是她那三张神牌才促使他去铤而走险。这种神秘感一直保持到那张倒霉的黑桃皇后打破了他的发财梦。于是，那张牌上的黑桃皇后在他眼里成了伯爵夫人的化身。由此可见，作者和格尔曼对伯爵夫人的评价态度是不一致的，一个是嘲讽，一个是由崇拜到仇视。

对处于奴婢地位的丽莎，作者则寄予了深切同情。第二章题记是"'先生好像更喜欢侍女？''太太，那有什么法子呢？她们更娇艳。'——社交界闲谈。"这里对侍女充满了一副嘲讽、调侃的口气。这并不是作者本人的态度。恰恰相反，社交界的这种闲谈正是作者针砭的对象。在丽莎发出"这就是我的命运！"的喟叹后，作者肯定了她的自叹："的确，丽莎维塔·伊万诺夫娜是个最最不幸的人！"接着作者又引用但丁的话，证明自己所发的议论是客观公允的。格尔曼对丽莎的态度与其他上层人物对待侍女的态度相差无几。他主动去讨得丽莎的欢心，只不过以此为手段想得到伯爵夫人的垂教。即使在丽莎听到他吓死了伯爵夫人而痛不欲生时，也没有能打动他那冷酷的心。他所痛惜的只是失去了一次发财的机会。

格尔曼这一人物形象在作者看来有其两面性：一方面，是过分的节俭，坚强的毅力；另一方面，是爱慕虚荣，具有强烈的贪欲和狂热的幻想。但所有这些都来源于对"幸福"，即金钱的渴求。作者并没有说他是一个十足的恶棍，而认为他是一个拜金主义者。作者对他的态度是痛斥与讽刺而又带有少许的同情。丽莎对格尔曼的认识经历了一个痛苦曲折的过程。起初她把格尔曼看成是想象中的救世主。但这种幻想一经破灭，她便发出"你是个魔鬼！"的呼喊。第四章的题记是："一个丝毫没有道德标准和信仰的人。"这不仅是作者对他的评价，也是丽莎对他的认识。但作为侍女的丽莎毕竟是上当受骗的当事人，她与作者的态度虽趋于相似，但还是有所区别的。

　　从上面对《黑桃皇后》视角结构的具体分析，我们可以看出作者形象作为内容和形式的统一体反映着多种视角的完整体系，决定、操纵着整部作品的结构，并营造出作品独特的辞章面貌和艺术风格。

俄国经典作家讲述体中的作者形象

作者形象是作品思想与艺术的精髓与核心所在,"它囊括了人物语言的整个体系,以及人物语言同作品中叙述人、讲述人(一人或多人)的相互关系;它通过叙述人、讲述人而成为整个作品思想和修辞的焦点,作品整体的核心"。[①]从修辞层面来看,作者形象触及作者、叙述人(包括讲述人)、人物这三个层次的言语结构,其中叙述人言语结构尤为重要。而讲述体正是以讲述人言语结构为主流的一种文学样式,几乎成了小说体裁的典型代表。

这里我们所要探讨的是俄国经典作家讲述体中的作者形象。要考察讲述体中的作者形象问题,首先就必须对讲述体的理论概念有个明确的认识。因此我们的论析分为两个部分:一、讲述体理论;二、俄国经典作家讲述体中的作者形象。

一

"讲述体"(сказ,或译"故事体")是俄国文学独有的一种体裁,俄国文学史上的许多大作家都采用过这一形式。虽然有不少文论家、文学修辞理论家都曾对此做过比较深入的研究,但对这一理论贡献最大的还是维诺格拉多夫。当今人们在提及"讲述体"这一术语时,大多都将维诺格拉多夫的定义视为圭臬。如1997年版什维多娃主编的《奥日科夫俄语词典》对"讲述体"做了如下释义:"是指模仿讲述人的言语并由讲述人引出的叙述。"这一释义便是从维诺格拉

---

① В. В. Виноградов, *О теории художественной речи.* Москва,1971, с. 118.

多夫的界说中简化而来。

维诺格拉多夫主要是从独白的角度来研究讲述体的。独白有多种类别，如抒情独白、戏剧独白等，与讲述体密切相关的则是叙述独白。叙述独白的语言具有综合性的特点。一方面，它的语言结构本身应以书面语为标准。"叙述独白的言语无论其词汇本身，还是将词组合成句子都趋向于将书面语作为最高境界。"① 但标准的书面语往往适用于表达有严密逻辑性的内容，而在叙述独白中讲述人则常常带有个人强烈的感情色彩、个人的主观情绪，因此他总要突破书面语的规范。"讲述人的激情越为明显，他对语言对象的激昂情绪越为显著，那么他的独白就越不拘泥于书面语句法和词汇的逻辑限制。"② 叙述独白语言结构往往在两极间摆动不定，一极是书面语的复杂且逻辑性较强的独白结构；另一极是一般对话的叙述性简短答语中的各种强烈情感的流露。因此，叙述独白常常从通用的标准书面语转向了俗语、方言，乃至行话。总之，它是各种不同类型语言相混合的一种独特形式。由于讲述人打乱了各种语域，叙述独白的语言构成了一幅五颜六色的修辞图案。"有意识地在结构上打乱各种语域——是它们的典型特征。书面语的成分，在书面语基础上产生的人为特征，大众词源式的独特见解，通过复杂组合而产生的句法的各色图案，各种民族的、社会的方言，各种零散的行话词语——所有这一切都可以在对许多方言环境有所接触的（无论是直接接触，还是通过他人接触）某讲述人的修辞结构中相交汇。"③叙述独白语言的混合类型繁多，不一而足。

叙述独白的这些特点是认识讲述体的关键所在。因为讲述体正是对某一种叙述独白言语的模仿。"讲述体有一个独特的文学艺术目标，即在于采用叙述型的口头独白，它是对因体现出叙事情节，便像是以直接讲述情节的方式而构成的独白言语的一种艺术模仿。"④ 这便是维诺格拉多夫对讲述体所下的定义。模仿是讲述体的重要特征。原先，讲述体就是对民间故事这一体裁的模仿，现

---

① В. В. Виноградов, *О языке художественной прозы.* Москва, 1980, с. 47.
② Там же. с. 48.
③ Там же. с. 49.
④ Там же. с. 49.

在讲述体作为一种讽刺手法来使用，因此又出现了对公文语、学术文语体等的模仿。19世纪，杰出的现实主义文学大师屠格涅夫和陀思妥耶夫斯基笔下的讲述体主要是对小人物语言的模仿，他们用这一手法揭示了小人物的内心世界。总之，讲述体既可以对某体裁、某历史时期，也可以对某社会心理阶层的人物独白言语进行模仿。

综上所述，讲述体是以讲述人的独白言语为指向而展开的一种叙述形式。讲述人的这种独白言语无论是叙述格调，还是它所反映出来的思想情志，都有别于作者的言语。

从讲述人的角度出发，可以将讲述体分为两类。一是由某个出场人物来充当讲述人；二是由某个在作品中不露面的、隐姓埋名的，好像就是作者本人来充当的讲述人。讲述人的不同造成了讲述体语言修辞层面上的差异。在第一类讲述体中，讲述人是由某个固定身份的人物来充当的，其语言修辞结构就一定要符合这一人物的"语言意识"。相对来讲，这时的语言修辞现象就比较单一。而第二类的语言修辞现象就非常多样化。因为"由作者之'我'引出的讲述是不受限制的，作家的'我'不是名词，而是代词，因此，它可以随意隐藏一切"。①

在讲述体中，作者形象体现在由作者、讲述人、人物这三个语层组成的叙述结构中。这三个语层的关系颇为复杂。作者大多并不直接出现在作品中，出现时，讲述人与作者又很难分得那么清楚；有时讲述人又兼当作品中的人物。但应该说，活动最为积极的，与读者直接进行交流的是讲述人。

那么在讲述体中这个讲述人与作者、人物之间的关系究竟是怎样的呢？先看讲述人与作者的关系。无疑，作者形象凌驾于讲述人形象之上，它是"作品所有言语结构的最高形式的联结，是连接由作者派生出的诸多讲述人形象的思想——修辞的核心"。② 而讲述人则是作者的言语产物。当作者与讲述人一起出现在作品中的时候，他们的关系表面上是平等的，实际上仍是一主一从。"作

---

① В. В. Виноградов, *О языке художественной прозы*. Москва, 1980, с. 53.
② Д. С. Лихачёв, *О теме этой книги // О теории художественной речи*. Москва, 1971, с. 226.

者和讲述人形象，以公开的方式呈现在讲述体的众多形式中，相互交错、混杂在一起。"① 甚至在讲述的某一种特定结构中，他们的关系也是发展变化的，其变化幅度是不确定的。如果我们将作者形象比喻成一个导演，那么有时这一导演可以作为一个角色客串在舞台上。再看讲述人与人物的关系。在一般的小说作品中，刻画人物性格的一个重要手法是依靠人物本身的对话；而在由讲述人展开的叙述中，可以说是由他的独白风格，他的独特的语言表现力一统天下。人物的话是通过讲述人之口传达出来的，人物的对话语言势必受到讲述人语言的特定表现力的感染，带上讲述人独白的风格印记。因此，人物对话的自我表现功能就受到一定程度的削弱。讲述人的独白语，像一条大川接纳了由各种语言域组成的条条溪流。"接纳"的方式是多种多样的：从人物的言语特色被讲述人的语言所完全吞没，到在文学转换过程中保持人物口语对话的所有独特性。人物对话的语言，还受到讲述人与作者关系的影响。"讲述人形象越是接近作者形象，对话的形式便越是多样化，在表现力上区分各种不同人物语言的可能性就越大。因为讲述人为了表示自己的客观性，与作者在语言上拉开了很大的距离，而使人物语言同一化，给人物语言打上他自己主观性的印记。"② 造成作品修辞多层次性的，主要还是讲述人和作者。

讲述体的语言修辞往往要经过两层过滤：一层是讲述人的非标准语意识；另一层是作家的标准语意识，他的语言审美观。基于讲述体语言的这种双重性，读者会感受到由此而产生的两种修辞评价，即讲述人和作者的评价，这两种评价又常常是相互对立的。

二

俄国文学史上的许多知名作家都采用过讲述体这一创作形式，有些作家（如左琴科，列斯科夫等）以创作讲述体而著称于世。根据讲述体中讲述人和

---

① В. В. Виноградов, *О теории художественной речи*. Москва, 1971, с. 117.
② В. В. Виноградов, *О языке художественной литературы*. Москва, 1959, с. 123.

作者的语层关系，我们可以将俄国经典作家的讲述体大致分为三类：一、讲述人的讲述镶嵌在作者叙述的框架之内，即作品的开头和结尾是作者叙述，作品的主体部分是讲述人的讲述，不过，其中还间杂着作者的解释性说明。这一类的讲述人和作者的语层关系最为分明，一目了然。二、讲述人与作者的语层同时贯穿于作品的始终。它们时而相去甚远，泾渭分明，时而又挨得很近，乃至交织在一起，难解难分。三、作品通篇只有讲述人的语层而不见作者的语层。

第一类讲述体中，作者的介入表现在作品的开头、结尾以及对讲述人自叙所做的解释性说明中。作者与讲述人的语层关系极为分明，一目了然。屠格涅夫（И. С. Тургенев, 1818—1883）的短篇作品《县城医生》（«Уездный лекарь»）（收录在《猎人笔记》中）便属此类。这部作品讲述了某县城的医生在一次出诊时爱上了自己的病人——一位生命垂危的贵族姑娘的故事。故事是通过县城医生本人之口讲述出来的。其叙述语言不仅符合他本人的社会心理特性，且带有突出的个性特征。但一开始，这位讲述人是经作者引上场的：

<...> я послал за доктором. Через полчаса явился уездный лекарь, человек небольшого роста, худенький и черноволосый. Он прописал мне обычное потогонное, велел приставить горчичник <...>

……我派人去请医生。半个钟头之后，县城的医生来了，此人身材不高，瘦瘦的，长着一头黑发。他给我开了一服普通的发汗剂，叫我贴上芥末膏……

作者在对医生的外貌做了描述后，突然笔锋一转，以调侃、嘲讽的笔调描写了一个细节：

<...> весьма ловко запустил к себе под обшлаг пятирублёвую бумажку, причём, однако, сухо кашлянул и глянул в сторону, и уже совсем было собрался отправиться восвояси <...>

……相当敏捷地把一张五卢布钞票塞进翻袖口里，——但同时还干

咳一声，望了望旁边，——本来已经准备回家去了……

这一细节揭示了医生的内心特征——贫困导致了他具有较为浓厚的功利主义和实用主义的色彩。接着在作者的解释性说明的伴随下展开了医生的自述。医生的叙述语言有以下特点。首先，鲜明地表现出"准"知识阶层的语体特征：

  <...> и кучер, ради уваженья, без шапки сидит.
  ……马车夫为了表示敬意，摘了帽子坐着。
  <...> и дороги такие. Что фа! Да и сама беднеющая, больше двух целковых ожидать тоже нельзя, и то ещё сумнительно <...>
  ……而且路这么难走。糟糕透了！再说，她也没钱，两个银卢布以上是不用指望的，就连这也很难说呢……

他的言语中反复出现了同一种表示尊敬甚至巴结讨好对方的表达方式，这在一定程度上说明他处于卑微的社会地位。

  Вы не изволите знать... Вы не изволите знать здешнего судью <...>
  您可知道……您不知道这里的法官……
  Вы изволите смеяться, а я вам скажу: наш брат, бедный человек, всё в соображенье принимай.
  您在笑了，可是我告诉您：像我们这样的穷人，凡事都要考虑考虑。

当他讲述患病的贵族姑娘爱上他时，他总是吞吞吐吐，缺乏自信：

  Но вот-с... тут-с... (Лекарь помолчал.) Право, не знаю, как бы вам изложить-с... (Он снова понюхал табаку, крякнул и хлебнул глоток чаю.) Скажу вам без обиняков, больная моя... как бы это того... ну, полюбила, что ли меня... или нет, не то чтобы полюбила... а, впрочем... право, как это, того-с... (Лекарь потупился и покраснел.)

但是……这时候……（医生沉默了一会。）我实在不知道该怎么对您说……（他又嗅了下鼻烟，喉头咯咯作响，喝了一口茶。）对您直说了吧，我的病人……怎么说好呢，可说是，爱上了我……或者，不，不是爱上了我……不过，……实在，这怎么，这个……（医生低下了头，脸红了。）

同时，他的话语又充满了个性色彩，如经常出现独特的相同类型的句子结构：

Однако долг, вы понимаете, прежде всего: человек умирает.
可是，您知道，责任是第一位的，——人都快要死了。
Однако думаю, делать нечего: долг прежде всего.
不过，我想，没有办法，责任是第一位的。

医生的叙述总是伴随着作者的解释性说明。"所有这些形成了真实的，生动的，具有戏剧色彩的话语。在这一话语中，表现出讲述人的个性，他的胆怯，他的激动，他对所经历事件的态度，在回忆自己生活中那幕悲剧（爱上一位即将死去的姑娘）时的情态。"① 最后，还是由作者将讲述人送下场去：

Мы сели в преферанс по копейке. Трифон Иваныч выиграл у меня два рубля с полтиной — и ушёл поздно, весьма довольный своей победой.
我们就坐下来玩一戈比输赢的朴烈费兰斯。特里丰·伊凡内奇赢了我两个半卢布，——到很迟的时候才离去，十分满足于自己的胜利。

可以看出，作者和讲述人间的语层距离极为分明，它们就像是两条不相交汇的平行线。

在第二类讲述体中，虽然讲述人和作者都不直接站出来，他们的语言层

---

① В. В. Виноградов, *О языке художественной литературы*. Москва, 1959, с. 494-495.

还是可以分清的，如列斯科夫（Н. С. Лесков，1831—1895）的作品《左撇子》（«Левша»）。这部作品讲述了一个俄罗斯兵器制造匠创造奇迹的故事。他在英国人做成的微型钢跳蚤上钉上了掌钉，人们只有通过高倍显微镜才能看清这一掌钉。然而，这位身怀绝技的能工巧匠的命运却十分悲惨。从故事叙述语言的成分变换可以分辨出讲述人的形象和作者的形象。作品前三章的语言，是一般民间史诗讲述人所特有的。他的语言是脱离标准语规范的。无论从词汇手段还是从句子结构都可以看出讲述人出自非标准语的环境。如在词汇手段方面：

（Платов）этого склонения не любил <...>
（普拉托夫）不喜欢这种心理……

Был человек женатый и все французские разговоры считал за пустяки, которые не стоят воображения.

他是个有家室的人，认为用法国话简直就是小儿科，根本不值得费心去学好。

在句子结构方面：

Приезжают в пребольшое здание — подъезд неописанный, коридоры до бесконечности, а комнаты одна в одну, и, наконец, в самом главном зале разные огромадные бюстры и посредине под валдахином стоит Аболон полведерский.

他们来到一座超级巨厦——正门大得没法儿形容，走廊没有尽头，房间一个接着一个，此外，在主厅里挂着各式各样的枝形大吊灯，正中间的拱形华盖下立着一尊硕大的阿波罗像。

这类语言手段反映出了带有鲜明社会特性的民间史诗的讲述人形象。但在前三章的叙述中也间杂有作者的语言成分。第三章的脚注是由完整的作者语层构成的：

«Поп Федот» не с ветра взят: император Александр Павлович перед своею кончиною в Таганроге исповедовался у священника Алексея Федотова-Чеховского, который после того именовался «духовником его величества», и любил ставить всем на вид это совершенно случайное обстоятельство. Вот этот-то Федотов-Чеховский, очевидно, и есть легендарный «поп Федот».

"费多特神父"并非凭空捏造的：亚历山大·帕夫洛维奇皇帝在塔甘罗格城临终前曾向阿列克谢·费多托夫－契诃夫斯基做过忏悔。从此以后，后者就自称为"皇帝陛下的忏悔神父"，并喜欢向所有人吹嘘这一纯属偶然的事件。这位费多托夫·契诃夫斯基看来就是传说中的"费多特神父"。

从这段解释可以得知：传奇故事并不是"作者"创作的。从第四章开始，脚注中的这种作者语层便进入了作品正文：

— Это, — говорит, — ваше величество… а надо бы подвергнуть её русским пересмотрам в Туле или Сестербеке, — тогда ещё Сестрорецк Сестербеком звали, — не могут ли наши мастера сего превзойти…

"这个么，"他说道，"陛下……最好把它拿给图拉城或谢斯杰尔别克城（那会儿谢斯杰尔别克叫作谢斯特罗茨克）的俄国工匠们鉴别一下，看看我们的人是否能够超过它……"

作者的语层不断加大，以至喧宾夺主，成为了叙述的主导成分，而讲述人的语言只作为零散的引文夹杂在作者的叙述中。这时零散的作为引文出现的讲述人的讲述成分便获得了幽默色彩。这在第六、七章中表现得尤为突出，如：

А в другую сторону, до Орла, такие же «два девяносто», да за Орёл до Киева снова ещё добрых пять сот вёрст. Этакого пути скоро не сделаешь, да и сделаешь его, не скоро отдохнёшь — долго ещё будут ноги остекливши и руки трястись.

而从另一个方向走的话,到奥廖尔城也要走上"两个九十俄里",再说,从奥廖尔到基辅还要足足走上五百俄里地呢。这么远的路程一时半会儿是走不到的,即便走到了,那一时半会儿也缓不过劲儿来——好长时间内腿脚发软,双手打战。

作品的结尾处,作者跳出故事的叙述范围,替代讲述人开宗明义地说出了创作意图:

<...> предания эти нет нужды торопиться забывать, несмотря на баснословный склад легенды и эпический характер её главного героя. Собственное имя левши... навсегда утрачено для потомства; но как олицетворённый народною фантазиею миф он интересен...

……尽管这些故事带有神话般的传奇色彩,主人公也有着某种崇高的意味,但也大可不必很快就把它给忘掉。左撇子这个人的名字对后代而言永远地遗失了……但作为民间幻想的神话的化身,这个人物是饶有兴味的……

总之,在这类讲述体中,讲述人和作者的叙述语言所占的比例是变化的。时而讲述人表现得较为强烈有力,时而作者的语言又取而代之。

在第三类讲述体中,作者"完全隐退",通篇采用讲述人自述的方式,如果说前两类的作者客串在舞台上,那么这一类的作者则躲在幕后指挥操纵一切。左琴科(М. М. Зощенко,1894—1958)的一些短篇作品便属此类。作家笔下讲述人的语言成分过于庞杂,虽然作家一再指出他们都是些有着丰富社会阅历的人物,但毕竟还是留有明显的人为痕迹。读者可以隐约地感受到,这是无形的作者在讲述人的背后操纵一切。左琴科笔下的讲述人往往都是些自满自足、庸俗不堪的小市民。现实世界通过他们的思想意识反映出来,自然是变了形的。

而正是这些变形的反映，表现出了讲述人灵魂的贫乏。作者对讲述人，则抱以嘲讽的态度。这一态度是在讲述人的语言结构中体现出来的。作品中表面上只有讲述人的语层而没有作者的语层，而实际上前者中已包含了后者。所谓如水著盐，浑融一体。下面我们分析一下《蓝肚皮先生纳扎尔·伊里奇故事选》（«Рассказы Назара Ильича господина Синебрюхова»）中讲述人的语言结构以及它与作者的关系。这部作品以蓝肚皮先生自述的方式，向读者展示了一个老于世故的人物形象。讲述人语层的词汇成分相当繁杂，既有士兵的行话，如：

Так и так, — рапортую, — из несрочного отпуска.
"正是这样，"我报告说，"是休了长假回来的。"
<...> я, говорю, очень по самонужнейшему делу с собственноручным письмом из действующей армии.
……我，我说，实在是有一件顶顶要紧的事情，带有现役部队的一封亲笔信。

也有教会语的成分：

<...> воистинная есть правда<...>
……都是真真切切的事情……
Отвечаю смиренномудро <...>
我谦谨贤明地回答道……

还有公文语的因素：

<...> и очень я даже беспокоюсь по поводу недвижимого имущества.
……我甚至为不动产而感到十分担心。
Зачем, — отвечаю, — относишься с такими словами?
"你干吗用这种言辞对待我？"我答道。

以及报刊套话：

А всё, безусловно, бедность и слабое развитие техники.
显然，一切都是因为贫困和技术欠发达而造成的。

不过，构成西聂布留霍夫语层基础的是粗俗的市民行话，如：

Дам тёку.
我得开溜了。
Катись, — говорю, — колбаской.
"滚你的蛋。"我说。

虽然以上成分所占比例不同，所起作用的大小也不一样。但正是它们构成了五花八门的语言修辞层面。这一手法的运用表现出躲在讲述人背后的作家——左琴科本人的意志。这是作家故意安排的。既然日常口语中谁也不会这样使用语言，作为人物出现在作品中的讲述人，其语言的人为痕迹这么明显，是不是有失真之嫌呢？问题并非如此简单。从讲述人来讲，这样使用语言是想达到幽默的效果，而从作者来讲是为了达到嘲讽的目的，即作家对蓝肚皮如此运用语言抱以嘲讽的态度。正如维诺格拉多夫所指出的那样：

左琴科借助于言语表现力的独特形式创造了一系列讲述人，创造了许多"市民诗人"。他用各种方式将他们与自己的作家个性，与作者形象（指这一术语的本义）区分开来。作者"我"，可以说，将他们所有的人"牢牢地掌握在手中"，抱以嘲讽的态度凌驾于他们所有人之上。[①]

以上，我们从作品的语层关系入手分析了俄国文学史上三类较为典型的讲

[①] В. В. Виноградов, *О теории художественной речи.* Москва, 1971, с. 125.

述体中的作者形象。我们认为这有助于澄清文学界对作者和叙述人之间关系的模糊认识。长期以来，文艺学界混淆了叙述人和作者之间的关系；而通过对讲述体中语层关系的条分缕析，便可以使这两者之间的关系昭然若揭。

作为叙述体裁的小说不同于其他文学样式的重要标志，便是作者假托了一个叙述人（在讲述体中则表现为讲述人）来建构作品的叙事结构。叙述人是沟通作者和人物及艺术世界的中介。小说叙述人的叙事结构最为复杂的形式，莫过于讲述体。因此，解决了讲述体中的作者形象问题，那么小说的作者形象同样也就容易把握了。

从语层结构看《人的命运》的作者形象

肖洛霍夫（М. А. Шолохов，1905—1984）的短篇小说《人的命运》（«Судьба человека»，1956）是俄罗斯现实主义文学的典范作品之一，被公认为具有"俄罗斯语言艺术经典作品的价值"。思想性与艺术性的完美结合，"使得这部篇幅短小的小说，'较之许多大部头的作品显得尤为珍贵'。"①

小说采用了故事套故事的框型结构：作品的主体部分是主人公索科洛夫关于自己身世与经历的追述，而他的讲述又镶嵌在"作者"叙述——作品的引子和结尾及间杂在作品中的旁白的框架之内。因此，作品的语言分为两个不同的语层结构，即作品主人公的语层和"作者"的语层，按照俄罗斯修辞学的习惯，可以将前者称为讲述人的语层，将后者称为叙述人的语层。这两种语层及它们之间的相互关系构成了整部作品的辞貌特征。

一

《人的命运》的主人公索科洛夫所采用的是独特的口头独白的叙述方式。由于他"打乱了各种语域"，其口头独白的语言便具有明显的偏离标准语规范的倾向，并构成了一幅五颜六色的修辞图案。这种叙述方式正是我们在上文所论述的讲述体。讲述体中的复杂修辞现象表现了讲述人对讲述内容的各种主观感受，反映出他的丰富的思想意识，因为其中的一切都是通过讲述人的眼光所看到的，都是通过讲述人的世界观所认识的。

---

① Д. Д. Благой, *От Кантемира до наших дней* （*том второй*）. Москва，1979，с. 394—395.

从讲述人和作者的语层关系来看，《人的命运》采用的是我们在上文所分析的第一类讲述体的形式：讲述人的讲述镶嵌在作者叙述的框架之内，即作品的开头和结尾是作者叙述，作品的主体部分是讲述人的讲述，不过，其中还间杂着作者的解释性说明。

在讲述人——主人公索科洛夫的语层中，占主导地位并构成整个讲述基调的是带有口语、俚俗语色彩的词、短语和句式。我们不妨来分析一下索科洛夫讲述的第一段。

Поначалу жизнь моя была обыкновенная. Сам я уроженец Воронежской губернии, с тысяча девятьсотого года рождения. <...> В голодный двадцать второй год подался на Кубань, ишачил на кулаков, потому и уцелел. А отец с матерью и сестрёнкой дома померли от голода. Остался один. Родни — хоть шаром покати, — нигде, никого, ни одной души.

开头我的生活过得平平常常。我是沃罗涅日省人，1900 年生的……在饥荒的 1922 年，上库班给富农当牛做马，总算没有饿死。可是父亲、母亲和妹妹都在家里饿死了。只剩下我一个人，无亲无故、孤苦伶仃。①

在这一段话里，带有口语色彩的词和短语有：поначалу（开头），подался（到……去），хоть шаром покати（一无所有）；带有俚语色彩的词有：ишачил（当牛做马），померли（死掉）；带有口语色彩的语法形式有：жизнь моя была обыкновенная（我的生活过得平平常常），в голодный двадцать второй год（在饥荒的 1922 年）等。此外，在索科洛夫的讲述中还辅之以方言（如：чухаться［挠痒；磨蹭］，тощалый［瘦的］）、民间诗歌（如：горючая слеза［辛酸的眼泪］，при ясном солнышке［在明亮的阳光下］）和行话等成分。其中的行话又分为两类，一类是司机的职业行语：

---

① 本文中的作品译文引自草婴翻译的《一个人的遭遇》（人民文学出版社，2001 年版）。个别地方略有改动。

подкинул газку（踩大油门）, сел за баранку（开车）等；另一类是士兵的行话：походным порядком（步行）, гимнастёрка к лопаткам прикипала（军服都粘在肩膀上了）等。

以上所使用的这些庞杂的语言成分是由主人公的丰富阅历所决定的：他曾给富农当过雇工，做过木匠、钳工，开过汽车，打过仗。因此，这些庞杂的语言成分就使主人公的社会文化属性得到了具体的体现，也恰好说明了他是广大劳动阶层中的普通一员，这一人物形象具有广泛的民众性基础。

正如上文所述，讲述体中讲述人的主观情感色彩是很明显的。在《人的命运》中，索科洛夫的情感正是通过以上这些驳杂的语言成分而贯穿于他的整个讲述过程中。当谈到自己被俘的那段经历时，他用了许多带有俚俗色彩的动词来描写法西斯分子的丑恶嘴脸，如：лопочут, ржут, жрут, горланят（песню）（这些动词的中态词分别是：говорят［说］, смеются［笑］, едят［吃］, поют［唱］）。这些低品词表现出索科洛夫对法西斯分子的蔑视和憎恨。而在讲到养子瓦尼亚时，索科洛夫用了许多指小表爱的口语词，如：личико（脸蛋）, глазёнки（как звёздочки）（犹如星辰般明亮的小眼睛）, тоненько кричит（细声叫喊）, будто травинка（像株小草似的）。这便显露出索科洛夫对瓦尼亚的慈爱之情。由此可以看出，这些丰富的语言成分是主人公爱憎分明的内心品质的一种折射。

讲述体的运用是由它本身的优势所决定的，由于它是讲述人采用生动的口头独白的方式而展开的讲述，因而就显得格外亲切感人、真实可信，并且具有丰富的表现力和强烈的感染力，我们读者会情不自禁地被讲述人的生动描述所打动，沉浸在他所构造的情感世界当中，同叙述人一起凝神谛听他说出的每一句话，观赏他所做的每一个动作，真有一种如见其人，如闻其声的感觉。而且在讲述人的讲述过程间隙还会和他一起体会、思索他讲述的内容。因此，真实感人是讲述体的一个重要特征。肖洛霍夫极为重视文学的真实性，他主张尽可能地按照生活的本来面貌来描写和反映生活，尽量避免使用假定性的艺术手法，这一点似乎成了他的创作信条。他说："在不破坏其本来的外部形态，不使用与生活本身的形式相分离的假定手段的情况下，来表现出事物的内在深层本质。"① 在谈到另一篇小说《学会仇恨》的创作时，肖洛霍夫曾说："我以当初所记得的那样来转述这个故事。"② 其实，《人的命运》的创作又何尝不是这样的呢！据记载，创作这篇小说的直接起因是这样的：有一次作家在叶兰卡河的渡口遇到了一位带着小男孩的司机，这位司机向他讲述了自己的亲身经历和收养身边这个小男孩的缘由。作家听完后异常激动，事隔不久，便提笔写下了这篇感人至深的小说。这样，我们也就不难理解作家为什么要用讲述体这一文学样式了。

在《人的命运》中，肖洛霍夫运用讲述体成功地"反映出苏联反法西斯战争从 1941 年夏季悲剧性的退却到 1945 年春季胜利结束的各个主要阶段的发展趋势"③，真实地再现了以索科洛夫为代表的所有苏维埃民众在漫长的战争岁月里所经历的痛苦遭遇和他们的心路历程。我们通过索科洛夫的讲述，似乎听到了 20 世纪 40 年代苏联劳动人民群体的声音，似乎亲眼目睹了他们虽然饱受战争之苦，却仍旧昂首挺胸、阔步向前的豪迈气概。因此，肖洛霍夫赋予了讲述体以新的特质。

二

叙述人的叙述表现在作品的引子、结尾及间杂的旁白中。叙述人先引导读者了解主人公的外貌特征，观察他的言谈举止，然后通过他的讲述再深入到他的内心，对他的情感世界作出评价。

从语言成分上看，叙述人与讲述人这两个语层存在着一些差异。相对而言，讲述人语层中的口语、俗语的成分较多，而在叙述人的语层中标准语、规范语的成分占了很大比例。比如在描绘春天的景色时，叙述人用了大量描述性的修饰语，而这类修饰语在讲述人的语层中极为鲜见。不过，叙述人语层和讲述人语层之间的差异并不很突出，因为前者也用了不少带有口语色彩的词和

---

① А.В. Огнев, *Рассказ М. Шолохова «Судьба человека»*. Москва, 1984, с. 48.
② Там же. с. 48.
③ 陈敬咏著：《苏联反法西斯战争小说史》，南京大学出版社，1992 年版，第 95 页。

短语，如：

Глядя мне прямо в глаза светлыми, как <u>нёбушко</u>, глазами, чуть-чуть улыбаясь, мальчик смело протянул мне розовую холодную <u>ручонку</u>.

那孩子用一双天空一样清澈的蓝眼睛朝我望望，露出一丝笑意，大胆地伸给我一只嫩红的冰凉小手。

我们从叙述人的语层来看看他对主人公的态度的变化过程。

在作品的引子中，叙述人对主人公的态度一开始几乎是冷漠的，这从叙述人旁白的用词中可见一斑。请看他们见面时的情形：

— Здорово, браток!
— Здравствуй, — я пожал протянутую мне, большую, <u>чёрствую</u> руку.

"你好，老兄！"
"你好！"我握了握那只向我伸来的又大又硬的手。

对话中的 я 为叙述人，他用 чёрствый 一词来描写对方的手。此词的基本义为"硬邦邦的"，它还常常转义为"铁石心肠的，冷酷无情的"。叙述人使用这一修饰语绝非偶然，他觉得，初次见面，对方就用一个亲昵的词 браток 来称呼他，这让他有些难以接受。后来，叙述人弄清了其中的缘由——原来对方把他当成了自己的同行，以为他也是一名司机。这样，他便对主人公的亲昵态度表示理解。这时的叙述人是以旁观者的身份出现的，他所使用的词语在修辞色彩上都属于中态的。

随着主人公自述的展开，在后来的旁白及作品结尾处叙述人用了许多带有庄严、崇高色彩的词和短语，如：

Всё так же лениво шевелил сухие серёжки на ольхе тёплый ветер; всё так же, <u>словно под тугими белыми парусами</u>, проплывали <u>в вышней синеве</u> облака, но уже иным показался мне в эти минуты скорбного молчания безбрежний мир, готовящийся к великим свершениям весны, к вечному утверждению живого в жизни.

和煦阳光的春风依旧那么懒洋洋地吹动干燥的赤杨花，云儿依旧那么像一张张白色的满帆在碧蓝的天空中飘翔，可是在这默默无言的悲怆时刻里，那生气蓬勃、万物苏生的广漠无垠的世界，在我看来也有些两样了。

这段对春景的描写与索科洛夫的讲述内容发生了有机的联系，因此它不再是简单的景物描写，而获得了增义，尤其是其中的 мир, готовящийся <...> к вечному утверждению живого в жизни 一句使人联想到历经磨难的苏联人民的生命力是永远泯灭不掉的。

到了小说的结尾处，叙述人与主人公的思想感情已融为了一体，让我们再来看看这时叙述人对主人公的手的描写：

Чужой, но ставший мне близким человек поднялся, протянул большую, твёрдую, как дерево, руку <...>

这个陌生的、但在我已经觉得很亲近的人，站了起来，伸出一只巨大的、像木头一样坚硬的手……

同样是描写手的坚硬，从见面之初时用的 чёрствый 到现在分手时用 твёрдый，可以明显地看出叙述人对主人公态度的转变，这里的 твёрдый 简直就是一种赞美。于是，作品的结尾充满了浓郁的抒情笔调。

三

不言而喻，"人的命运"正是这篇小说的主旨所在，肖洛霍夫对这一命题做出了自己的阐释。下面我们就从讲述人和叙述人这两个语层间的相互关系来具体分析一下作家在这篇作品中所表现出的生命观。

首先，我们发现，无论是讲述人的语层，还是叙述人的语层都使用了一种相同的语言手段——两类功能不同的无人称句。

Судьба 一词的俄语释义为：складывающийся независимо от воли человека ход событий, стечение обстоятельств. 肖洛霍夫使用了一类无人称句，以突出强调"不以人的意志为转移"这一含义。先看讲述人的语层：

> Только не пришлось мне и года повоевать <...> Дырявил немец мою машину и сверху и с боков, но мне, браток, везло на первых порах. Везло-везло, да и довезло до самой ручки... Попал я в плен <...>
>
> 不过，我连一年都还没有打满……德国人从上头和旁边把我的汽车打了好多个窟窿。可是我呀，老兄，开头总算走运。不过，走运，走运，最后可走到绝路上来了……我被俘虏了……

这类无人称句同人称句相比，突出了"其结果是外界强加给你的，不是你的主观意志所选择的"这一层含义。这便强调了现实的严峻和艰难。在叙述人的语层中也有这类无人称句：

> В эту недобрую пору бездорожья мне пришлось ехать в станицу Букановскую. <...> Под сапогами хлюпал размокший снег, идти было тяжело <...>
>
> 在这交通阻塞的倒霉的日子里，我正巧要到布康诺夫镇去一下……浸水的雪在靴子底下发出吱咕吱咕的声音，走起来很吃力……

这是叙述人描写战后的第一个春天自己在泥泞的雪地上赶路的情景。这里，叙述人的赶路与主人公的生活道路也发生了有机的联系。

另一方面，肖洛霍夫还安排了一类表示与现实、与命运抗争的无人称句：

> Ну, думаю, — ждать больше нечего, пришёл мой час! И надо не одному

бежать, а прихватить с собою и моего толстяка, он нашим сгодится!

  我想：嗯，可不用再等了，我的时候到了！而且不光是自己一个人跑掉，还得把我那个胖子也给带上，我们那儿用得着他！

  Надо было сильно спешить...

  我得鼓足劲儿赶……

这类无人称句表现出时不我待的紧迫感，表现了主人公在艰难险阻面前不屈服、不低头、奋力拼搏的果敢精神。在叙述人的语层中也有这类无人称句：

  Во время переправы <...> надо было, бросив весло, побыстрее вычерпывать воду, чтобы лодка не затонула.

  在渡河的时候……得抛下桨，尽快地把水舀出去，使小船不至于沉没。

从以上这两类不同的无人称句的使用中可以看出作家是如何揭示作品主题的：战争对一个普通人来讲，毕竟是一场可怕的灾难，是一种巨大的痛苦，然而，尽管如此，他应当承受住战争的重负，以顽强的意志、昂奋的精神去谱写生活的新篇章。正如俄罗斯著名学者勃拉果依（Д. Д. Благой）所评价的那样：

  这部短篇小说的可贵之处恰恰在于，他的极端深刻的悲剧性以及其刚毅的、对生活充满乐观的解决方法，没有渗上一丝一毫玫瑰色的水分，不包含任何廉价的感伤主义的"抚慰"。[①]

其次，从叙述人和讲述人使用语言手段的某些细微差异中，我们发现，叙述人使讲述人的讲述内容在思想境界上又有所升华和提高。讲述人曾说过这样一句话：

---

① 孙美玲编：《肖洛霍夫研究》，外语教学与研究出版社，1982年版，第315页。

> На то ты и мужчина, на то ты и солдат, чтобы всё вытерпеть, всё снести, если к этому нужда позвала.
>
> 你既然是个男人，既然是个军人，就得忍受一切，承受住一切，如果需要这么做的话。

其中，作为 вытерпеть 同义词的 снести（承受住）多少带有消极、被动的意味，再者 если к этому нужда позвала 也显得较为笼统、含糊。叙述人在对小瓦尼亚的祝愿中也使用了相近的表达方式：

> <...> сможет всё вытерпеть, всё преодолеть на своём пути, если к этому позовёт его Родина.
>
> ……也能经受一切，并且克服自己路上的各种障碍，如果祖国号召他这样做的话。

这里的 преодолеть 与上面的 снести 相比，就显得更为主动、积极；而 если к этому позовёт его Родина 也显得更为具体和明确。由此可以看出，叙述人将讲述人的思想感情做了进一步的提炼。

在《人的命运》中，叙述人不仅帮助我们去感受主人公的痛苦遭遇，而且还帮助我们对主人公的命运做哲理性的思考，从中揭示出广泛而深刻的社会内涵。这样，我们看到作品塑造了鲜明的作者形象。在作者形象的结构中，"叙述人是作者立场，作家人道主义精神的传达者；在作品结构中对索科洛夫……这一具有不屈不挠的意志的人所做的最高的、也是主要的评价正是反映在叙述人的语言、思想和情感之中"。[①]

最后，我们谈谈对小说标题的理解和认识。对这一标题的翻译在我国翻译界曾引起争论，至今还不统一。主要有两种译法——《一个人的遭遇》和《人的命运》。«Судьба человека» 这一标题具有概括性和哲理性。如前所述，

[①] Л. А. Новиков, *Художественный текст и его анализ.* Москва, 1988, с. 258.

它包含了以索科洛夫以及瓦尼亚为代表的那个时代的全体苏联人民的命运。另一方面，标题本身蕴藏着两层含义：一层是显的，指主人公在战争中所经历的种种艰辛与不幸，即指主人公过去的命运；另一层含义则是隐的，暗指两位主人公以后的生活道路，即他们将来的命运。叙述人在小说结尾处提出这样的设问：Что-то ждёт их впереди?（在前面等待着他们的是什么呢？）关于这一点，作品中虽然没有给予直接的回答，但正如叙述人所祝愿的那样，我们都希望他们会勇敢、顽强地生活下去，不畏任何艰难险阻。而《一个人的遭遇》的译法只能包含主人公过去的命运，并不涉及主人公将来的命运，因此，从这一意义上来说，译为《人的命运》似更妥。

从作者形象看普希金对换说辞格的贡献

——以《叶甫盖尼·奥涅金》为例

"换说"（перифраза，亦可写作 перифраз），就是用描述性的语句来替代表达对象的本来名称或直接说法，以强调表达对象的某种特征，突现其形象性和表现力，它是俄语中最为常用的修辞方式之一。[①] 近二十年来，俄罗斯修辞学界对这一修辞格的内涵外延、基本类别、语法结构、修辞功用等各个方面做了广泛而深入的研究。我们拟从诗体小说《叶甫盖尼·奥涅金》（«Евгений Онегин»，1823—1831）中的作者形象来探讨一下普希金对换说辞格所做出的独特贡献。

一

《叶甫盖尼·奥涅金》（以下简称《奥涅金》）是俄罗斯第一部现实主义长篇小说，作品以彼得堡贵族青年奥涅金和县城小姐塔季扬娜的爱情故事为主线，表现了 19 世纪 20 年代俄国进步贵族青年的彷徨和苦闷，展示了从京城到外省的俄国社会生活，并折射出十二月党人起义前后的社会情绪。这部作品不仅开创了俄罗斯文学的现实主义时期，而且使俄罗斯文学跻身于世

[①] 汉语中没有与 перифраза 完全对应的修辞格，姑且译为"换说"或"代换说法"。关于其译名可参见：杨衍松：《换说及其修辞功能》，载《外语研究》2003 年第 2 期。Перифраза 一词源自希腊语 períphrasis，俄语中虽然也可写作 перифраз，但从最近 20 年的使用情形来看，人们更倾向于使用 перифраза 这一形式。

在《奥涅金》中，抒情主人公"我"扮演了极为重要的角色，他时而直接与读者对话交流，时而臧否人物，甚至还脱离作品的故事情节，就社会生活、文学创作等各类问题发表意见和看法。这位"抒情之我"就是反映在诗体小说中的作者形象。俄罗斯著名学者、普希金研究专家格·亚·古科夫斯基（Г. А. Гуковский）在论及《奥涅金》的作者形象时这样写道："《叶甫盖尼·奥涅金》这部长篇小说是以两位主角——叶甫盖尼和塔季扬娜之间的相互关系为基础的。但如果要完全准确的话，那就应该说，小说建构在三个核心的人物形象之上。这第三个，也许是最为核心的人物形象，就是诗人本人、作者的形象，他贯穿于整部小说，将小说的所有篇章连为一体。"① 这一作者形象既是"抒情之我"，又是故事情节的叙述者，同时还是作品中的出场人物，他自称是奥涅金的朋友，珍藏着塔季扬娜写给奥涅金的信，保存着连斯基写给恋人奥丽加的哀诗。他在叙事状物和抒发情感时大量运用了换说这一修辞手段。如在小说第一章他就开门见山地写道：

　　<u>Друзья Людмилы и Руслана!</u>
　　С героем моего романа
　　Без предисловий, сей же час
　　Позвольте познакомить вас: <...>
　　柳德米拉和鲁斯兰的朋友们！
　　我看不必写什么序文，
　　现在就把我这部小说的主人公
　　向你们做一番介绍：……

例中作者用 Друзья Людмилы и Руслана 来代称 Мои читатели（我的读者们）。这一换说中的柳德米拉和鲁斯兰是普希金长诗《柳德米拉和鲁斯兰》中

---

① *Пушкин в школе/Составитель В. Я. Коровина.* Москва，1999，с. 113。

的男女主人公。

《奥涅金》的作者形象从表现形态来看分为三类：第一，对故事中的人物直接表明自己的评价态度；第二，使用脱离故事情节的抒情插笔，这些抒情插笔有对潮流时尚、日常生活、文学艺术等诸多问题的看法，也有自传性质的追述；第三，体现在语言手段的具体运用之中。如果说前两类的作者形象是显现的，那么后一类则是隐含的。下面我们就从这三类表现形态入手来分析一下作者形象对换说的使用情形。

（一）对故事中的人物直接表明自己的评价态度

在描述故事人物时，作者的笔端饱蘸着浓厚的感情。叙述人常用夹叙夹议的方式对人物的言行直接做出评判，发表议论。我们先来看一下他在描述奥涅金时，借助于换说所表达出的评价态度。

奥涅金是京城的花花公子，和大多数贵族子弟一样，他的教育主要由法国家庭教师承担。在这位浅薄家教的照管下，他慵惰成性，好逸恶劳，请看他对学习历史的态度：

> Он рыться не имел охоты
> В хронологической пыли
> <u>Бытописания земли</u>;
> Но дней минувших анекдоты
> От Ромула до наших дней
> Хранил он в памяти своей.
> 他可压根儿也不愿意
> 钻进尘封的故纸堆中
> 去翻寻世人的陈迹故事，
> 而对过去的各种趣闻花絮，
> 从罗慕路斯国王直到如今，
> 却记得真真切切，烂熟于心。

例中作者用换说 Бытописание земли 代称 история（历史），增添了讽刺挖苦的效果。

在小说的第一章作者以揶揄讥讽的笔调讲述了奥涅金的身世及其成长环境。例如，作者这样描述奥涅金住所那具有贵族沙龙情调的奢华陈设：

> Янтарь на трубках Цареграда,
> Фарфор и бронза на столе,
> И, <u>чувств изнеженных отрада</u>,
> Духи в гранёном хрустале;
> 皇城的烟斗镶着琥珀，
> 桌上摆着陶瓷和青铜器皿，
> 雕花水晶瓶里装着香水——
> 娇嫩感官的喜爱之物；

这里作者将代换说法 чувств изнеженных отрада 置于表达对象的本来名称 духи 之前，正是这一换说赋予了全句以诙谐嘲讽的意味。

我们再看奥涅金在饭馆里享用的美味佳肴：

> Пред ним roast-beef окровавленный,
> И трюфли, роскошь юных лет,
> Французской кухни лучший цвет, <...>
> 面前是带着血丝的嫩烤牛排，
> 还有地菇，年轻人的奢侈品，
> 法式菜肴的最佳代表作，……

作者连用了 роскошь юных лет 和 Французской кухни лучший цвет 这两个换说代称 трюфли，以强调贵族生活的奢靡和挥霍。

其实，作者对奥涅金的评价态度不是单一的，既有嘲讽和揶揄，也有同情和惋惜。这从对奥涅金和塔季扬娜的爱情故事的叙述中可见一斑。两位男女主人公的爱情纠葛构成了小说的情节主线。起初，塔季扬娜对奥涅金一见倾心，并主动写信向他吐露心迹，可奥涅金拒绝了她纯真的爱情。两年后，奥涅金游历归来，这时塔季扬娜已成了大名鼎鼎的公爵夫人，奥涅金却燃烧起了对她的恋情：

> Но мой Онегин вечер целый
> Татьяной занят был одной,
> Не этой девочкой несмелой,
> Влюблённой, бедной и простой,
> Но равнодушною княгиней,
> Но неприступною богиней
> Роскошной, царственной Невы.
> 可我的奥涅金整个晚上
> 满脑子只想着塔季扬娜，
> 不是那个羞怯而钟情的，
> 可怜的，纯真的少女，
> 而是冷漠的公爵夫人，
> 富贵、壮丽的涅瓦河上的
> 一位无法企及的女神。

　　从字面上看，例中的三个换说都是塔季扬娜的代称，但由于这三个换说之间构成了鲜明的对比关系——不仅是其中的主导词 девочка 与主导词 княгиня, богиня 形成了比照，而且 несмелая, влюбленная, бедная и простая 这组形容词与另一组形容词 равнодушная, неприступная 也形成了对照，并且这句话又含有奥涅金本人的视角，因此这一修辞手段强烈地表现出作者对奥涅金的怪怨和痛惜。

　　作者对故事人物直接表明自己的评价态度，这一点不仅反映在主要人物的形象刻画中，而且还体现在次要人物的形象塑造中。请看对乡绅贵族的描写：

В пяти верстах от Красногорья,
Деревни Ленского, живёт
И здравствует ещё доныне
В философической пустыне
Зарецкий, некогда буян,
Картёжной шайки атаман,
Глава повес, трибун трактирный,
Теперь же добрый и простой
Отец семейства холостой,
Надёжный друг, помещик мирный
И даже честный человек:
Так исправляется наш век!

离开连斯基居住的红山村
五俄里之外，有一处
适于思考哲理的荒僻之地，
那里住着扎列茨基，
至今他还安然健在，
过去是个惹事大王，赌徒的头目，
浪子的首领，酒店的论客，
现如今却是个朴实善良的
没有家室的一家之主，
可靠的朋友，和气的地主，
甚至还是个诚实的人：
我们的时代的确在不断进步！

  例中指代扎列茨基的八个换说可分为两组，前四个为一组，后四个为另一组，这两组换说的相互映衬得到了讽刺幽默的效果。需要指出的是，其中的 отец семейства холостой 本身也具有明显的嘲讽意味，作者将讽刺的矛头指向了农奴制：在农奴制度下，女奴被主人强行霸占并生养子女的现象非常普遍，但由于社会等级的限制，女奴无权成为农奴主的合法妻室。

（二）使用脱离故事情节的抒情插笔

据统计，作品中有 50 处较为完整的抒情插笔，这些抒情插笔有对潮流时尚、日常生活、文学艺术等诸多问题的看法，也有自传性质的追述。如第四章第 28、29 和 30 节这三个完整的诗节所评论的对象就是当时流行于外省小姐和京城贵妇中的时尚——纪念册。作者对县城小姐和京城贵妇这两类纪念册所取的态度是截然不同的。请看作者对高贵妇人的豪华纪念册的评论：

> Но вы, разрозненные томы
> Из библиотеки чертей,
> Великолепные альбомы,
> Мученье модных рифмачей, <...>
> 但是你们，魔鬼的书库里
> 收藏的凌乱的卷册，
> 装帧得精制豪华的纪念册，
> 时髦的蹩足诗人的苦难之源，……

例中的两个代换说法分别位于表达对象的本来名称的前后，带有明显的讽刺和揶揄的意味。普希金在 1828 年写的《给 И. В. 斯辽宁》一诗中更加直白地表达了他对两类纪念册的看法：

> 我不爱时髦的纪念册：
> 那是高贵的夫人的社交
> 招引来的炫人的集合，
> 只宣示着她们的骄傲。
> 外省小姐的纪念册

却亲切、单纯、可爱得多，
那些殷殷絮叨的言辞
五光十色，却毫不造作。①

第七章第 33 和 34 节则是对俄罗斯道路状况的担忧和对地方当局治理公路交通的疑虑。作者对故步自封、夜郎自大的乡村铁匠们盲目赞美"祖国大地"的行径做了戏谑性的嘲讽：

> Меж тем как сельские циклопы
>
> Перед медлительным огнём
>
> Российским лечат молотком
>
> Изделье лёгкое Европы,
>
> Благословляя колеи
>
> И рвы отеческой земли.
>
> 而乡下的那些库克罗普斯
> 面对慢腾腾的文火，
> 用俄国的重锤来整治
> 欧洲那轻巧精致的产品，
> 嘴里还一个劲儿地称颂
> 祖国大地上的车辙和水沟。

例中代称 карета заграничного изготовления（外国制造的马车）的换说 изделье лёгкое Европы 增添了全句幽默风趣的讽刺效果。顺便指出，库克罗普斯是希腊神话中的独眼巨人、铁匠。

在抒情插笔中作者还发表了对文学创作的看法，如在谈到自己的诗歌创作时，作者写道：

---

① 查良铮译：《普希金抒情诗选集》（下），江苏人民出版社，1982 年版，第 218 页。

> И, сохранённая судьбой,
> Быть может, в Лете не потонет
> Строфа, слагаемая мной;
> 也许我谱写的诗节
> 将会得到命运的护佑，
> 而不致沉入忘川之水；

其中的换说 в Лете не потонет 指代 не забудется（不会被遗忘），Лета 是希腊神话中冥府的河流之一，亡灵喝了这条河的水就会忘记自己的尘世生活。需要注意的是，这里的 строфа 特指 Онегинская строфа（奥涅金诗节），它由十四行诗构成，分四组，前三组每组四行，最后一组两行，韵式为：第一组用交叉韵（abab），第二组押毗邻韵（ccdd），第三组押环抱韵（effe），最后一组则用对偶韵（gg）。后来事实证明，普希金所独创的这种诗节，不仅没有"沉入忘川之水"，反而对俄语诗律的发展产生了深远的影响。

另外值得注意的是，为了增强抒情性和感染力，作者有时还运用了呼告的修辞手法，即将换说直接用作呼语来抒发自己的内心感受，有呼人和呼物两种形式。如呼人：

> Певец Пиров и грусти томной,
> Когда б ещё ты был со мной,
> Я стал бы просьбою нескромной
> Тебя тревожить, милый мой: <...>
> 《酒宴》的作者，歌唱忧愁的诗人，
> 要是你还和我在一起，
> 我亲爱的朋友，我就会提出
> 一个大胆的请求来打扰你：……

这里的换说 Певец Пиров и грусти томной 代指诗人 Е. А. Баратынский

（叶·阿·巴拉登斯基）。由于作品中并未出现这位诗人的姓名，即表达对象的本来名称，为方便读者的理解，普希金特地对这一代换说法加了注释："指叶·阿·巴拉登斯基。"再如呼物：

  Прощай, свидетель падшей славы,
  Петровский замок.<...>
  别了，英名陨落的见证者，
  彼得宫。……

这是拟人呼告，即把物当人来呼唤，进而抒发胸中汹涌澎湃的激情。

作品中随处可见的抒情插笔和作者的客观叙述有机地融合成一体，不仅拓展和深化了主题思想，而且构成了小说鲜明的艺术特色。

（三）体现在语言手段的具体运用之中

以上两类的作者形象以抒情主人公的身份径直站出来与读者进行交流，并不加掩饰地发表自己的议论，与作品中的其他人物形象处于同等地位。第三类作者形象则表现在作品的文辞体系中，即体现在语言手段的具体运用过程中。读者通过作品语言结构的分析，包括具体的语言修辞手段、各种语体、不同的社会语言类型等，便可以自然地体会到作者形象渗透在字里行间的感情色彩。这里我们所要分析的是作者形象对换说这一修辞手段的使用。

小说中的作者形象主要采用现实主义的创作方法来建构作品，展开叙述。而现实主义的创作方法与当时俄国文坛流行的浪漫主义的表现手法大异其趣。在换说的使用上，现实主义文学与一味追求浮华绮靡的浪漫主义文学有着本质的区别。作者在运用换说时借助混用和降用的语言手法，表达了对浪漫主义绮丽风格的不满和嘲弄。

所谓混用，就是故意将高雅色彩的换说与低俗色彩的词语糅合在一起，以造成滑稽可笑的效果，如将宗教意味很浓的庄重语句和表示世俗概念的低品词语混杂使用：

И отворились наконец

Перед супругом двери гроба,

И новый он приял венец.

Он умер в час перед обедом, <...>

最终在丈夫的面前

打开了坟墓的大门，

于是他接受了一顶新的花冠。

他在午饭前一个钟头死去，……

例中 отворились двери гроба 和 новый он приял венец 这两个具有浓厚宗教色彩的换说指代 он умер，与日常生活中表示精确时间的词组 в час перед обедом 杂糅掺和在一起，显得极不和谐。再如：

Надгробный памятник гласит:

Смиренный грешник, Дмитрий Ларин,

Господний раб и бригадир,

Под камнем сим вкушает мир.

墓碑上刻着这样的铭文：

德米特里·拉林，卑微的罪人，

上帝的奴仆，准将军衔，

在此碑下永享安宁。

其中 вкушает мир（替代 похоронен［安葬］），смиренный грешник 和 господний раб 这三个换说都具有浓郁的宗教意味，而 бригадир 则是典型的世俗词语，尤其是作者故意将 смиренный грешник 和 бригадир 直接糅合在一起，更加突出了滑稽的效果。

再看降用。在浪漫主义文学中，换说通常只用于尊贵高雅或富有诗意的表达对象，而作者却把换说故意用于日常生活中低贱、卑微的描述对象（如寻常百姓家的顽皮孩童），这是降级使用的手法，如：

> Мальчишек радостный народ
> Коньками звучно режет лёд;
> 一群快乐活泼的孩子们
> 用冰刀嚓嚓划破坚冰；

这个换说由一个完整的句子构成，替代 Мальчишки радостно катаются на коньках。（孩子们在欢快地滑冰）这一直接说法。作者本人对这句话特意加了注释："有位评论家指出：'此处指孩子们在滑冰。'是也。"注释中的评论家指的是 M. A. 德米特利耶夫，他指责普希金将高雅的诗体表达方式用于"非诗意"的描摹写真。其实，这正是作为俄罗斯标准语创始人的普希金对俄语的改革和创新。在作品的另一处，作者对浪漫主义文学十分流行的代换说法 небесная лампада（天上的那盏明灯）直截了当地表明了自己的态度：

> Он рощи полюбил густые,
> Уединенье, тишину,
> И ночь, и звёзды, и луну —
> Луну, небесную лампаду, <...>
> 他爱上了丛林的茂密，
> 爱上了孤独和寂静，
> 还有夜晚，星星和月亮，
> 月亮，天上的那盏明灯，……

浪漫主义文学一写到月亮，便总是用换说 небесная лампада 来指代，这几乎成了浪漫主义文学的陈词滥调。接着上文，作者用调侃嘲弄的笔调写道：

> Но нынче видим только в ней

Замену тусклых фонарей.
可如今我们只把月亮
用来代替昏暗的路灯。

"天上的那盏明灯"顿时降到了地上，变成了"昏暗的路灯"。
作者在第八章中描绘了一个滑稽可笑的怪老头形象：

有一位白发洒满香水的
老头，爱用老一套词句来逗乐，
尽管说得那么巧妙、俏皮，
如今听来却有点滑稽可笑。

其实这是作者对浪漫主义表现手法（包括换说运用）的生动写照和绝妙讽刺。

以上我们从作者形象的三种表现形态入手分析了换说的使用情形。从上面的分析中我们可以看出，换说具有以下三个用法特点：第一，作品中只出现代换说法，而不出现表达对象的本来名称（或直接说法）；第二，代换说法和本来名称（或直接说法）同时出现，在这种情况下，作者有时连用两个以上的换说；第三，从语法结构来看，换说可分为词组形式和句子形式。词组形式的换说占据绝对多数，其中又以静词性词组居多。

二

普希金通过《奥涅金》中的作者形象来运用换说辞格究竟有何用意？诗人本人又是如何看待这一修辞手法的呢？在回答这两个问题之前，先让我们简要回顾一下当时的俄国文坛使用换说的大致情形。

俄语中的换说修辞方式是于18世纪从法国引进的，俄国古典主义文学高级体裁的作品中已开始运用换说。到了18世纪末至19世纪初，换说已成为感伤主义和浪漫主义文学创作中必不可少的艺术手法。感伤主义和浪漫主义文学在表现形式上讲究雅致雕饰、铺陈渲染，追求文采绚丽、辞藻丰赡。而以描述性见长的换说辞格自然就成为了感伤主义和浪漫主义作家们所青睐的对象。请看感伤主义作家卡拉姆津（Н. М. Карамзин，1766—1826）喜欢使用的换说：магазин человеческой памяти（人类记忆的储藏库）代称память（记忆），вечер своей жизни（生命的黄昏）代称старость（老年）。再看浪漫主义诗人巴拉登斯基（Е. А. Баратынский，1800—1844）常用的换说：дом подземный（地下的寓所）代指могила（墓穴）或гроб（棺材），роковое новоселье（厄运所致的迁居）代指смерть（死亡）等。这些原本形象生动的表达方式，由于被感伤主义和浪漫主义作家们反复运用，乃至滥用，渐渐变成了程式化的俗套，最终失去了形象性和表现力，以致让人读后味同嚼蜡，毫无新鲜的印象。有些作品甚至无病呻吟，极尽雕琢堆砌，涂脂抹粉之能事，似乎想以此来弥补思想内容的贫乏。

普希金对当时俄国文坛滥用换说等同类修辞方式的情形极为不满，愤然写道：

> 对于我们那些将朴实地描述最普通的事物视为低能，而总是想用各种补充说明和了无生趣的隐喻来使幼稚的散文变得生动起来的作家们，真不知说些什么才好。这些人一提到"友谊"这个词的时候，就一定要添上：这一燃烧着高贵热情的神圣情感等。本来应当说"清晨"，可他们却要写道：初升太阳的第一抹曙光刚刚照亮了东方蔚蓝色的天际。——啊，这多么新颖别致，难道只要写得越长就越好吗？①

为了追求表述方式的优美雅致、绚丽多彩，而使得语句冗长繁赘，堆砌做作，这是当时俄国文坛流行的新潮时尚，普希金对此深恶痛绝，因此他接着又写道：

---

① *Русские писатели о языке/Под редакцией А. М. Докусова.* Ленинград，1954，с. 123.

我读到一位戏剧爱好者的描述：这位深得阿波罗的恩惠，受到喜剧女神塔利亚和悲剧女神墨尔波墨涅的庇护……的少女。我的上帝啊，你干脆写上：这位年轻漂亮的女演员——然后再继续写下去——请相信，谁也不会注意你的这种表述，谁也不会对你说声谢谢。①

　　正是基于这种观点，普希金通过《奥涅金》中的作者形象对浪漫主义文学滥用换说的情形尽情地做了讥笑和嘲讽。普希金推崇的是不加矫饰、不施雕琢、朴实无华的文体风格。但与此同时，普希金还认为，决不能因此而排斥对换说的运用，至关重要的是，在使用过程中一定要和谐得体，他写道：

　　真正的审美力不在于一味排斥某个词语，某种表达方式，而在于体味它用的是否恰当，妥帖。②

　　所谓"恰当，妥帖"，就是要适应表达内容的需要，切合特定的题旨情境，力求恰到好处。

　　普希金通过《奥涅金》中的作者形象实践了自己的这些理论主张。在这部作品中，一方面，他对浪漫主义文学在换说的使用中一味追求精致优雅的效果做了讥笑和嘲弄；另一方面，他独创了许多突出的人物性格特征，反映出作者形象对描述对象所持评价态度的换说。普希金的创作实践和理论主张使得换说的功能在俄语中发生了根本性的转变：这一辞格不再是精雅格调的标签，而是强调表达对象的某种特征，突现其形象性，增强表现力的积极修辞方式。可以说，这使得换说的运用在俄语修辞史上实现了一个质的飞跃，这也正是作为俄罗斯标准语创始人的普希金对换说辞格所做出的独特贡献。

　　最后值得一提的是，现在人们已习惯于用换说的方式将普希金称为：

---

① *Русские писатели о языке/Под редакцией А. М. Докусова.* Ленинград，1954，с. 123.
② *Русские писатели XVIII — XIX веков о языке: в 2 т.* Москва，2000，Т.1，с. 346.

солнце русской поэзии（俄罗斯诗歌的太阳）, гордость нашей литературы（我们文学的骄傲）, гениальный ученик Г. Р. Державина（加·罗·杰尔查文的天才学生）, блестящий преемник В. А. Жуковского（瓦·安·茹科夫斯基的优秀继承人）, создатель русского литературного языка（俄罗斯标准语的创始人）, автор «Евгения Онегина»（《叶甫盖尼·奥涅金》的作者）等。

析阿赫玛托娃早期诗歌创作中的"象征"手法

维诺格拉多夫作为一名杰出的文学修辞理论家，给后人留下了一笔丰富的文化遗产。"象征说"就是其中的一小部分。"象征说"是维诺格拉多夫于 20 世纪 20 年代在《论安·阿赫玛托娃的象征手法》（«О символике А. Ахматовой», 1922）、《论安娜·阿赫玛托娃的诗歌创作（修辞论稿）》（«О поэзии Анны Ахматовой (стилистические наброски)», 1925）、《论修辞学的课题.〈大司祭阿瓦库姆行传〉风格研究》（«О задачах стилистики. Наблюдения над стилем Жития Протопопа Аввакума», 1922）这三本著作中提出的一个重要理论概念。后来这一理论被广泛运用，尤其是在评价安娜·阿赫玛托娃（Анна Ахматова,1889—1966）的诗歌创作时它更是成为了不可或缺的经典之论。虽然"象征"（символ）作为一个有着自身独特含义的术语，由于种种原因，并未留传下来，但这一思想却在俄罗斯文学修辞理论界深深地扎下了根。直到 90 年后的今天，人们在分析研究诗歌语言时还常常提及并运用这一理论。这里我们首先对"象征"理论做简要的述评，然后用这一理论来具体分析一下阿赫玛托娃的早期诗歌创作。

一

维诺格拉多夫提出的"象征"与传统意义上的象征相比已注入了新鲜血液。传统意义上的象征作为一种修辞格指的是某种特定的艺术形象，它运用转义的技法表达出某种特殊的意义和情感。乌沙科夫主编的《俄语详解词典》对传统意义上的文学象征是这样释义的："表示某种特定思想和情感的艺术形象。"

维诺格拉多夫的同道人，日尔蒙斯基（В. М. Жирмунский）在分析这两个新旧象征概念的异同时指出："我们把'语言述题'称作象征，使之与传统上用'象征'一词表示专门的诗语转义的术语相对立。"①（这里的诗语［поэтическая речь］是广义的概念，即指富有艺术性，具有美学功能的文学语言，不仅仅是指诗歌的言语。）维诺格拉多夫在论述中不止一次地强调了"作为诗语的语义单位的象征概念"这一说法。② 可以说，"象征"的是文学作品语言的基本范畴。那么，作为语义单位的"象征"与普通的词汇单位（лексема）有什么区别呢？下面我们以普通的词汇单位为参照对"象征"的内涵及特点加以诠释。维诺格拉多夫认为："词汇单位是指在某一语音综合体中所潜藏意义的总和。"（第372页）不仅单个的词语，而且在意义上不可分割的词组，甚至一个句子都可以看作是一个完整的词汇单位。要弄清一个词汇单位具体的真实含义，不仅要看词汇单位本身所固有的意义，而且还要看与这一词汇单位发生关系的词组和句子。而"象征"是具有美学功能的诗语的语义单位。"它是在日常生活言语中习用的，以各种形式出现的词汇单位的基础上得以理解和领会的。"（第372页）也就是说，对"象征"的理解要以普通的日常言语做铺垫，做背景。"象征"在结构上与词汇单位很相似，它不仅是指个别的词语，也可以包括意义上密不可分的词组和句子。那么，在文学作品中究竟哪些是普通的词汇单位，哪些又是"象征"呢？有时，看上去很难区分，但实际上还是可以加以鉴别的。"象征"意义的含量之大远为词汇所不及。造成"象征"意义含量增大的原因是"象征"作为"审美客体"，即文学作品有机整体的组成元素，获得了与本作品中许多其他形象及情感发生联想的潜在力量。"所以，象征的主要特点就是它的意义由该'审美客体'的整个结构所决定。"（第374页）知道了"象征"与词汇单位的这两点区别，我们就不难理解维诺格拉多夫给"象征"所下的定义："象征是文学作品范围内，在美学上具有某种定形，在艺术上受到制约的言语单位。"（第373—374页）"在美学上具有某种定形"，就是我们上面

---

① В. В. Виноградов, *Поэтика русской литературы*. Москва, 1976, c. 502.
② Там же. c. 372. 以下凡出本书的引文，只标页码，不再另注。

所说的"象征"是具有美学功能的诗语单位，而不是普通的言语单位，"在艺术上受到制约"也就是我们所说的"象征"在某部文学作品中的意义由这部作品的整体结构所决定。

维诺格拉多夫对"象征"并未做全面的考察，而只是从"义变"的角度做了详尽的条分缕析。维诺格拉多夫认为义变是"象征"的核心所在。所谓义变（семантическое преобразование）就是给普通的词汇单位注入新的内容。具体来讲，词汇单位的实际意义或感情色彩得到了某种加强与突出，或者相反，受到了某种削弱，或干脆注入了新的感情色彩。义变是区别"象征"和普通的词汇单位最为显著的标志。造成义变的方法很多，但最主要的是把两个以上在意义和感情色彩上相互对立或根本不相协调的词汇单位搭连在一起。由于这种手法的运用，原来很普通的、人们都习以为常而失去形象意义的词汇单位仿佛又得到了再生，让人觉得耳目一新。

每一个作家对"象征"的甄选和使用都很独特。而确立这一体系的手法，则称之为"象征法（символика）"。"象征法……研究它们（指象征）美学变义的各种手法和它们本身所受限制的意义上的差异。"[①] 把"象征"按照语义进行分类等问题也在"象征法"的研究范围之内。研究某一作家的"象征法"应采用两种方法。一是"确定作家艺术创作的语言意识的'类型'"。（第371页）作家的"语言意识"主要指词汇语义体系和成语语义体系。"确定这一问题对作家选择某范围象征的动机，对弄清象征连缀中的独特性……都有重大意义。"（第371页）二是"将作家创造的单个的审美客体进行分解，目的是为了确定作为这一有机整体因素的象征的结构功能。"（第371页）

研究"象征法"的这两种途径，尤其是第一种途径，即对作家语言意识的研究可以揭示出连贯语义的实质，因此引起了不少学者的共识。著名哲学家、文艺理论家、语言学家洛谢夫（А. Ф. Лосев）从意识流的角度谈到了语言意识的问题：

[①] В. В. Виноградов, *О языке художественной прозы*. Москва, 1980, с. 6.

意识流是语言意识的不断流动，这种流动作为对此语言意识活动中连续的、被严格确定的因素进行充实是可能的，而且是必需的。连续的、被严格确定的因素绝不会自行消亡，但只存在于它们相互间的融合中。因此，从意识流的角度来看，语言中根本不存在绝对的间断性，但是语言中出现的任何一个间断的因素总是受它们前后的语义活动的感染。语言中任何一个间断的因素都不是自我独立存在的，而是作为语义形成的原则，作为对它前后上下文的某一范围而产生的动态感染力而存在的……语言实际上是间断点被完全融合的一种不间断的延续流。①

正是对这种"语言意识"的研究给了维诺格拉多夫极大的启迪。后来，他以"语言意识"为契机直接转向对"作者形象"的研究。

维诺格拉多夫之所以注意研究作家的"象征"，其中一个很重要的原因就是：他认为，分析研究某作家的"象征"，对把握这一作家的艺术风格起着至关重要的作用。他指出：独特的艺术创作风格的概念首先应看作是对"象征"在美学上进行创造性选择，并对之进行理解认识，配置安排的体系。

必须说明，维诺格拉多夫的"象征"与我们习用的象征概念并非大相径庭，毫无相通之处。俄国白银时代著名诗人曼德尔施塔姆（О. Э. Мандельштам）对俄国象征主义的手法有过一段精彩而生动的论述：

形象就像是标本，被掏去了内脏，里面充塞了异物……正常的理解被扰乱。真正的，实在的东西无影无踪。简直是一场可怕的彼此相互点头示意的"协调"乡间舞。谁也不愿以自己的真实面目出现……所有的器具都起来造反了，扫帚罢工了，煮罐也不愿再煮东西了，而要给自己添上绝对的意义。②

---

① А. Ф. Лосев, *Знак. Символ. Миф.* Москва, 1982, с. 455.
② 转引自 Л. Я. Гинзбург, *О лирике.* Москва-Ленинград, 1964, с. 362.

可见，象征主义作品中词语形象的内涵与它们原来的意义相比已发生了变异。而维诺格拉多夫主要也是从义变这个角度对"象征"加以考察的。因此，它与传统的象征概念有着千丝万缕的联系。

"象征"说在维诺格拉多夫的整个诗学体系中具有举足轻重的作用。他的整个诗学体系的理论核心是"作者形象"，而"象征"研究正是"作者形象"研究的滥觞。"象征法"，尤其是其中的"语言意识"促使维诺格拉多夫认识到研究"作者形象"的重要性。

二

现在我们来具体分析一下阿赫玛托娃早期诗歌作品中的"象征"手法。

阿赫玛托娃早期诗歌作品总的语言特色是以知识阶层的口语为广泛基础，用维诺格拉多夫的话来说："阿赫玛托娃运用知识阶层常见的口语词组，并给它们裹上一层修辞技法的复杂网，赋予它们以新的语义特征。"（第376页）

阿赫玛托娃早期诗歌作品中的"象征"手法十分明显。可以从两个不同的角度，即从语法结构和从具体的实物意义对"象征"进行分类。从语法结构的角度又可以把女诗人的"象征"分为三类："词象征"，"语句象征"和"句子象征"。为了表述方便起见，我们先看"语句象征"和"句子象征"。

所谓"语句象征"（символ-фраза）是指"与某一复杂的不可分割的概念相符，构成语法统一体的一组词"。（第377页）只有当语句（фраза）和句子（предложение）这两个单位不相吻合时，语句的义变才有可能在句子的疆界里进行。在句子的范围内，语句只有通过与另一个在实际内容和感情色彩上与之相去甚远、互不协调的"象征"相连缀才能发生义变。如：

　　　　Я сошла с ума, о мальчик странный,
　　　　В среду, в три часа!
　　　　　　　　　　（«Вечер»）

我都疯了呀，哦，奇怪的男孩，
　　在星期三，三点钟！
　　　　　　　　（《黄昏》）

　　前一个感情丰富、表现力很强的"象征"由于与后一个公文式的干巴巴的语句相连缀，其感情色彩受到了削弱而发生了义变。

　　还有一种囊括整个句子的"语句象征"，这就是"句子象征"（символ-предложение）。一部诗作的含义往往通过不同的"句子象征"的相互对照、彼此连接而产生。各句之间往往失去了具体内容方面的逻辑联系，而深藏着一种特定的象征关系。句子与句子之间的跳跃性很大，甚至是风马牛不相及。这种跳跃性越大，意义联系的特定性也就越深刻。而且，句法现象与创造新的语义的关系也表现得非常显著。如：

　　Ты пришёл меня утешить, милый,
　　Самый нежный, самый кроткий...
　　От подушки приподняться нету силы,
　　А на окнах частые решётки.
　　　　　　　　（«Чётки»）
　　你前来安慰我，亲爱的，
　　你最柔情，最温和……
　　我没有力气从枕头上起身，
　　窗户上的铁条如此稠密。
　　　　　　　　（《念珠》）

　　这几行诗句流露出女主人公抑郁的感情基调。第三句和第四句这两个"句子象征"之间几乎没有什么逻辑联系。带有否定意味的"象征"通过用对比连接词加上另一个句子象征，使诗的抑郁情调更加浓厚了。

　　第三类是"词象征"（символ-слово）。所谓"词象征"是指阿赫玛托娃独特的修饰语，即修饰动词的副词和修饰名词的形容词。如果一个语句本来是一个完整的司空见惯的语义单位，一经这种"词象征"的介入，它便破坏了这个完整的统一体，改变了这个完整统一体的情感和意义的面目。

女诗人笔下作为副词的"词象征"有两组：

（1）使动词的语义面目发生变化的单个副词形式。如：

На земле тебя можно искать
Или только в вечерней думе
По усопшем светло горевать.
（«Белая стая»）

在大地上是否还能把你找到，
或者只在傍晚的沉思中
情真意切地将死者哀悼。
（《群飞的白鸟》）

这里，动词是表示情感的，而修饰它的副词在感情色彩上正好与之相对，使它的感情色彩发生了变异。

（2）两个副词的叠用。这两个副词之间的联系是借助于突发的联想活动而产生的。因此，不仅是副词自身的语义情感发生了突变，而且被它们修饰的动词也受到了影响，从而获得了独特的语义。如：

Улыбнулся спокойно и жутко
И сказал мне: «Не стой на ветру».
（«Вечер»）

他漠然而又可怕地微微一笑，
对我说："不要站在风口。"
（《黄昏》）

А мы живём торжественно и трудно <...>

（«Белая стая»）

我们活得那么郑重、那么艰辛……

（《群飞的白鸟》）

女诗人通常连用两个形容词作定语，而这一对形容词又往往选自不同的语义场。作为形容词的"词象征"分为三组：

（1）两个形容词虽然分别属于不同的语义场，但它们的感情色彩相似。如：

Смуглый и ласковый мой царевич
Тихо лежал и глядел на небо.

（«У самого моря»）

我那黧黑而温和的王子
静静地躺着，观望天空。

（《在海边》）

（2）两个形容词从不同的角度来说明事物，其感情色彩也不尽相同。如果第一个形容词与被修饰词在意义上联得比较自然，那么第二个形容词则显得很突然。如：

В жестокой и юной тоске
Её чудотворная сила.

（«Белая стая»）

在那残酷的青春的忧愁中
孕育着她那奇异的力量。

（《群飞的白鸟》）

（3）两个形容词无论是具体内容，还是感情色彩都明显对立。如：

Слагаю я весёлые стихи
О жизни тленной, тленной и прекрасной.
　　　　　　　　（«Чётки»）

我抒写快乐的诗篇歌颂生活，
易朽的生活啊，你易朽而又丰美。
　　　　　　　　（《念珠》）

除了以上说的副词和形容词单独使用外，还有副词和形容词的合用，构成一个复合词。这种复合的修饰语分三组：

（1）形容词表颜色，而副词带有象征意义的情感。如：

Только в спальне горели свечи
Равнодушно-жёлтым огнём.
　　　　　　　　（«Вечер»）

只有寝室的蜡烛
漠漠地闪着黄色的光。
　　　　　　　　（《黄昏》）

（2）表示情感类型的形容词，由于和同是表示情感色彩的副词的合用，其意义的范围缩小了。如：

Я думала: томно-порочных
Нельзя, как невест, любить.
　　　　　　　　（«Чётки»）

我觉得，不能去爱
有懒散恶习的女人，作自己的新娘。
　　　　　　　　（《念珠》）

（3）由于副词和形容词在意义和感情色彩上截然相反，从而产生了新的效果——这便是矛盾修饰法（оксюморон）。如：

Ни один не двинулся мускул
Просветлённо-злого лица.
（«Чётки»）

显得豁达而又凶狠的脸
一点儿也没有露出情绪不稳。
（《念珠》）

以上我们从语法结构对女诗人笔下的"词象征"做了简要分析，现在我们从具体的实物意义出发对"词象征"做一分类。这类"象征"可称为"实物象征"（предметный символ 或 вещный символ）。所谓"实物象征"，是指有具体的实物意义，又有某种象征意义的一个或一组名词。它分为两小类。在第一组"象征"中，女诗人使实物名词与瞬间即逝的某种情感发生关联。这些"象征"用得很独特，它们的语义面目是双重的：既像是直接指向实物本身的概念，引起读者对现实世界的联想；又像是在它们与女主人公抒发的感情之间隐藏着某种象征关系。如：

На столе забыты
Хлыстик и перчатка.
（«Вечер»）

马鞭儿和手套——
全忘在案头上。
（《黄昏》）

在诗的开首，这两个实物名词起的纯粹是指称功能。但随着

Отчего ушёл ты?
Я не понимаю...
你为什么走了？
我感到迷茫……

Сердце, будь же мудро.
心儿呀，你要善良。
Ты совсем устало...
心儿，你太累了……

这几行带有不同情感的诗句的出现，它们便披上了"象征"的外衣。

如果第一组"象征"可以称作为一次性出现的"象征"，那么第二组则可以称为反复出现的"象征"。这组"象征"由一连串实物名词构成，不止一次地出现在阿赫玛托娃的诗中。它们活动性很强，活动范围很广，可以出现在不同的上下文中。它们的喻义功能非常明显，与日常口语中相应的词汇单位好像完全脱了节。由于这些"象征"经常反复地出现，它们成为了女诗人语言意识中某种固定内容的统一体。如贯穿于女诗人整个早期创作过程的"歌""祈祷""爱情"就是反复出现的"象征"。

从以上的分析中可以看出，"象征说"有助于我们准确地把握阿赫玛托娃早期诗歌创作的修辞特色乃至整体语言风格。

二　人物语层篇

《智慧的痛苦》人物语言的口语化特征和诗律特色

——兼论格里鲍耶多夫对俄罗斯标准语和俄国喜剧诗律的贡献

19世纪初叶,古典主义文学流派在俄罗斯戏剧中占据主要地位。在剧情安排上,无论是悲剧、正剧,还是喜剧,古典主义都要求必须严格遵循三一律原则。在人物形象的塑造上,古典主义戏剧中的主人公应是某种品格和精神理念的体现者,即应为某种"范式"和"样板",而没有个性特征。亚·谢·格里鲍耶多夫(А. С. Грибоедов, 1795—1829)创作的喜剧作品《智慧的痛苦》(«Горе от ума», 1824)则冲出了古典主义的藩篱,塑造了一个个栩栩如生、具有鲜明个性的人物形象。刻画人物形象的主要手法之一便是大量使用生动的口语化的语言。在格里鲍耶多夫之前的俄国戏剧(如冯维辛的戏剧《纨绔子弟》)中,人物对话虽然已开始使用口语化的语言成分,但将生动的口语作为主要语言手段则第一次运用于《智慧的痛苦》中。关于这一点,格里鲍耶多夫的同时代人感受尤深,著名作家弗·费·奥多耶夫斯基(В. Ф. Одоевский, 1803—1869)这样写道:

> 只有在格里鲍耶多夫先生的作品中我们才找到了自然灵活的,与我们的社会各阶层所说的完全相似的语言,只有在他的笔法中我们才找到了俄罗斯特色。[①]

---

① Л. И. Петриева, Г. В. Пранцова, *А. С. Грибоедов. Изучение в школе*. Москва, 2001, с. 101.

大量生动的、"自然灵活的"口语成分构成了作品语言的鲜明特色。

人物语言的口语特质不仅反映在遣词造句上，而且还表现在诗律的运用上。这部作品用俄国戏剧的传统形式——诗体写成。就文学样式而言，在当时的俄国文坛上，韵文体独领风骚，而散文体则相形见绌。古典主义的诗体喜剧作品大多都使用"亚历山大诗行（александрийский стих）"，这种诗体在声韵方面有许多讲究，格律相当严密，具体说来，诗步（стопа）的数量和格式都有规定，即必须由六步抑扬格（шестистопный ямб）构成，押毗邻韵（смежные или парные рифмы），在每行的第三个与第四个诗步之间必须做行中停顿（цезура），使诗行在结构上均等切分。这些都是必须恪守的规定。源自法国文学的"亚历山大诗行"是冗长的等步格律诗体，显得凝滞刻板、单调划一，无法适应表达人物丰富复杂的思想情感的要求。格里鲍耶多夫对喜剧的诗律形式大胆地做了革故鼎新，在《智慧的痛苦》中成功地使用了自由抑扬格（вольный ямб）。所谓自由抑扬格，就是各行虽然均用抑扬格写成，但诗步数量不等，从一步到六步，可以随意变化。由于不受等步格律的限制，因此它与"亚历山大诗行"相比，显得灵活多变、伸缩自如，更为适合表达生动的口语化的人物对白和独白，在很大程度上能真实地传达出人物语言的声调特征。在韵律方面，剧中的诗行也不限于一个韵式，而是将环抱韵（охватные или опоясанные рифмы）、交错韵（перекрёстные рифмы）和毗邻韵交替使用。自由抑扬格的运用为俄国的诗剧形式注入了新的活力，格里鲍耶多夫因而成为俄国诗律的改革者。

一

我们拟从语音、词汇和语法层面入手来具体考察一下作品人物语言的口语化手段，然后再分析这些口语成分在人物形象的塑造中所起的功能和作用。我们所使用的"口语（разговорный язык）"概念，按照俄罗斯修辞学界现行的通用界定，既指口语本身，亦指口语的变体（разновидности разговорного языка),即方言（диалект）、行话（жаргон）和俚俗语（просторечие）等。[①]

（一）

首先，我们从语音、词汇和语法这三个层面来具体考察一下作品人物语言中的主要口语特征。

1. 语音特征

（1）重音

某些单词的重音有两种读法，即一般读法和口语读法。该剧的人物语言使用口语读法，如将 хóлодность（冷淡的态度），резедá（木樨草香水）分别读作 холóдность, резéда 等。

当前置词和名词组合在一起时，该词组的重音常常前移到前置词上，如：зá ночь（一夜之间），бéз толку（毫无道理地），нá лошадь（骑上马）。这种重音前附的现象是较为典型的口语特征。

当数词和名词搭配在一起构成词组时，重音也往往前附，落在数词上，如：через трú дни поседела（三天后她就白发苍苍了），в трú дни свариться（要消化三天），这也是明显的口语特征。

（2）读音

单词中的联音 -чн- 读作 -шн-，如：карточный（纸牌的）读若картошный。有时径直将 -чн- 书写为 -шн-，如：горнишная（侍女）。

形容词阳性词尾非重读时，词尾不读 -ый，而读 -ой，如：заметной（看得出来的），милой（亲爱的）等，例句：〔Лиза:〕Ах! амур проклятой!（唉！这倒霉的恋爱！）

读音上的口语化特征，有时还体现出区域性的特点，如：〔Фамусов:〕Уж мало ли крехтят.（诉苦抱怨的人可不在少数。）〔Фамусов:〕Дочь, Софья Павловна! страмница!（女儿，索菲娅·帕夫洛夫娜！真是丢人！）将кряхтят, срамница 分别读作 крехтят, страмница，均为十九世纪初叶莫斯科人在日常生

[①] А. И. Горшков, *Русская словесность*. Москва, 2001, с. 34—44.

活中的发音特点。

2. 词汇特征

作品中大量使用了具有口语色彩的词汇和成语。

（1）词汇

从词类来分，作品中的口语词汇有名词（如：дрянь［废物；真糟］，дичь［胡说八道］，склад［条理，意义］），动词（如：проситься［乞求］，валить［成群地行走］，смешаться［慌乱］），形容词（如：вздорный［荒谬的］，завиральный［荒诞的］），副词（如：разом［一下子；马上］，страх［非常］，давеча［不久前］），感叹词（如：ах①［啊，哎呀，唉］，ба［哎呀］，чур［走开］），语气词（如：вишь［你看，瞧］，ужли［难道；真是］）和连接词（如：да［再说，而且］）等。例句：〔Репетилов:〕Пускай умру на месте этом, /Да разразит меня господь.（就让我立马死去，就让我遭天打雷劈。）

另外，还有俚俗词语（просторечные слова），如：авось（也许），ан（可是；就是），мочь（力量，能力），ей-ей（真的），небось（恐怕）等。

（2）成语

我们这里所使用的成语（фразеологизм）这一概念，即指俄罗斯词汇学界通用的成语性短语（фразеологический оборот）。从结构类型来分，作品中既有单词式成语和词组式成语，也有句式成语。词组式成语又分名词性成语、动词性成语等。

第一，单词式成语：с зарёй（天一亮），с головой（有头脑的）。例句：〔Чацкий:〕Никем по совести она не дорожит.（无论对谁她都没有真心实意地去珍惜。）

第二，词组式成语：（1）名词性成语：час битый（整整一个钟头），（падать）со всех ног（筋疲力尽），во весь рост（挺直身子）。例句：〔Фамусов:〕Молчалин давиче в сомненье ввёл меня. /Теперь...да в полмя из огня.（莫尔恰林早就让我起了疑心。现在……半斤对八两。）（2）动词性成语：动词直接

---

① 据统计，该感叹词在剧本中使用的次数达60次之多。

加名词：бить баклуши（游手好闲），горе горевать（特别悲痛），выкинуть штуку（搞鬼名堂）；动词加前置词再加名词：удариться об заклад（打赌），зевать на потолок（闲得无聊），с рук сойти（逍遥法外，未受处罚）等。例句：〔Фамусов:〕Тебя уж упекут под суд!（早晚会把你送进法院的！）

第三，句式成语：сердце не на месте（心神不宁），нужен глаз да глаз（需要一个望风的人）。例句：〔Репетилов:〕Напрасно страх тебя берёт, /Вслух, громко говорим, никто не разберёт.（你不用担心，我们大声谈论，没有人能听得懂。）

以上这些口语词汇和成语都是全社会所通用的，除此之外，还有社会各阶层（如侍役、农民、军人等）所特有的口语词汇和成语，关于这一点我们将在下一节做一些具体的分析。

3. 语法特征

（1）构词

第一，人物对话中使用了许多带有指小表爱的词缀的词语，来表示各种感情色彩。有名词（如：дружочек［好朋友］，скляночка［小玻璃瓶］），形容词（如：черномазенький［（皮肤）黑黑的］，плохонький［坏坏的］），副词（如：частенько［不时地］，точнёхонько［的的确确］）和数词（如：тысячка［千］）等。例句：Отдушничек отвернём поскорее...（我们赶紧打开壁炉门……），Да, счастье, у кого есть эдакий сынок! /Имеет, кажется, в петличке орденок?（哇！有这么一个儿子可真幸福！好像他衣服襟儿上有一枚勋章？）

第二，使用 -ка, -то, -от, -те 等后置语气词（постфикс），如：просим-ка（我们恳求），житьё-то（生活）。例句：〔Фамусов:〕Скажи-ка, что глаза ей портить не годится, /И в чтеньи прок-от не велик.（告诉她，看坏了眼睛可不好，读书没有什么用处。）〔Репетилов:〕Вот эдаких людей бы сечь-то.（真该揍揍这些人。）剧中用得最多的后置语气词是 -с，如：〔Скалозуб:〕Не знаю-с, виноват; /Мы с нею вместе не служили.（对不起，不知道；我和她没有一起共过事。）有时还与表示尊敬的后置语气词 -те 联用，以加强尊重的语气，如：

〔Лиза:〕Да полноте-с!（得了吧！）

（2）词法

第一，某些前置词要求所搭配名词的接格形式具有明显的口语特征，如：для（为，为了），с（由于，因），без（无……，没有……）接阳性单数第二格名词时，要求加 -y。例句：〔Фамусов:〕Я только нёс их для докладу.（我只是拿过来向您汇报。）〔Чацкий:〕Она мертва со страху!（她吓晕了！）前置词 сквозь（透过，通过）要求接名词第二格，例句：〔София:〕Пойду любезничать сквозь слёз; /Боюсь, что выдержать притворства не сумею.（那我就含泪虚与委蛇；可就怕做不了这个假。）前置词 y（在……旁边）通常接名词第二格，但剧中人物对话常常使用第三格的形式，如：〔Репетилов:〕Я должен у вдове, у докторше, крестить.（我要到寡居的医生太太那里去做洗礼。）这是当时俄罗斯北部方言的特征之一。

第二，当前置词与由形容词和名词构成的词组搭配时，该前置词分别对名词、形容词做重复修饰，如：〔Фамусов:〕Постой же.—На листе черкни на записном（等一等。——在记事栏里写上），〔Репетилов:〕Поздравь меня, теперь с людьми я знаюсь /С умнейшими! — всю ночь не рыщу напролёт.（为我庆幸吧，现在我结交的都是绝顶聪明的人！我也不在外面溜达一整夜了。）

第三，使用多次体动词，如：езжать（〔乘车〕去），едать（吃），例句：〔Чацкий:〕А прежде как живали?（原来过得怎么样？），〔Хлестова:〕Я за уши его дирала, только мало.（我扯他耳朵，可惜扯轻了。）

第四，动词结尾形式 -сти 在口语中常常被 -сть 所替代，如：провести（度过），нести（拿着〔走〕），свести（把……领到）的口语形式分别是 провесть，несть，свесть。例句：〔Молчалин:〕Не смею моего сужденья произнесть.（不敢说出自己的看法。）〔София:〕Ночь целую с кем можно так провесть!（有谁能做到通宵陪着我！）

第五，使用感叹动词 прыг（腾地一跳），хвать（突然发现，出乎意料）等，如：〔Фамусов:〕Вот молодость!..читать!.. а после хвать!..（都是因为年少无

知！……读书！……将来会后悔的！……）〔Фамусов:〕А ты, сударыня, чуть из постели прыг, /С мужчиной! с молодым!（你呀，小姐，刚下床，就跟男士在一起！还是个小伙子！）

第六，多用动词命令式。不仅有第二人称动词命令式，还有由动词原型构成的命令式，如：〔Фамусов:〕Принять его, позвать, просить, сказать, что дома.（见他，我接见，请进来，就说我在家里等着。）有时命令式还用于转义，如用第二人称命令式表示假定意义，例句：〔София:〕Случись кому назвать его: /Град колкостей и шуток ваших грянет.（只要别人一提到他，你就大肆挖苦和嘲笑。）

（3）句法

在人物对话中，带有口语色彩的各种句子类型较为丰富，择其要之：

第一，由表象一格（именительный представления）构成的句式，如：〔София:〕Воспоминания! как острый нож оне.（回忆！就像尖刀一样。）这种句子要求下一句对作为表象一格的名词做补充扩展描述。由于这种句子通常由感叹句组成，有时为了加强表现力和情感色彩，一连使用了数个感叹号，如：〔Молчалин:〕Татьяна Юрьевна!!! Известная, —притом /Чиновные и должностные /Все ей друзья и все родные（塔季扬娜·尤里耶夫娜！！！她可是位名人，而且官场上的那些人都是她的亲朋好友）。

第二，系词быть接短尾形容词（或短尾形动词）单数第三格形式，构成无人称句，表示必然性，可能性。如：〔София:〕Зачем же быть, скажу вам напрямик, / Так невоздержну на язык?（恕我直言，您为什么说话如此不加节制？）这种形式在当今俄语中已不使用，但在19世纪初叶普遍使用于日常口语中。

第三，用设问形式表示的肯定句，如：〔Чацкий:〕Ах! Софья! Неужели Молчалин избран ей! /А чем не муж?（唉！索菲娅！难道您选中的是马尔恰林！不过他作为一个大丈夫有什么不好的呢？）

第四，剧中最典型的口语句式是不完全句。请看下列两个人物的对话：

Загорецкий

А вы заметили, что он

В уме сурьёзно повреждён?

Репетилов

Какая чепуха!

Загорецкий

Об нём все этой веры.

Репетилов

Враньё.

Загорецкий

Спросите всех!

Репетилов

Химеры.

札戈列茨基：你发现了吗？他脑子病得不轻。

列佩季洛夫：胡说八道！

札戈列茨基：大伙儿都是这么认为的。

列佩季洛夫：造谣。

札戈列茨基：你问问大家！

列佩季洛夫：不可思议。

在语音、词汇和语法上的所有这些口语特征赋予人物对话和交谈以生动自然的特质，有助于真实反映莫斯科各社会阶层的生活情况。

需要指出的是，在以上所列举的口语特征中，有些手段（如动词命令式）在我们现在看来，似乎显得不足为凭，然而在当时书面语与口语严重脱节的情况下，把这些口语化手段有机地融入文学作品实属难能可贵。

（二）

以上具有口语色彩的语言手段不仅可以揭示出人物的社会属性，而且还反映出了人物的个性特征。下面我们就以人物的社会阶层作为划分来分析一下口语手段在人物形象的塑造中所起的具体功用。剧中的几位重要人物可划分为五类：贵族官僚（法穆索夫），知识分子（恰茨基，索菲娅），小官吏（莫尔恰林），侍女（丽莎）和军人（斯卡洛祖布）。

1. 贵族官僚法穆索夫的人物语言

法穆索夫是莫斯科达官显贵的典型代表，他因循守旧，竭力维护落后的官僚体制，在其圈内享有绝对的权威和显赫的声望。他已习惯于对周围的人颐指气使，大声叱呵，因此常用命令式，有第二人称命令式，如：Эй, завяжи на память узелок（喂，你可要长点记性），Читай не так, как пономарь（可别念得像教堂执事似的）。也有动词原形命令式，表示更为严厉的语气，如：Молчать! /Ужасный век!Не знаешь, что начать!（住嘴！这世道真要命！不知道说什么好！）有时第二人称命令式还用于转义，如：Вот рыскают по свету, бьют баклуши, /Воротятся, от них порядка жди.（流浪天涯，一事无成，回来后，他们定会胡作非为。）其中 жди 用于泛指人称，强调否定的意味。再如：И будь не я, коптел бы ты в Твери.（要不是我的话，你还在特维尔吃苦头呢。）这里的 будь 则表示假定式。

法穆索夫的语言色彩极为丰富，他针对不同的谈话对象和内容使用了不同色彩的语言。我们来看一下口语词汇和短语在情感表现力方面所起的不同作用。他对家人说话时，语气显得随便亲昵，如对女儿索菲娅说：День целый /Нет отдыха, мечусь как словно <u>угорелый</u>. /По должности, по службе <u>хлопотня</u>, / Тот пристаёт, другой, <u>всем дело до меня</u>!（成天价东奔西跑，无法休息。一直忙于公务，大事小事一个个都来找我！）其中，(мчаться) как словно угорелый 是带有俚俗色彩的短语。而当他跟恰茨基说话时，则变得出言不逊：Брат, не <u>финти</u>, не дамся я в обман（老弟，别耍滑头，我才不会上当呢），Сказал бы я во-первых: не <u>блажи</u>（我第一句话是：别胡闹）。在仆人面前他满嘴都是脏话：<u>Ослы</u>!сто раз вам повторять?（蠢驴！得给你说上一百遍），Ты, Филька, ты <u>прямой чурбан</u>, /В швейцары произвёл ленивую <u>тетерю</u>（你，菲里卡，十足的榆木脑袋，门房里养了一个笨懒蛋）。他一心想把女儿许配给飞黄腾达的斯卡洛祖布上校，于是乎他在这位上校面前竭尽巴结讨好之能事。为了跟斯卡洛祖布套近乎，他使用了许多指小表爱的词语：Как станешь представлять к крестишку ли, к /местечку, /Ну как не порадеть родному человечку!.. （无论是呈请发个十字勋章，还是介绍个职位，哪能不优先照顾亲亲眷眷呢！……）①

值得注意的是，为了突显法穆索夫固守一切旧的风俗习惯，剧作家还特意安排这一人物使用了不少具有民间色彩的词语和表达形式，如：Упал вдругорядь — уже нарочно（又一次摔倒了——这回他是故意的），Ведь столбовые всё, в ус никого не дуют（都是世袭贵族，什么人也不放眼里）。他对斯卡洛祖布这样说道：Позвольте нам своими счесться, /Хоть дальними, наследства не делить（虽说是远亲，没有遗产纠纷，但我们毕竟沾亲带故），这句话源自民间俗语：Хоть наследства и не делить, а всё надо своими счесться.

"法穆索夫作派"现已成为抱残守缺的官僚主义的代名词。

2. 知识分子恰茨基和索菲娅的人物语言

作为有教养的贵族知识分子，恰茨基和索菲娅的人物语言，尤其是独白语，使用了不少书面语体的表达手段，不过他们也常常借助于口语手段来生动形象地表达自己的思想和情感。

恰茨基是作为法穆索夫的对立面出现在作品中的，他急切渴求社会的进步，对虚伪而丧失人性的官僚体制及农奴制社会深恶痛绝。

他在臧否人物时，使用了带有口语色彩的用语。如在评价斯卡洛祖布时，他说：За армию стоит горой（［斯卡洛祖布］是军队的死党），成语 стоять горой за что-н. 具有俚俗色彩。② 在他看来，莫尔恰林是这样一副模样：Услужлив, скромненький, в лице румянец есть（会讨人喜欢，温和谦逊，脸色也相当红润）。他还这样形容法穆索夫一心想把女儿索菲娅许配给斯卡洛祖布上校：Отец им сильно бредит（老爷子对他朝思暮想）。这些口语成分生动而

---

① Ну как не порадеть родному человечку!——现已成为警句名言。
② 作为口语变体的俚俗语即便偶尔出现在当时的古典主义喜剧中，也仅限于反面角色。而在《智慧的痛苦》中则运用于几乎所有重要人物的语言中。

准确地表达出了他对法穆索夫集团中诸色人等的透彻看法。

恰茨基作为社会进步青年，一方面热爱祖国，反对一切形式的崇洋媚外；另一方面对陈腐的社会体制恨之入骨，他借助于口语手段表白了爱憎分明的感情世界。

在剧本第一幕，他刚从国外游学归来，就抒发了对莫斯科的眷恋和对意中人索菲娅的相思之情：

> Ах! боже мой! ужли я здесь опять,
> В Москве! у вас! да как же вас узнать!
> Где время то? где возраст тот невинный,
> Когда бывало в вечер длинный
> Мы с вами явимся, исчезнем тут и там.
> Играем и шумим по стульям и столам.
> А тут ваш батюшка с мадамой, за пикетом;
> Мы в тёмном уголке, и кажется, что в этом!
> Вы помните? вздрогнём, что скрипнет столик, дверь...
> 噢！我的上帝！瞧我又来到此地，
> 在莫斯科！在您身边！可教我怎么认出您！
> 过去的时光哪里去找寻？那时天真无邪，
> 在漫长的黄昏里，我俩常常
> 一起出没于好多地方。
> 围绕着桌椅嬉闹喧哗。
> 你爸爸就在这里和女教师玩牌；
> 我们待在昏暗的角落里，其实这又有什么？
> 可是记得吗？只消桌子和房门吱呀一响，我俩就直哆嗦……

这里除了一连串具有口语色彩的简短感叹句和修辞性的设问句之外，还出现了口语体的词语 ужли 和 вздрогнём，前者是俚俗词，后者的口语特征表现在重音上，该词的一般读法为 вздро́гнем。这些口语手段加强了句子的抒情性。

他借贵族小姐之口发出的叹词：Ах! Франция! Нет в мире лучше края!（啊! 法兰西! 世上无双的国度!）表达了他对莫斯科贵族官僚盲目崇拜西方的讪笑。这句反语由表象一格句构成。①

他对法穆索夫之流嗤之以鼻，当他从国外回到莫斯科，与索菲娅相见时，以嘲讽的口吻问道：

> Ну что ваш батюшка? всё Английского клоба
>
> Старинный, верный член до гроба?
>
> Ваш дядюшка отпрыгал ли свой век?
>
> А этот, как его, он турок или грек?
>
> Тот черномазенький, на ножках журавлиных,
>
> Не знаю, как его зовут,
>
> Куда ни сунься: тут как тут,
>
> В столовых и в гостиных.
>
> 你爸怎么样？还是英吉利俱乐部里
>
> 至死不渝的老牌会员？
>
> 你伯父是否一命呜呼？
>
> 还有那位土耳其人还是希腊人？
>
> 黑黑的皮肤，细细的腿儿；
>
> 记不得他叫什么来着。
>
> 不管在哪儿，厨房还是客厅，
>
> 都能撞见他。

这里有单词 черномазенький，也有单词式成语 до гроба 和各类词组式成语 журавлиные ножки, отпрыгать свой век, куда ни сунься, тут как тут, 这些形象

---

① Ах! Франция! Нет в мире лучше края!——现已成为警句名言。

化的口语手段增添了嘲讽的意味。

以上是恰茨基单独使用口语成分的例子。此外，我们还能见到口语和书面语成分糅合使用的情形。如在与法穆索夫辩驳时，他陈词激昂：

А судьи кто? — За древностию лет

К свободной жизни их вражда непримирима,

Сужденья черпают из забытых газет

Времён очаковских и покоренья Крыма;

Всегда готовые к журьбе,

Поют всё песнь одну и ту же,

Не замечая об себе:

Что старее, то хуже.

Где, укажите нам, отечества отцы,

Которых мы должны принять за образцы?

裁判都是些什么人？他们老朽昏庸，

对自由生活深恶痛绝，

他们的见解都来自于

奥恰科夫时代和征服克里木时的旧报；

他们总是怨天尤人，

一个劲儿地唱着老调调，

自己就不想想：

人越老越朽。

请告诉我们，理应被视为楷模的那些

祖国之父究竟在哪里？

这段话无论是词汇手段还是句子结构均以书面语成分为主，但其中为了突出讽刺效果而使用的单词 журьба 和成语 петь (всё) песнь одну и ту же 则具有明显的口语色彩。

恰茨基讲的是地道纯正的俄语，他对莫斯科上流社会动辄夹用法语的说话方式极为反感，认为这是洋奴思想的体现，并大声疾呼："但愿上帝除掉这一恶魔——盲目而空虚的洋奴思想……"他提醒人们："让聪明而理智的我国同胞不至于根据我们说的话就误认我们是外国佬。"

同属贵族知识分子阶层的索菲娅在许多方面都与恰茨基有着明显的共同点。例如，她虽然不像恰茨基那样对现实社会感到深恶痛绝，但却持有相当的怀疑态度。这从她的爱情观可见一斑。她拒绝接受父命而大胆地追求自己的爱情。法穆索夫一心想把她许配给斯卡洛祖布，她则断然予以回绝：

> Куда как мил! и весело мне страх
> Выслушивать о фрунте и рядах;
> Он слова умного не выговорил с роду, —
> Мне всё равно, что за него, что в воду.
> 真的很可爱！他尽说些队列操练，
> 我才不要听呢；
> 他一生下来就从未说过聪明话——
> 要我嫁给他，情愿投水自尽。

这里，既有口语体的单词 страх（副词）和单词式成语 с роду，也有口语句子结构 куда как мил, что за него, что в воду。她将出身低微的莫尔恰林视作梦中情人，并毫不理会别人的议论，她说：

> Да что мне до кого? до них? до всей вселенны?
> Смешно? — пусть шутят их; досадно? — пусть бранят.
> 再说，我跟别人，跟他们，跟天下人又有何相干？
> 谁觉得可笑，就请笑；谁觉得可恶，就请骂。

其中，除了口语结构 что кому до кого 之外，还有口语表达形式 пусть

их，义同 пусть。她预感到会为此事跟父亲发生争执和冲突，于是这样说道：

> Судьба нас будто берегла,
> Ни спокойства, ни сомненья...
> А горе ждёт из-за угла.
> 命运似乎庇护我们，
> 没有不安，没有忧虑……
> 可苦恼就潜伏在我们身旁。①

然而，她的一些看法和观点又显然有别于恰茨基，最为典型的例子就是她对恰茨基偏激的性格以及恶语伤人很不以为然，她对恰茨基直言不讳地说：

> Зачем же быть, скажу вам напрямик,
> Так невоздержну на язык?
> В презреньи к людям так нескрыту?
> 恕我直言，你为什么
> 说话如此不加节制？
> 对人如此不留情面？

这里的口语特征表现为，系词 быть 接短尾形容词和短尾形动词单数第三格形式，构成无人称句，表示必然性、可能性。

俄著名文学批评家，格里鲍耶多夫研究专家尼·基·皮斯卡诺夫（Н. К. Писканов）在评论恰茨基和索菲娅的人物语言时，这样写道：

> 剧作家也用现实主义的手法创作了恰茨基和索菲娅的语言。做到这点并非易事，因为这里潜伏着滑入书面语的危险（实际上文本中也保留了

---

① А горе ждёт из-за угла.——现已成为警句名言。

这种书面语的某些痕迹）。表现抒情格调要比描写日常生活显得更难。然而，在抒情格调的表现中，在用文字表现人物复杂的心理活动时，剧作家也以其简洁和逼真取得了重大突破。这位现实主义剧作家的业绩就在于，再现了十二月革命党人时期的贵族知识分子那活生生的语言。[①]

3. 小官吏莫尔恰林的人物语言

出身寒微的莫尔恰林是法穆索夫的秘书。为了自己日后在仕途上一帆风顺，他坚守沉默是金的原则，平时寡言少语，处处小心谨慎；待人接物时，他总是唯唯诺诺，曲意奉承。在上司面前，更是奴颜婢膝，俯首帖耳，唯命是从。他的处世哲学是：Не должно сметь своё суждение иметь（不应该有自己的看法），Не смею моего сужденья произнесть（不敢说出自己的看法），Ведь надобно ж зависеть от других（可不就是因人成事么），一副十足的奴才相。

于是表示敬意的语气词 -с 顺理成章地就成了他的口头禅，使用率之高简直令人咋舌。在他的对白中能找到 -с 与各种词类的搭配形式，如：代词（я-с），数词（два-с），名词（с бумагами-с），副词（попрежнему-с），语气词（ли-с）等。有时这种表达方式不伦不类，显得滑稽可笑，如：Нет-с, свой талант у всех.（不能吧，每个人都有自己的天赋。）

"莫尔恰林气习"现已成为阿谀奉承、唯命是从的代名词。

另一方面，他在追逐调戏法穆索夫的家庭侍女丽莎时，又表现出一副厚颜无耻、放荡不羁的丑态：Какое <u>личико</u> твоё! /Как я тебя люблю（小脸蛋真可爱! 我好喜欢你），Мой <u>ангельчик</u>（我的小天使），Есть у меня <u>вещицы</u> три: /Есть туалет, прехитрая работа: /Снаружи <u>зеркальцо</u> и <u>зеркальцо</u> внутри, / <...> <u>Подушечка</u>, из бисера узор, /И перламутровый прибор: /<u>Игольчик</u> и <u>ножинки</u>, как милы! /<u>Жемчужинки</u>, растёртые в белилы!（我有三样好东西：一个梳妆匣子，非常精致，外面和里面都镶有玻璃镜；……一个串珠滚边的小枕

[①] Н. К. Писканов, *О языке «Горя от ума»* //Учёные записки ЛГУ, 1955, №200. Серия филологических наук, выпуск 25, с. 10.

头；还有一个珠母宝盒，里面装着小针和小剪刀，真可爱！还装着珍珠粉！）这一连串指小表爱的词语表现出莫尔恰林矫揉造作、惺惺作态的一面，有趣的是他将 ножнички 说成了 ножинки。

4. 侍女丽莎的人物语言

农家出身的丽莎自然要使用农民阶层的口语和俚俗语汇，如：ан（可是；就是），кликать（喊，叫），започивать（安寝）等。例如：Не спи, покудова не скатишься со стула（管你困得从椅子上滑下来也不许睡），Тужите, знай, со стороны нет мочи（你们倒是依依不舍，旁人看了可吃不消）。其次，她作为法穆索夫家的侍女，又使用了仆从阶层特有的语言，如：доложусь（禀报），осмелюсь（冒昧）等。

从个性特征来看，她聪敏伶俐，活泼可爱，常常奚落别人，如她对莫尔恰林说：

> На смех, того гляди, подымет Чацкий вас;
> И Скалозуб, как свой хохол закрутит,
> Расскажет обморок, прибавит сто прикрас;
> Шутить и он горазд, ведь нынче кто не шутит!
> 要当心，恰茨基会把你当作笑料传扬；
> 斯卡洛祖布更会绘声绘色，
> 添油加醋地讲如何昏倒；
> 他也真会开玩笑，可开玩笑现在谁个不会呀！

再如：

> Эй, Софья Павловна, беда.
> Зашла беседа ваша за ночь.
> Вы глухи? — Алексей Степаныч!
> Сударыня!.. — И страх их не берёт!

哎，索菲娅·帕夫洛夫娜，这可不好。
你们聊天聊了个通宵。
阿列克谢·斯捷潘诺维奇，您聋了吗？
小姐！——他们什么也不怕！

这些口语成分增添了讥消戏弄的效果。

然而，丽莎毕竟处于卑微的奴婢地位，因此她的话语中时而流露出农奴阶层与贵族阶层的对立和抵触，如：

Ушёл... Ах!от господ подалей;
У них <u>беды</u> себе на всякий час готовъ,
<u>Минуй</u> нас <u>пуще</u> всех печалей
И барский гнев, и барская любовь.
走了……唉！还是离老爷们远一点儿为妙，
要不然随时随地你都会遭殃。
可别叫我们碰上
老爷的怒和老爷的爱。

其中，беды 一词的口语特征表现在重音上，通常 беда 复数第一格（或第四格）形式 беды 的重音落在 e 上，这里却落在 ы 上，这是当时的口语读法。而 Минуй нас пуще всех печалей /И барский гнев, и барская любовь 这句与当时的民间谚语和民间俗语 барская милость — кисейная сытость, барская ласка до порога, барский двор — хуже петли 等具有异曲同工之妙。

需要说明的是，由于丽莎常年伴随于素有教养的贵族小姐的左右，因此其人物语言中也时有书面语的成分。

5. 军人斯卡洛祖布的人物语言

上校斯卡洛祖布是沙皇专制政府镇压社会进步力量的得力干将，其言谈处处透露出粗鄙武夫的蛮横和愚昧。

这一人物语言的显著特征是大量使用了军事用语，或称军人的行话，而行话（жаргон）则是口语的一种变体。诸如：фрунт（队列），шеренги（横列），погончики（肩章），траншея（堑壕），фальшивая тревога（假警报）等军事用语充斥着他的言辞。尤其值得注意的是，即使在与军伍生活无关的日常话题中，他也频频使用这些军事用语。如当法穆索夫问他 Как вам доводится Настасья Николаевна?（纳斯塔西娅·尼古拉耶夫娜与您是什么关系？）他回答道：Не знаю-с, виноват; /Мы с нею вместе не <u>служили</u>.（对不起，不清楚；我和她没有在一起服务过。）再如，当法穆索夫说：А, батюшка, признайтесь, что едва /Где сыщется столица, как Москва.（哎，老兄，你得承认，像莫斯科这样的京城可难找呢。）他回应道：Дистанции огромного размера. 这里的дистанции 系军人的行话，表示行军途中两支队伍之间保持的距离，而他想表达的是"非常之大，大得很"，显然词不达意。正是这句用词不当而贻笑大方的表达形式，后来成了带有浓厚戏谑色彩的惯用语，表"距离很大"或"相差甚远"。

这一人物武断和粗鲁的特性还反映在被简化了的句子结构上，如：

Избавь. Учёностью меня не обморочишь;

Скликай других, а если хочешь,

Я князь-Григорию и вам

Фельдфебеля в Вольтеры дам,

Он в три шеренги вас построит,

А пикнете, так мигом успокоит.

得了吧。别拿学问来唬我；

还是唬别人去吧。要是你愿意，

我给你们和格里戈里公爵

派个副官代替伏尔泰，

他让你们排成三列，

谁敢哼一声，立刻就叫他安静。

他使用的此类简单句听起来语气显得极为生硬。

"斯卡洛祖布习气"现已成为粗野的丘八作风的代名词。

《智慧的痛苦》是俄罗斯第一部现实主义戏剧作品,它破天荒地用现实主义的手法展示了俄罗斯的社会和生活现象,并揭示出了当时的主要社会矛盾。作品的人物语言如此大量使用口语化的语言手段,完全突破了古典主义的桎梏。

(三)

我们现在来探讨一下格里鲍耶多夫对俄罗斯标准语言的贡献。回溯俄罗斯标准语言的发展历程,我们可以将俄罗斯标准语言的形成大致划分为四个时期:11—14世纪,古罗斯民族(或称基辅公国)的标准语言;14—17世纪,大俄罗斯民族(或称莫斯科公国)的标准语言;17—19世纪初叶,俄罗斯民族形成时期的标准语言;19世纪初叶至今,俄罗斯现代标准语言。而俄罗斯民族形成时期的标准语言又可分为四个阶段:一、17世纪末至18世纪30年代,俄罗斯标准语形成的初级阶段;二、18世纪30—40年代至70—80年代,俄罗斯标准语的快速发展阶段,又称罗蒙诺索夫阶段;三、18世纪70—80年代至19世纪初,卡拉姆津阶段;四、19世纪上半叶,俄罗斯标准语的最后形成阶段。格里鲍耶多夫在俄罗斯标准语的最后形成阶段做出了不可磨灭的贡献。我们知道,俄罗斯标准语主要包括两大成分,即书面语和口语。而在俄罗斯民族形成时期的标准语的发展过程中,占据主导地位的一直是书卷语,书卷语的主要成分则是古斯拉夫语。通常认为古斯拉夫语虽然高雅,但显得凝滞沉重而缺乏生气和活力。格里鲍耶多夫不仅将日常生活中的语言写入了文学作品,而且为生动的口语和文学语言的融合提供了一个很好的范例。剧作家通过吸纳黎民百姓以及社会各阶层的日常口语成分打造出全新的戏剧语言,彰显出俄语的活力和生机,因此,格里鲍耶多夫对俄罗斯标准语的贡献就在于,他将各社会阶层通用的口语成分有机地融入了文学语言,使俄罗斯标准语在最后的形成阶段吸纳了大量的口语成分。可以说,以《智慧的痛苦》为代表的格里鲍耶多夫的创作已具有了俄罗斯标准语的雏形，后来普希金又做了进一步的加工和锤炼，进而确立了成熟的俄罗斯现代标准语言。

二

诗的音律通常分为节奏和韵律两个层面。有规律地搭配安排重音音节和无重音音节，便可产生诗行的节奏，形成音调的和谐。我们知道，俄语诗在体制上属于音强音节体（силлабо-тоническое стихосложение）。所谓音强音节体，就是无论在音节还是在重音上都须有一定的规律，如音节的数量，重音的数量及其在诗行中的分布等。音强音节体的节奏主要取决于以下几个要素：

第一，强弱音节的交替特点（"诗步"的特点）；第二，诗行的长短，如果各个诗行之间并不相等，那么就取决于各个长短不一的诗行的组合方式；第三，是否有行中停顿；第四，诗行末尾的特点及其组合特征；第五，缺扬格诗步的分布……①

其中，诗步表示一个节奏单位，也是最基本的节奏因素；诗行末尾的特点，是指重读元音在诗行末尾的位置；缺扬格诗步（пиррихий）指的是在二步格律诗中的重音缺失现象，换言之，即指两个无重音音节的组合。

我们拟先具体分析这部诗剧的音律特征，然后就其格律形式在塑造人物形象的过程中所起的功能和作用加以阐述。

（一）

《智慧的痛苦》用的是自由抑扬格诗步，因此各诗行的长短不受拘束，自由更替，转换自如。试看丽莎独白中的三个诗行：

---

① В. Е. Холшевников, *Основы стиховедения. Русское стихосложение*. Москва, 2002, с. 53.

Ах, мо́чи не́т! Робе́ю.
U –|U –|U –| U

В пусты́е се́ни! в но́чь! бои́шься домовы́х,
U –|U –|U –|U –|U U|U –|

Бои́шься и люде́й живы́х.
U –|U U|U –|U –|

哎呀，真受不了！我好害怕。
空荡荡的门厅！这大半夜的！怕家神，
也怕活人。

  例中三个诗行的诗步数量分别是：3 个，6 个和 4 个。这种长短相间的诗行在节律上显得自由明快、跌宕错落、参差有致。每个诗行虽然长短不一，但由于行中的诗律格式几乎都是先抑后扬，因此完全遵循着一定的节奏在流动。

  全剧共有 2221 个诗行，基本都由诗步不等的抑扬格构成，其中以六步抑扬格最为常见，剧中有 985 个诗行是用这一格律形式写成的，约占全剧诗行的 44.3%。六步抑扬格在俄语诗律中属于长诗行（длинный стих），具有高雅的雄辩体特征。如果连续数行都用这一格律形式写成，并形成一个较为完整的诗段，那么其高亢昂扬的格调则更为明显。而且在此类诗行的第六个音节后必须做行中停顿，这种停顿将整个诗行分为两截，诗行的结构因而显得和谐匀称，在形式上体现出整齐划一的排列美。六步抑扬格构成的较为完整的诗段适于表达具有严密的逻辑性、充满议论色彩的独白。剧中的两位主人公恰茨基和法穆索夫就常常使用这样的独白。篇幅较长的独白时而还包含几组四行诗，每组四行诗通常都表现了一个较为完整的话题。请看法穆索夫在第二幕第五场的独白中所使用的一组四行诗：

А на́ши старички́?? — Как и́х возьмёт задо́р,
U –|U U|U –|U –|U –|U –|

Засу́дят об дела́х, что сло́во: — пригово́р, —

U –| U U | U –| U –| U U | U –|

Ведь столбовы́е всё, в ус никого́ не ду́ют,

U U| U –| U –| U U | U –| U –| U

И об прави́тельстве ино́й раз та́к толку́ют...

U U| U –| U –| U –| U –| U –| U

再看看我们这些老头儿！神气十足，

评头品足，每一句话都像金科玉律；

都是世袭贵族，什么人也不放眼里，

有时甚至还对政府的工作议论纷纷……

由于法穆索夫频繁使用这类诗步整饬、音律铿锵的四行诗，他的独白便常常获得了华丽、考究的格调。不过需要指出的是，也正是由于法穆索夫过多地使用了这种格律形式的独白，因此与其他人物相比，这一人物的语言又不免显得凝滞呆板。

全剧有 375 个诗行为五步抑扬格（пятистопный ямб），占诗行总数的 16.9%。与六步抑扬格相同的是，五步抑扬格也属于长诗行，两者相加，长诗行的总量约占全剧诗行的 61.2%。而长诗行必须有行中停顿，剧中五步抑扬格的行中停顿总是在第四个音节之后，请看法穆索夫的两行台词：

Чего́ буди́ть? ‖ Сама́ часы́ заво́дишь,

U –| U –| U –| U –| U –| U

На ве́сь кварта́л ‖ симфо́нию греми́шь.

U –| U –| U –| U U | U –|

什么吵醒？你自己在那儿拨钟，那动静

简直就像交响乐，整个街区都听得到。

显而易见，与六步抑扬格不同的是，五步抑扬格的诗行由于前半截和后半截的音节数量不等，即前半截比后半截少两个音节，便失去了结构的均衡。因而五步抑扬格诗行更接近于散文体，在 19 世纪上半叶这种诗行多用于浪漫主义的诗歌作品。剧中用五步抑扬格写成的较为完整的诗段并不多见。

四步抑扬格（четырёхстопный ямб）在剧中有 758 个诗行，占诗行总数的 34.1％。这种格律形式介于长诗行和短诗行之间，与长诗行相比，已具有较明显的口语体色彩。至于行中停顿，可有可无，根据需要，灵活掌握。如果说长诗行适于表达逻辑性较强的话语，那么四步抑扬格便适于表达强烈的感情色彩，因而也是传统的抒情短诗常用的格律形式。剧中用四步抑扬格写成的整段诗行较多，如当索菲娅昏厥过去的时候，恰茨基说道：

Уж на́лит,	U – | U
Шнуро́вку отпусти́ вольне́е,	U – | U U | U – | U – | U
Виски́ ей у́ксусом потри́,	U – | U – | U U | U – |
Опры́скивай водо́й. Смотри́,	U – | U U | U – | U – |
Свобо́днее дыха́нье ста́ло.	U – | U U | U – | U – | U
Пове́ять че́м?	U – | U – |
已经倒好了。	
把衣带松开点儿，	
用醋擦她的额角，	
再泼点儿凉水。瞧，	
呼吸开始顺畅了。	
用什么扇？	

可以看出，例中的语流很快，而且四步抑扬格与诗步更少的诗行的混合使用，使得诗段具有更为明显的口语色彩。

三步抑扬格（трёхстопный ямб）有 73 个诗行，占总数的 3.3％。它已经可以算作是短诗行（короткий стих），在一定程度上具有简洁明快的口语化特征。但由于它与六步抑扬格及五步抑扬格的后半截诗行在音节数量上完全一致，因此在听觉效果上，其简短的特色并不显著。连续使用两行三步抑扬格的情形在剧中只出现了两次，均在第三幕。我们看一下札戈列茨基对话中的例子：

  Куда́ я ни кида́лся!   U −│U U│U −│U
  В конто́ру — всё взя́то́... U −│U −│U −│
  我可没有少跑！
  票房说：卖光了……

  由二步抑扬格（двустопный ямб）构成的诗行在剧中只有 20 个，占诗行总数的 0.9%。这一格律形式系典型的短诗行，在多数情况下是情绪变化、话题转换的标志。如当恰茨基为索菲娅的昏厥而感到担忧时，他突然往窗外看了一眼，并对丽莎说：

  <u>Гляди́ в окно́</u>,   U −│U −│
  Молча́лин на нога́х давно́! U −│U U│U −│U −│
  快看窗外，
  莫尔恰林早就爬起来了！

  这样的短句往往会打乱对白或独白中原来正常的语流。
  由一步抑扬格（одностопный ямб）构成的诗行只有 10 个，占诗行总数的 0.5%。在两个音节一组的格律诗中，它是最简短的诗行，适于表达人物内心的骚动不安，如索菲娅说：

  <u>Как бы́ть</u>!   U −│
  Гото́в он ве́рить!   U −│U −│U
  咋办？
  他信以为真！

剧作家在强调人物思想和情绪的突变，凸显其语调的急剧变化时，也使用这一形式。

另外，剧中还有一个音节构成的诗行，不过仅出现了4次。由于它已不是抑扬格诗体，因此不在我们的考察范围之内。

综上所述，在六种诗步的抑扬格当中，以六步抑扬格为最常见，其次是四步抑扬格，再次是五步抑扬格，其余三种用得很少。六步抑扬格是当时戏剧作品——无论是悲剧，还是喜剧——的主流形式，而且格里鲍耶多夫的早期戏剧作品也都是用这一格律形式写成的。这表明，剧作家是在继承传统的基础上有所突破和创新的。

诗律方面的口语化特征不仅表现在诗步的数量，而且还表现在重音上。我们知道，全剧诗行皆用抑扬格写成，即诗步的格式是两个音节一组，无重音音节在先，重音音节在后。不过我们在剧中经常能见到重音缺失的抑扬格，即上文所说的缺扬格诗步。缺扬格的运用增添了人物语言的口语化特征。恰茨基的语言与法穆索夫相比更富于曲折变化，更为生动灵活，其中的一个重要原因就是较多地使用了缺扬格。缺扬格在全剧中出现了约2600次，平均每25个诗行就有30个缺扬格。从二步到六步不等的诗行都有这种情形出现，而且某些诗行还使用了2到3个缺扬格。与抑扬格相比，缺扬格在发音上比抑扬格更为短促，起到了加快语流的作用。因此当表现人物的内心激动时，无论是独白还是对白，都常常使用它。如恰茨基在第三幕的最后一场独白中说道：

Ах! éсли рождены́ мы всё перенима́ть,
U –|U U|U –|U –|U U|U –|

Хоть у кита́йцев бы нам не́сколько заня́ть
U U|U –|U U|U –|U U|U –|

Прему́дрого у ни́х незна́нья иноземцев.
U –|U U|U –|U –|U U|U –|U

Воскре́снем ли когда́ от чужевла́стья мо́д?
U –|U U|U –|U U|U –|U –|

Чтоб у́мный, бо́дрый наш наро́д
∪ −|∪ −|∪ −|∪ −|
Хотя́ по языку́ нас не счита́л за не́мцев.
∪ −|∪ ∪|∪ −|∪ ∪|∪ −|∪

唉！假如我们生来什么都要学别人的，
倒不如仿效一下中国人，像他们那样
闭关自守——不失为一种明智的选择。
有朝一日我们会从崇洋梦中觉醒吗？
让聪明而大胆的祖国同胞
不至于仅凭几句话就说我们是老外。

这一诗段充满了澎湃的激情，六个诗行中的缺扬格多达 11 个：第一行的第二个和第五个诗步；第二行的第一个、第三个和第五个诗步；第三行的第二个和第五个诗步；第四行的第二个和第四个诗步；第六行的第二个和第四个诗步。剧作家借助于这一手段表现了主人公对洋奴思想的愤愤不平和激愤之情。另外，在上文已援引的所有诗行中也曾多次出现了缺扬格。

如上所述，"诗行末尾的特点及其组合特征"是构成诗律节奏的另一个要素。所谓诗行末尾的特点，指的是重读元音在诗行末尾的位置。按照诗行末尾的重读元音位置的不同，剧中的韵脚分为阳韵（мужская рифма）和阴韵（женская рифма）。重读的元音位于诗行的最后一个音节，为阳韵（如：почему́［为什么］）；重读的元音位于诗行的倒数第二个音节，则为阴韵（如：обе́дать［吃午饭］）。全剧中两个毗邻而又不押韵的诗行总是阳韵和阴韵交替出现的，所有诗行无一例外。请看例子：

Проще́нья про́сит у него́,   ∪ −|∪ −|∪ ∪|∪ −|
Что ра́з о ко́м-то пожале́ла!   ∪ −|∪ −|∪ ∪|∪ −|∪
她在向他表示歉意，
因为她对另一个人心生怜爱！

在恰茨基的这句台词中，第一个诗行是阳韵，第二个诗行则为阴韵。

需要说明的是，我们这里所说的阴韵、阳韵与下节论述的诗的押韵方式是有所区别的。押韵通常是指两个或更多诗行的末尾语音的和谐与重复，而阴韵和阳韵主要是针对每个诗行本身而言的，是在一个诗行的范围内来观照末尾重读元音的位置。

总之，上述五种因素共同发生作用，使得《智慧的痛苦》的语言形式产生了起伏交替的节奏。在自由抑扬格的诗体中，各诗行的结构长短不拘，参差不等，具有错综变化之妙，因而获得了强烈的节奏感。

（二）

韵律是诗律的另一个层面。诗的韵律也称押韵，就是把同韵的词语放在两个或更多诗行的同一个位置上，一般总是把韵放在诗行的末尾，所以又叫韵脚。押韵的目的是为了构成声韵的和谐，声音的回环。

韵在自由抑扬格的诗体中尤显重要。自由抑扬格的诗行结构灵活多变，长短不一，而从舞台发音效果来看，必须有一个能标志诗行末尾的讯号，发出这一讯号的就是韵脚。这样对韵脚的要求也就十分严格，它应该特别清晰明了，铿锵有力，因为它不仅起着谐音的作用，而且还担负着结构上的功能，也就是说，它是识别和区分诗行乃至诗段的主要手段。因此韵脚在自由抑扬格诗行中所起的作用已非等步格律诗（如亚历山大诗体）所比拟。

《智慧的痛苦》中的韵律安排极为讲究，使用的几乎都是严韵（точная рифма）。相对于宽韵（неточная рифма）和近韵（приблизительная рифма）而言，俄语诗律中的严韵指的是，在两个或更多诗行中的末尾，自重读元音起所有的音完全相同（如：великоду́шны［豁达］— равноду́шны［冷漠］, опло́шно［有过失］— то́шно［厌恶］）；如果重读元音之后的音不相一致，音的数量不等，则为宽韵（如：неосторо́жно［不小心］— до́лжно［应该］, вздохну́вши［叹气］— мину́вший［过去的］）；而如果在重读元音之后，只是弱化元音不同，就是近韵（如：открове́нны［坦诚］— вселе́нной［全世界］）。严韵的特点是韵脚清晰、铿锵。而在格里鲍耶多夫同时代人的诗剧中，通常用韵较宽，如以 -ый

结尾的单词，与以 -ы 结尾的单词在当时被认为是完全和谐的。格里鲍耶多夫虽然偶尔也使用宽韵，但如果将剧本的定稿和初稿进行比照，我们就会发现，剧作家将许多宽韵都改成了严韵。如第二幕第五场中，恰茨基有一段台词本来是用 бога́тый（富有的）、пала́ты（豪华住宅）这两个词来押韵的，后来剧作家做了改动，将 бога́тый 改成了 бога́ты，这样就与 пала́ты 形成了严韵。不过，剧作家也并没有一概拒绝使用宽韵，我们也能见到这样的一些例子：бе́здна（极多）— бесполе́зна（无益），прелю́дий（序幕）— лю́ди（人们），不过这种情形确实是少见的。

为了丰富剧中的用韵形式，剧作家有时还用了合成韵（составные рифмы）。所谓合成韵，就是在押韵的两个诗行中，同韵的语言单位已超出了单词的范围，如：на́ дом（登门［拜访］）— докла́дом（通报），这里构成同韵的语言单位一个是词组，另一个是单词；再如：заба́вы（解闷）— куда́ вы（您去哪里），这里用于协韵的，一个是单词，一个是句子。这些合成韵都应该算作严韵。

按照韵脚在所押韵诗行中的重复方式，俄文诗有三种最基本的韵式：毗邻韵（смежные или парные рифмы），即 aabb；环抱韵（охватные или опоясанные рифмы），即 abba；交错韵（перекрёстные рифмы），即 abab。

剧中有 910 个诗行（即 455 对诗行）押的是毗邻韵，占诗行总数的 41%。在多数情况下，这一韵式在连续使用两三次后再换成其他的押韵方式。只有一次例外，即在第一幕中从第 90 个至第 121 个诗行都用了这一韵式。剧中的许多格言警句押的都是毗邻韵，如法穆索夫说道：

    Нельзя ли для **прогу́лок**
    Пода́льше вы́брать **закоу́лок**?
    既然是散步，
    怎么不选个远一点儿的地方？

再如莫尔恰林这样说道：

> В мои́ лета́ не до́лжно **сме́ть**
> Своё сужде́ние **име́ть**.
> 在我这个年纪不应该
> 有自己的看法。

在三种韵式中毗邻韵之所以使用率最高，究其原委，应该是格利鲍耶多夫继承了亚历山大诗体用韵方式的缘故，正如在诗剧节奏层面上剧作家多用六步抑扬格一样。

剧中共有 816 个诗行押的是交错韵，占诗行总数的 37%。剧作家总是在一组完整的四行诗中使用这一韵式，换句话说，剧中的 204 组四行诗押的是交错韵。这一韵式更多地用于语气平和、条理连贯的语言中。如丽莎在第二幕第七场说道：

> Кому́ назна́чено-с: не минова́ть судьбы́,　　　　　**a**
> Молча́лин на́ лошадь сади́лся, но́гу в стре́мя,　**b**
> А ло́шадь на дыбы́,　　　　　　　　　　　　　　**a**
> Он о́б землю и пря́мо в те́мя.　　　　　　　　**b**
> 这就是命，谁也跑不了。
> 莫尔恰林跨上马，脚正要伸进马镫，
> 马儿突然直立起来，
> 他就一头栽倒在地上。

例中的隔句押韵，使说话的口气更加显得不急不缓。

剧中押环抱韵的诗行有 400 个，占诗行总数的 18%。这种韵式也总是用于一组完整的四行诗，即 100 组四行诗押的是环抱韵。这种封闭式的押韵方式使说话人的语气显得匀称流畅。请看法穆索夫的一段台词：

> Скажи́-ка, что глаза́ ей по́ртить не годи́тся,　　　　**a**

И в чте́ньи про́к-от не вели́к: b
Ей сна́ нет от францу́зских кни́г,   b
А мне́ от ру́сских бо́льно спи́тся.   a
告诉她，看坏了眼睛可不好，
读书没有什么用处，
她看法文书总会忘记睡觉，
可我一拿起俄文书就犯困。

没有遵守以上三种押韵方式而随意安排韵脚的诗行很少，只有 87 个，占诗行总数的 4%。因此可以说，整部诗剧遵守了押韵的基本规则。

值得注意的是，有时诗行末尾的重读音节不仅与另一诗行末尾的重读音节押韵，而且还与本行内的某个词语构成了同韵，这叫作诗行内的用韵（внутренние рифмы），如：Вот то́-то невзнача́й, за ва́ми примеча́й.（好一个"无意中"，可得把你给看紧了。）这一形式在俗语（поговорка）中经常使用，所以也称作俗语韵（поговорочные рифмы）。俗语韵往往是句末的重读音节与上半句最后一个重读音节通韵。我们知道，《智慧的痛苦》中的许多诗行后来都成了朗朗上口的俗语和谚语，如：Под су́д, как пи́ть даду́т（肯定会送进法院的），Грех не беда́, молва́ не хороша́（犯错不要紧，人言最可畏）等。这与剧作家采用了这种俗语韵不是完全没有关系的。

总之，剧中的诗韵形式多样，构成了一幅色彩斑斓的韵律图案，正如黑格尔在论及诗韵的种类时所说的那样：

……使多种不同的韵有规律地交错和配合，或合或离，或前后呼应，这就显出韵的丰富多彩。①

格里鲍耶多夫的同时代人对剧中韵律的丰富多样和新颖别致感受尤深，

---

① 黑格尔著，朱光潜译：《美学》，第三卷下册，商务印书馆，1981 年版，第 91 页。

奥·米·索莫夫这样写道：

> 他的韵律以其新颖博得了大家的喜爱，它们使我们在阅读过程中忘记了抑扬格的单调和押韵诗行的单一。①

（三）

上文简要考察了《智慧的痛苦》的音律特征，现在我们来分析一下诗剧音律的语义特征，即节奏和韵律在出场人物表达情感过程中所起的功能和作用。

在诗学中有所谓"声情相应"之说，也就是在声韵和情感之间具有某种对应的关系。黑格尔在谈到这种对应关系时认为，人的内心活动"是有规则还是变化多方，是激动还是平静，是风平浪静还是波涛汹涌，都要在传达内心生活的字音在时间上的运动中得到表现。心情的状态和整个掌握方式都要表现于诗的音律……"②

首先在剧中的节奏方面，总体来看，自由抑扬格由于在诗步数量上没有整齐划一的程式化要求，诗行长短不一，富于变化，因而表达思想感情也就比较自由，不受限制。六种诗步不等的诗行混合使用，组成一种富于张力的灵活结构，人物的喜怒哀乐，纷纭各异的情愫均可摄入其内。例如，当索菲娅得知自己的恋人莫尔恰林从马上摔下来之后，她以郑重而嗔怪的口吻对莫尔恰林说道：

> Молча́лин! Ка́к во мне́ рассу́док це́л оста́лся!
> ∪ –| ∪ –| ∪ –| ∪ –| ∪ –| ∪ –| ∪
> Ведь зна́ете, как жи́знь мне ва́ша дорога́!
> ∪ –| ∪ ∪| ∪ –| ∪ –| ∪ ∪| ∪ –|
> Заче́м же е́й игра́ть, и та́к неосторо́жно?

---

① Л. И. Петриева, Г. В. Пранцова, *А. С. Грибоедов. Изучение в школе*. Москва, 2001, с. 101.
② 黑格尔著，朱光潜译：《美学》，第三卷下册，商务印书馆，1981年版，第215页。

```
U −| U −| U −| U −| U U | U −| U
```
莫尔恰林！我感觉快要失去理性了！
要知道，您的生命对我是多么珍贵！
您那么不当心，怎么拿性命开玩笑？

这里的长诗行——六步抑扬格强化了庄重严肃的情感色彩，突现了索菲娅对恋人的真情与关爱。

在第三幕第一场中，索菲娅与恰茨基一问一答的对白充满了冷嘲热讽，为了加强嘲弄挖苦对方的效果，双方都使用了明快、活泼的短诗行——三步抑扬格：

Чацкий

Когó вы лю́бите?　　　　　　　　U −| U −| U U |

София

Ах! бóже мóй! весь свéт.　　　　U −| U −| U −|

Чацкий

Кто бóлее вам ми́л?　　　　　　U −| U U | U −|

София

Есть мнóгие, родны́е...　　　　　U −| U U | U −| U

恰茨基：您爱哪一个？
索菲娅：啊呀！我的上帝！爱全世界。
恰茨基：您觉得谁更可爱？
索菲娅：那就多了，亲朋好友……

由此可见，诗行的长短完全依照人物思想感情的震波长短而自然伸缩。

我们再举一组四行诗为例，以进一步说明诗行的长短与人物的内心活动、心理状态是吻合一致的。剧情一开始，索菲娅在卧室里和恋人莫尔恰林聊了个通宵。清晨，她在门口正巧被父亲法穆索夫撞了个正着。法穆索夫极力反对女儿同自己的秘书谈情说爱，而一心想把女儿嫁给佩满勋章的将军或家财万贯的富豪。索菲娅为了向父亲掩饰真相，编造了一段自己刚刚从睡梦中醒来的谎言，而且还煞有介事地描述起所谓的梦境。她这样说道：

Позво́льте... ви́дите ль... снача́ла   U – | U – | U U | U – | U
Цвети́стый лу́г; и я́ иска́ла   U – | U – | U – | U – | U
Траву́,   U – |
Каку́ю-то, не вспо́мню ная́ву.   U – | U U | U – | U U | U –

请听……您可知道……起先是一片
开满鲜花的草地；我在寻找
野草，
什么草，我这会儿想不起来了。

  例中的四个诗行参差不齐：第一个和第二个诗行用的是四步抑扬格，第四行则有五个诗步；而第三行却只有一个诗步，显得突兀奇诡而有失和谐。然而，这样的句式安排正是剧作家依照人物的心理特征精心设计的。所谓的梦境是索菲娅为了应急而临时杜撰的，第一行和第二行的口气已经显得迟疑不定，这一点从剧作家两次使用的省略号中就可以看得很清楚。尤其是当她说出 искала 一词之后，一时还没有想好自己到底要寻找什么，所以就停顿了下来，做了较长的间歇，作为补偿，第三行就空了一截，所以 траву 一词占据了整整一行，而且处于诗行的末尾。可当她一说出 траву 一词，似乎终于摆脱了自己的窘境，于是她的心情马上便轻松下来，语流也随之顺畅起来，这样第四行便自然而然地用起了平稳流畅的五步抑扬格。

  其次在剧中的韵律方面，有一种现象非常值得我们的关注。即在人物的对话过程中，后者接过前者的话头，继续说下去，并与前者使用的韵式保持一致，步伐相随。换句话说，后者承接了前者的押韵方式。这种形式上的紧密联系和相互照应进一步保证了对话内容的衔接和连贯。有时，一人先说出两三句具有某种韵式的台词，另一人接续，然后再由前一人承接，从而构成轮流往返的对话形式。对话双方在押韵方式上的相互承接形成了诗剧在韵律上的一大特色。

剧中的人物对话按其内容大致可以分为两类：一类是日常生活中的普通对话，另一类是论战式的辩驳。日常生活中的普通对话比较随意，话题更换频繁，对话双方不像论战式的辩驳那样就某个话题做频繁的对答。因此一人起韵，另一人接韵并结束某一话题的例子较多。后来成为名言格句的诗行中有相当一部分，从押韵方式上看，正是承接了他人韵式的结果。试举一例：

Лиза

Смотри́те на часы́, взгляни́те-ка в окно́; a

Вали́т наро́д по у́лицам давно́; a

А в до́ме сту́к, ходьба́, мету́т и убира́ют. b

София

Счастли́вые часо́в не наблюда́ют. b

丽莎：你们看看时钟，望望窗外；

　　　街上早就熙熙攘攘的了；

　　　家里扫擦拖抹，也忙开了。

索菲娅：幸福的人儿不看钟。

例中的四行诗押的是毗邻韵。先由丽莎起韵，索菲娅承接了她的韵式，说出了 Счастливые часов не наблюдают 这句后来广为流传的台词。

再看恰茨基和索菲娅谈论斯卡洛祖布的一组四行诗：

Чацкий

За а́рмию стои́т горо́й, a

И прямизно́ю ста́на, b

Лицо́м и го́лосом геро́й... a

София

Не моего́ рома́на. b

恰茨基：他是军队的死党，

>笔直的腰板，
>
>还有脸庞和声音，都像个英雄……

索菲娅：可不是我所崇拜的英雄。

这组四行诗用的是交错韵，索菲娅承接了恰茨基的押韵方式。Герой не моего романа 后来成了名言警句，意为"不是我所崇拜的英雄；不是我所喜欢的人"。有趣的是，这句名言在形式上是由两个人物的台词组合而成。

而在论战式的辩驳中，双方通常将话题集中在某一点上展开交锋。占据上风、处于主动地位的一方，往往是韵式的发起者，而处于被动地位的一方则是韵式的承接者。这一点在恰茨基和法穆索夫的唇枪舌剑中，表现得尤为清楚。当恰茨基占据上风时，他就发起韵脚，法穆索夫承接韵脚；而一旦法穆索夫占据主动，用韵的情形也就发生变化。请看第二幕第二场中的一段对白：

Чацкий

У покровителей зевать на потолок,	a
Явиться помолчать, пошаркать, пообедать,	b
Подставить стул, поднять платок.	a

Фамусов

Он вольность хочет проповедать!	b

Чацкий

Кто путешествует, в деревне кто живёт...	c

Фамусов

Да он властей не признаёт!	c

恰茨基：在靠山们那里无所事事，

　　　　一言不发，悠闲自在，陪同吃饭，

　　　　递张椅子，捡下手绢。

法穆索夫：他竟想宣传自由思想！

恰茨基：有人去旅行，有人住到乡下去……

法穆索夫：他连政府也不承认！

这里，恰茨基首先发起的是交错韵，并且只说出了一组四行诗中的三行，第四行由法穆索夫来接续完成。之后，恰茨基又说出一行诗句，法穆索夫则用毗邻韵来跟随。像这样由恰茨基起韵，法穆索夫接韵的情形在第二幕第二场中一直延续到"Я наконец вам отдых дам..."这一行为止。两人在争论中所担当的角色从这里就发生了逆转，法穆索夫开始掌握对话的主动权，变成为起韵者，恰茨基则降为接韵者。

从上面的分析中可以看出，音律的运用，无论在节奏层面还是在韵律层面，都与刻画人物形象，揭示人物性格密切相关，只不过有时这种联系并不十分显著，正如黑格尔所说："正像在音乐的表现里节奏和旋律须取决于内容的性质，要和内容相符合，诗的音律也是一种音乐，它用一种比较不太显著的方式去使思想的时而朦胧时而明确的发展方向和性质在声音中获得反映。"[1] 因此需要我们做精细的分析和深入的探讨。

正如前文所述，18世纪末至19世纪初的俄国诗剧使用的格律形式基本都是"亚历山大诗行"。自由抑扬格只是偶尔出现在戏剧作品中（如亚·亚·沙霍夫斯科伊的戏剧作品《好奇女》便采用了这一格律形式），而更多地应用于寓言中（如伊·安·克雷洛夫的寓言诗等）。与前人相比，格里鲍耶多夫在《智慧的痛苦》中赋予了这一格律形式以更大的生动性和灵活性，将它的优势发挥得淋漓尽致，人们惊叹于诗剧语言所洋溢出的鲜活的生活气息。喜剧作家们在随后的创作中纷纷仿效格里鲍耶多夫的写法，自由抑扬格就这样被引入俄国剧坛，逐渐发展，并普遍流行起来。在此后相当长的一段时期内几乎所有的诗体喜剧都用自由抑扬格写成。可以说，俄国的喜剧表现形式从此正式告别了源自法国文学的"亚历山大诗行"，从而获得了自己的民族特色。

总之，《智慧的痛苦》不仅打破了俄国剧坛"独尊一体"的局面，而且对后世喜剧形式的发展产生了巨大的影响。

---

[1] 黑格尔著，朱光潜译：《美学》，第三卷下册，商务印书馆，1981年版，第71页。

《钦差大臣》人物语言的两重性

果戈理（Н. В. Гоголь, 1809—1852）的讽刺喜剧《钦差大臣》（«Ревизор», 1836）是俄国戏剧发展史上的一座丰碑。作家在这部五幕喜剧中刻画了一幅丑态毕露的俄国贵族官僚的众生相。剧中的所有出场人物都是反面角色，唯一"正直而高尚的人物"，用果戈理的话来说，"那就是笑"。[1]笑是贯穿于全剧的核心，它"产生于被塑造的性格的喜剧性矛盾中"。[2]这种喜剧性矛盾在剧中的贵族官僚身上表现为人物性格的两面性。一面是本相的显露，另一面则是出于某种卑劣的动机，伪装出一副骗人的假象。如市长斯克沃兹尼克·德穆哈诺夫斯基本质上粗鲁暴戾、飞扬跋扈，是一个贪污受贿、营私舞弊的赃官，而在"上峰"面前却一反常态，变得奴颜婢膝、低头哈腰，而且还装扮成一个奉公廉洁的清官；再如，赫列斯塔科夫实际上轻浮、浅薄、愚蠢、渺小，是一个十足的"没用的窝囊废"，但他却竭力装扮成"一个了不起的大人物"。人物性格的这种两面性，无疑会反映在作为塑造人物形象的重要手段的人物语言中，剧中的人物语言因而便具有了相应的两重性。无论是市长，还是赫列斯塔科夫，抑或其他贵族官僚，他们在跟自己人和仆役说话时，或在自言自语的独白中，与在外人面前自我吹嘘时，或在上峰面前邀功请赏时所使用的语言手段是截然不同的。正是这种两重性构成了《钦差大臣》人物语言的主要特色。下面我们就具体分析一下市长、赫列斯塔科夫及其他角色的人物语言的两重性。

---

[1] С. И. Машинский, *Художественный мир Гоголя*. Москва, 1971, с. 255.
[2] 波斯彼洛夫主编，邱榆若等译：《文艺学引论》，湖南文艺出版社，1987年版，第547页。

一

市长是昏庸腐朽的沙俄官僚体制的典型代表。在分析这一人物语言的两重性之前，先让我们来看一下他的语言的总体特征。他长年混迹官场，宦海沉浮，因此官腔十足，满嘴都是公文用语和套话，使用的词语甚至带有文牍色彩，如：с секретным предписанием（带有密令），подведомственные вам богоугодные заведения（您所管辖的慈善医院），это уж по вашей части（这属于您的职责范围）等，这类语言成分反映出这一人物的官僚阶层的社会特征。此外，由于他来自社会的底层，是"从低微的官职慢慢地爬上来的"，因此他的语言还有明显的粗俗色彩，如：рожу такую состроит（扮这样的鬼脸），я им солоно пришёлся（我成了他们的冤家），вам всё — финтирлюшки（你们对什么都满不在乎）等，这可以归结为该人物语言的个性化特征。

市长这一人物语言的两重性首先表现在跟僚属和"上峰"的对话中使用迥然相异的语言手段，这反映出他对两者所采取的截然相反的态度——对后者竭尽巴结讨好、奉承拍马之能事，而在前者面前则暴露出粗鲁暴戾的本性。

市长是外省某县城贪官污吏的魁首。他跟下属们的利益是共同一致的，即贪污受贿，中饱私囊，唯一的区别就是要按级别受贿。因此在这一小团体的范围内，他的粗暴蛮横的真相毕露无遗。如他常常使用带有俚俗色彩的低品词："Эк куда хватили"（您这是扯到哪儿去啦），"Так и ждёшь, что вот отворится дверь и — шасть..."（你就这么等着吧，门一开就会闯进来的……）；詈词："Архиплуты, протобестии, надувалы морские"（骗子，奸贼，恶棍）等，这是词汇方面的特征。此外还有句式方面的特征，他经常使用祈使句，以表示长官的颐指气使，有用命令式的祈使句："Беги сейчас возьми десятских"（你快去把甲长们叫来），"взашей так прямо и толкайте"（掐着他的脖子，把他推出去），"А вы — стоять на крыльце и ни с места! И никого не впускать в дом стороннего..."（你们站到台阶上去，一步也不许离开！不要让外人进屋……），有时还加上да，以加强命令的口吻："Да не выпускать солдат на улицу безо всего"（不要让士兵赤身裸体地到街上乱跑），"да разметать наскоро старый забор"（得赶紧把旧围墙拆掉）。与第二人称命令式的祈使句相比，不定式祈使句表示一种绝对、断然的命令。

市长一听说钦差大臣要来察看，为了蒙混过关，他一方面设法将自己和下属的丑行劣迹遮掩起来；另一方面，作为长年混迹官场的老手，自信凭着多年积累下来的丰富经验定能安然渡过难关，因为他骗术高超，"曾骗过三个省长"，因此当他认定赫列斯塔科夫就是微服私访的钦差大臣时，就完全换了一副面孔——已不再是一个傲慢粗暴的市长，而是一个温文尔雅的谦谦君子，是一名视国家利益高于一切、关心民众疾苦的父母官——出现在这位"上峰"的面前。这时，他谈吐高雅，满嘴都是书面色彩很浓的文语，以示自己的劳苦功高和对上司的敬重之意："прохаживаясь по делам должности"（为了履行职责出来巡视），"чтобы осведомиться, хорошо ли содержатся проезжающие"（来看看客人们住得是否满意）等。

市长语言中的两重性在第二幕，即在他带着僚属与赫列斯塔科夫第一次见面时表现得尤为突出。当他确认赫列斯塔科夫就是微服私访的钦差大臣时，他吩咐多博钦斯基赶紧回去通报一下，以便准备接待这位要员。于是他说了这样一段台词：

  Городничий (тихо Добчинскому). Слушайте: вы побегите, да бегом, во все лопатки и снесите две записи: одну в богоугодное заведение Землянике, а другую жене. (Хлестакову) Осмелюсь ли я попросить позволения написать в вашем присутствии одну строчку к жене, чтобы она приготовилась к принятию почтенного гостя?

  市长：（对多博钦斯基低声说）听着，您赶紧跑一趟，跑快点儿，给我送两张纸条：一张给慈善医院的泽姆利亚尼卡，另一张给我内人。（对赫列斯塔科夫）我能不能请您允许我当着您的面写几个字给我内人，让她准备接待贵宾？

多博钦斯基是县城的乡绅，自然是自己人，因此市长在跟他说话时毫不客气地用了带有低俗色彩的词句 да бегом, во все лопатки，这种表达方式跟他在对赫列斯塔科夫说话时所采用的文绉绉的、圆滑的句子 Осмелюсь ли я попросить позволения написать 形成一种鲜明的对比。

以上是以市长与不同人物的对白为分析对象的，其实市长语言的两重性在对白与独白的对比中则更为鲜明。市长的独白形式主要是自言自语的旁白。在同赫利斯塔科夫初次交锋时，他觉得赫列斯塔科夫想竭力隐瞒自己的钦差大臣的真实身份，因此他要做进一步的试探，想让对方说漏嘴。请看市长的这段既有对白，又有旁白的台词：

  Городничий (в сторону). Славно завязал узелок! Врёт, врёт — и нигде не оборвётся! А ведь какой невзрачный, низенький, кажется, ногтем бы придавил его. Ну, да, постой, ты у меня проговоришься. Я тебя уж заставлю побольше рассказать! (Вслух.) Справедливо изволили заметить. Что можно сделать в глуши? Ведь вот хоть бы здесь: ночь не спишь, стараешься для отечества <...>

  市长：（旁白）编得真不赖！虽然说的尽是些瞎话，但却不露一点儿痕迹！别看他貌不惊人，个头矮小，好像用手指甲就能把他碾死似的。你等着吧，我会叫你说漏嘴的。我得让你多说话！（出声）您说得千真万确。待在偏僻的小地方能有什么作为？比如，就拿这儿来说吧：彻夜不眠，为国操劳……

可以看出，旁白中口俗语的运用表现出了一个活生生的自我，而在对白中，出于对上司的敬重而将个性掩盖了起来。非常有趣的是，同样是对对方的话语做出评价，在对白中他用表示恭敬的词语说：справедливо изволили заметить，而在独白中却一个劲儿地说对方 врёт, врёт。

在俄国戏剧发展史上，独白和对白的运用情况是有所变化的。在现实主义以前的戏剧作品中多用独白的形式，而在现实主义的戏剧作品中，对白通常以绝对的优势压倒独白。而果戈理在自己的戏剧作品中仍然非常重视独白的形式,《钦差大臣》中的主要人物形象正是在对白与独白的不断交替使用中才刻画得栩栩如生、鲜明生动,这是果戈理对戏剧语言的一大贡献。

二

赫利斯塔科夫是京城彼得堡上流社会的缩影。他虽然只是一个小官吏,小人物,但他扮演起京城权贵的角色却相当出色,以致官场老手们一个个都信以为真。其实,赫列斯塔科夫是一个微不足道,毫无价值可言的轻浮无聊之辈,但他却偏偏要摆出一副盛气凌人、不可一世的架势。他口出狂言,满嘴谎话,在吹嘘自己的京城生活时说道:

На столе, например, арбуз — в семьсот рублей арбуз. Суп в кастрюльке прямо на пароходе приехал из Парижа.

比方说,桌上的西瓜——那个西瓜值七百卢布。锅里的汤是直接用船从巴黎运来的。

这种轻狂和浮夸正是他的性格所在。

在赫列斯塔科夫语言的两重性中,有一点是与市长的语言相一致的,即在跟自己人和仆役说话时,或在自己的独白中多用俚俗乃至粗鄙色彩的低品词;另一点则与市长的语言有所不同,为了向外省的贵族官僚们真实地展示出京城上流社会的体面和高雅,他用了许多带有华丽高雅色彩的文学语言的表达形式。

赫利斯塔科夫在对自己的仆人奥西普说话时,频繁使用诸如:дурак, чёрт с тобой 之类的粗鄙词语,而对旅馆侍役的态度则更加粗野,说话时甚至用起了詈辞:"поросенок ты скверный"(你这个蠢猪),"Мошенники, канальи, чем они кормят"(骗子,恶棍,他们给我吃的是什么呀)。

在所采用的独白形式方面,赫列斯塔科夫与市长有所不同。市长的独白主要是旁白,它是和对白交替出现的。而赫列斯塔科夫的独白是他在一人独处时发出的内心语言,所发出的一段独白往往构成一幕中的一场,如第二幕第三场就是赫列斯塔科夫的一大段独白。他从彼得堡出来，由于囊中告罄被困在这个县城的一家小旅馆里，于是他发出了这样一段独白：

<...> Пехотный капитан сильно поддел меня: штосы удивительно, бестия, срезывает. Всего каких-нибудь четверть часа посидел — и всё обобрал. А при всём страх хотелось бы с ним ещё раз сразиться.

……步兵大尉把我给坑了，这个家伙的牌艺真是叫绝：刚坐下来才打了不到一刻钟的功夫，就叫我输得个精光。可是尽管这样，我还是很想跟他再杀一把。

这里，带有口语色彩的词有：поддел, обобрал, сразиться, 带有俗语色彩的词有：бестия, срезывает, страх。

在外省贵族官僚面前，赫列斯塔科夫却用起了当时京城流行的一些文学语言的表达形式。这类表达形式集中反映在赫列斯塔科夫向市长的妻子和女儿调情求爱的那场戏中："Я хочу знать, что такое мне суждено: жизнь или смерть"（我想知道，我是什么命：是活，还是死），"С пламенем в груди прошу руки вашей"（我怀着满腔的热情向您求婚）。其中使用了不少当时非常流行的感伤主义文学作品的套语："Жизнь моя на волоске. Если вы не увенчаете постоянную любовь мою, что я недостоин земного существования"（我的生命系于一发。如果您不肯接受我永恒不变的爱情，我生活在这世上还有什么意思呢），"Мы удалимся под сень струй"（我们躲进世外桃源）。这些表达形式都是当时用滥了的俗套，他们出自"钦差大臣"之口就显得突梯滑稽、矫揉造作。

非常有趣的是，在第二幕中赫列斯塔科夫与市长对话时，出现了这样一种可笑的情形：他先使用口语、俗语的词汇，后来又改用贵族沙龙式的优雅语言。当他被困在小旅馆里，为付不出房钱而一筹莫展的时候，市长突然驾到，他以为市长肯定是来抓他去坐牢的，于是乎吓得心惊肉跳。这时他根本不可能想到要伪装成京城的要员，他说出了这样一段台词：

> Хлестаков. Да что ж делать?.. Я не виноват <...> Он больше виноват: говядину мне подаёт такую твёрдую, как бревно; а суп — он чёрт знает что плеснул туда... Он меня морит голодом по целым дням. Чай такой странный: воняет рыбой, а не чаем. За что ж я... Вот новость!
>
> 赫列斯塔科夫：有什么办法呢？……不是我的错……这主要是他的错：他给我吃的牛肉硬得像木头；还有汤，鬼知道他在汤里放了些什么……他让我饿了好几天。茶水才怪呢：一股子鱼腥味儿，没有茶的味道。干吗我要……真是笑话！

这里既有口语色彩的词语，也有口语色彩的短语。可后来他发现市长非但不抓他，而且对他相当敬重，并愿意为他效犬马之劳，于是乎他学起了京城贵族的腔调，满嘴都是优雅的词句：

> Хлестаков. Покорно благодарю. Я сам тоже — я не люблю людей двуличных. Мне очень нравится ваша откровенность и радушие, и я бы, признаюсь, больше бы ничего не требовал, как только оказывай мне преданность и уваженье, уваженье и преданность.
>
> 赫列斯塔科夫：非常感谢。我自己也是这样——我不喜欢口是心非的人。我非常喜欢您的直率和热情，老实说，我别无他求，只要人家对我忠诚和尊敬，尊敬和忠诚。

这里，无论是词汇还是短语都有浓厚的书面语色彩。顺便指出，преданность и уваженье 的重复使用说明赫列斯塔科夫无论是思想上还是语言上都非常贫乏和空洞。

不难发现，低俗和高雅这两种语言成分的混用显示出赫列斯塔科夫的卑微、空虚和追慕虚荣的内心特征。

三

  人物语言的两重性还表现在剧中的次要角色中。相对而言，次要人物不像主要人物那样有较长篇幅的对白，他们的对话大都比较简短。如果说主要人物的"语言肖像"是工笔画，那么次要人物的"语言肖像"则是写意画。下面我们就分析一下法官利亚普金·佳普金，慈善医院院长泽姆利亚尼卡和市长夫人安娜·安德烈耶芙娜的人物语言的两重性。

  法官语言的两重性在第四幕第三场中得到了充分的展示。在市长的僚属中，他第一个带着"见面礼"前来晋见"上峰"。他不知道赫列斯塔科夫是否会接受他的贿赂，因此他手里攥着钞票，心里却忐忑不安。为了巴结讨好赫列斯塔科夫，在对话中他用了许多带有书面，乃至公文色彩的表达方式，以示对上司的敬重：

  За три трёхлетия представлен к Владимиру четвёртой степени с одобрения со стороны начальства.
  三次连任以来，受到上司嘉奖，荣获弗拉基米尔四等勋章。
  Конечно, слабыми моими силами, рвением и усердием к начальству... постараюсь заслужить...
  当然，我会尽我的微薄之力，用我的勤勉和苦干来报答上司……

  另一方面，他又生怕对方拒绝他的贿赂，于是战战兢兢，他的真实内心活动在旁白中用俚俗色彩的词语或短语表达了出来。当赫列斯塔科夫请他就座时，他在旁白中嘀咕道：

  Господи боже! не знаю где сижу. Точно горячие угли под тобою.
  老天爷！我不知道是坐在哪儿，简直就像坐在一堆炭火上。

当他手里攥着的钱掉落在地上的时候，他惊慌失措地自语道：

Ну, всё кончено — пропал! пропал!
唉，一切都完了——彻底完蛋了！

最后，赫列斯坦科夫主动提出向他"借钱"时，他这才稍稍鼓起勇气，心中默默念道：

Ну, смелее, смелее! Вывози, пресвятая матерь!
喂，勇敢点儿，勇敢点儿！圣母啊，帮帮我吧！

慈善医院院长语言的两重性在第五幕第七场中表现得十分有趣。当他听说市长与"上峰"结了亲，便前来祝愿市长早日高升。在与市长的对白中，他断言市长肯定会当上将军的，他说：По заслугам и честь.（有多大功绩，就有多大名誉。）这句话的书面色彩是很明显的。而在旁白中他却这样说：Эка, чёрт возьми, уж и в генералы лезет!（哼，活见鬼，他还想当将军呢！）这句话中低俗色彩词语的运用说明了他对市长的鄙视态度。

在次要人物中，市长夫人的人物语言显得很有特色。作为外省的一名贵族太太，她一心想附庸风雅，竭力模仿京城贵妇的言谈举止。在京城的花花公子面前，她总想把话说得斯文一点儿、高雅一点儿、精细一点儿，以满足自己的虚荣：

Как можно-с! Вы делаете много чести. Я этого не заслуживаю.
哪能呢！您太客气了。我不敢当。
Если не ошибаюсь, вы делаете декларацию насчёт моей дочери?
要是我没有弄错的话，您是在向我女儿求爱吧？

在她的对白中经常出现感伤主义文学作品中那种矫揉造作的感叹句：

Ax, какой приятный!
哎哟，真叫人喜欢！
Какое тонкое обращение!
他待人多么客气！

她还使用上流社会十分流行的一些源自法语的词语：

Я думаю, вам после столицы вояжировка показалась очень неприятною.
我想，你们京城里的人出门旅行，一路上会觉得不愉快的吧。
<...> и чтобы у меня в комнате такое было амбре.
……让我的房间里香气熏鼻。

但她毕竟是粗鲁无理的市长的夫人，她"所受的教育一半来自于储藏室和女仆室里的琐事"，因此，她在家人中间就显露出了本色，经常说出一些粗俗不堪的词语。如她对女儿说："Вдруг вбежала, как угорелая кошка"（像一只疯猫，忽地一下子就钻了进来），"<...> из-за тебя, этакой дряни"（……就是为了你这个贱货），"<...> ax, какой чурбан, в самом деле"（……哎呀，真是榆木脑袋），"<...> да ведь не всякой же мелюзге оказывать покровительство"（……不过你总不能把所有的小孩都照顾到呀）。其中，как угорелая кошка. 是带有口语色彩的短语，而 дряни 和 чурбан 则是詈辞。

总之，人物语言的两重性是《钦差大臣》语言的主要特色，果戈理通过表现人物语言的两重性，对笔下众多贵族官僚做了辛辣的讽刺和无情的嘲笑。

《死魂灵》主人公乞乞科夫的语言特色

果戈理的长篇小说《死魂灵》（«Мёртвые души»，1835—1840）描绘了一幅19世纪俄国社会诸等阶层的世相图：既有高踞上层社会的京城贵族、地主乡绅，也有处于生活底层、一贫如洗的马夫侍役，还有像乞乞科夫那样身居中等阶层的小职员。作者在塑造这些不同社会阶层的人物形象时，使用了一系列的艺术手法，其中，对人物语言的着力刻画就是一种重要的手段。作品中的人物语言不仅反映出了他们各自的社会特征，而且，更为重要的是表现出了人物丰富的个性色彩。作品中的诸色人等各有其"声口"，有的甜言蜜语、矫情做作，有的自我轻贱、曲意奉承，有的则盛气凌人、倨傲不恭。另一方面，《死魂灵》还写出了一人多"声口"，即同一个人物在不同的场合，针对不同的谈话对象，说出了不同色彩的言辞。这种多色调的语言特征集中反映在主人公乞乞科夫的人物对话中。乞乞科夫在为买卖死魂灵而与各色人等接触周旋时，根据对方的身份地位、文化教养及语言习惯，相应地使用了各种不同的语言手段和修辞技法。这表现出主人公巧舌如簧、机敏善变、虚伪奸诈的性格特征。

乞乞科夫的人物语言具有较为丰富的语体色彩，既有强烈的书面语色彩，又有明显的俚俗语色彩，还有书面语和俚俗语这两种色彩的糅合使用。下面我们就从这里入手来具体分析一下这一人物的语言特色。

一

乞乞科夫具有书面语色彩的对话语言几乎贯穿于整部作品。他使用这种语体有两方面的缘由。首先，他长年混迹于彼得堡的上流社会，同上层人物保持着广泛的接触和交往，为了把自己装扮成一个高雅人士，为了给达官贵人留下一个温文尔雅的谦谦君子的优美形象，他说得一口标准、流利的贵族沙龙语言。其次，他曾一度当过处理公文的小职员。后来又在法院做过代书人，说话不免带有公文腔调。因此，乞乞科夫这种书面语色彩的对话语言也相应地分为两类：一类是贵族沙龙华丽高雅的语体，另一类则是公文事务语体。

贵族沙龙语言的总体特征是斯文雅致、彬彬有礼。这种语体特征在乞乞科夫的人物对话中具体分为三种情形。

第一，多用带有敬歉意味的套话。如早年他在海关供职对绅士、太太们例行检查时，他说：

> Не угодно ли вам будет немножко побеспокоиться и привставать?
> 能不能再略微麻烦您一下，请您抬起一下身子？①
> Позвольте, вот я ножичком немного распорю подкладку вашей шинели.
> 抱歉，这下我要用小刀把您的大衣衬里稍微拆开一点儿啦。

其中，не угодно ли，позвольте 这两种表达形式便是上层社会非常流行的对说话对象表示尊敬的套语。这类套语还很多，如：изволить, иметь честь, считать долгом 等。由于这些词语用得过多过滥，有时听起来不免觉得矫揉造作、滑稽可笑。如乞乞科夫在牌桌上跟一些大官员打牌时，不说：вы пошли（您出错了牌），而说：Вы изволили пойти, я имел честь покрыть вашу двойку.（蒙您出错了牌，我有幸吃掉了您的两点。）

第二，经常使用一些带有崇高庄重色彩的词和短语。例如，在拜见一位将军时，他说道：

> Питая уваженье к доблестям мужей, спасавших отечество на бранном

---

① 本文中的作品译文引自满涛、许庆道翻译的《死魂灵》（人民文学出版社，1995年版）。个别地方有所改动。

поле, счёл долгом представиться лично вашему превосходительству.

对转战沙场拯救祖国的名将之英勇无畏，我素感钦佩，因此认为自己责无旁贷必须前来拜见大人。

这里，乞乞科夫使用了带有崇高色彩的词 доблесть, отечество, бранный 和短语 питать уваженье，以巴结讨好这位将军。当话题涉及自己的时候，乞乞科夫也时而用起这类短语，以示自己的劳苦功高。如：

<...> испытал много на веку своём, претерпел на службе за правду, имел много неприятелей <...>

……一生阅历已多，由于维护真理在仕途上受尽挫折，树敌甚多……

这句话出现在作品的开篇，而在作品第一卷的最后一章，即在对乞乞科夫买卖死魂灵的肮脏勾当进行了揭露以后，作者以嘲弄的笔调写道：

Итак, вот в каком положении вновь очутился герой наш! Вот какая громада бедствий обрушилась ему на голову! Это называл он: потерпеть по службе за правду.

就这样，我们的主人公重新陷进了一个多么悲惨的境地！就这样，在他的头上落下了多大的一场灾难！这也就是他口口声声说的为了维护真理在仕途上遭受的挫折。

原来，买卖死魂灵就是他所谓"维护真理"的具体表现。

第三，多用感伤主义文学作品中常见的一些表达形式，以示自己是一位感情丰富、注重情义的高雅之士，有时也是为了迎合谈话对象的语言习惯。例如，当乞乞科夫拜访玛尼洛夫时，发现玛尼洛夫夫妇在谈吐中喜欢铺张感情，于是他就投其所好，以便从他们手里顺利购得死魂灵。他对玛尼洛夫夫人说：

Сударыня! <...> здесь, вот где,—тут он положил руку на сердце,—да, здесь пребудет приятность времени, проведённого с вами! И поверьте, не было бы для меня большего блаженства, как жить с вами если не в одном доме, то, по крайней мере, в самом ближайшем соседстве.

夫人！……这儿（说着，他把一只手按在胸口）将永远记住和你们一起度过的那些愉快的时刻！请相信我，对于我来说，再也不会有比跟你们住在一起更大的幸福啦，即使不是住在一幢房子里，至少也要做个最亲近的贴邻呀。

当玛尼洛夫表示非常喜欢乡村生活时，乞乞科夫赶紧附和说：

<...> ничего не может быть приятнее, как жить в уединении, наслаждаться зрелищем природы и почитать иногда какую-нибудь книгу...

……再不可能有比幽居乡下，欣赏欣赏大自然的景色，偶尔翻读一本什么书更愉快的事了……

以上两例中的感叹句和形容词最高级都是感伤主义作品中常见的表达形式，它们起到了加重感情色彩、大肆渲染情感的作用。

由于职业使然，乞乞科夫说话时经常操用一些程式化的套语，因而带有浓重的公文腔调。公文事务方面的一些术语、套话及相关的语法形式使得乞乞科夫在为收购死魂灵而与几个地主展开的唇枪舌剑中受益匪浅。在五个地主中，索巴凯维奇是最难对付的一个。为了能说服索巴凯维奇，让他放心大胆地"出售"死魂灵，乞乞科夫不惜使用了一长串公文色彩很浓的句子：

<...> ревизские души, окончившие жизненное поприще, числятся, однако ж, до подати новой ревизской сказки наравне с живыми, чтоб таким образом не обременить присутственные места множеством мелочных и бесполезных справок и не увеличить сложность и без того уже весьма

сложного, государственного механизма...<...> и что, однако же, при всей справедливости этой меры, она бывает отчасти тягостна для многих владельцев <...>

载在纳税人口花名册上的农奴，尽管他们的生命已经结束，可是，在新的登记册发下之前，他们的名字还是跟活的农奴并列在一起，这样既可以免去政府机关大量琐碎细微、徒劳无益的修改工作，又不会增添本来已经繁复的国家机构的复杂性……虽然这种措施无懈可击，但是对于许多农奴主来说多少带有一点儿负担……

其中，带有公文色彩的术语 ревизская сказка, присутственные места, государственный механизм 和 短 语 окончившие жизненное поприще, при всей справедливости 使乞乞科夫的话听起来显得很有说服力。

有时为了起到强调突出的作用，乞乞科夫使用了多种形式的公文套语来表达同一个意思。如在向玛尼洛夫收购死魂灵时，他一开始用了较为简洁的公文语说道：

Я полагаю приобресть мёртвых, которые, впрочем, значились бы по ревизии как живые.

我打算买进一些死掉的，不过在纳税花名册上却还活着的。

可当乞乞科夫发现，玛尼洛夫听到 мёртвые 一词感到困惑时，他便用词组 не живые в действительности 来替代 мёртвые 一词，他把这句话的意思又用较为繁复的公文语体说了一遍：

Итак, я бы желал, можете ли вы мне таковых, не живых в действительности, но живых относительно законной формы, передать, уступить, или как вам заблагорассудится лучше?

所以，我想知道您是不是可以把事实上并不活着、但在法律形式上却是活着的这样一些人移交给我，转让给我，或者以您认为合适的方式来办？

这种浓重的公文腔调显得咄咄逼人，于是玛尼洛夫非常痛快地交出了死魂灵名册。

需要指出的是，无论是贵族沙龙式的语言，还是公文事务方面的语言，这些书面语成分在乞乞科夫的人物对话中不过是一种漂亮的语言包装而已，他想让别人觉得他很有教养，继而企图达到他那不可告人的目的。

二

然而，乞乞科夫毕竟是一个生性粗鄙、低俗下流之徒。他粗鲁的本性在自言自语的独白中，在与仆人、马夫的对话中尽显无遗。在他的内心独白中我们可以发现大量的带有低俗色彩的口语词和俚语词，如：

Чтоб вас чорт побрал всех, кто выдумал эти балы!<...> Ну, чему сдуру обрадовались?<...> Эк штука: разрядились в бабьи тряпки!<...> Ведь известно, зачем берёшь взятку и покривишь душой <...> просто, дрянь бал, не в русском духе; не в русской натуре, чорт знает что такое <...>

叫鬼把你们这批想出舞会这玩意儿的人全都抓了去！……你们呆头呆脑地高兴什么？……瞧这副样子：一个个打扮得花里胡哨的！……舞会简直是胡闹，不合俄国的精神，不合俄国人的本性，鬼才知道这是什么玩意儿……

其中，带有口语色彩的词、词组和短语有：сдуру, разрядиться, дрянь, бабьи тряпки, покривить душой；带有俗语色彩的短语有：эк, чтоб вас чорт побрал, чорт знает что такое。在与仆人谢里方的对话中，乞乞科夫动辄使用极其粗鲁的詈辞，如：

Ах ты чушка! чурбан!

哼，你这个蠢猪！榆木疙瘩！

На большой дороге меня собрался зарезать, разбойник, чушка ты проклятый, страшилище морское!

你这个强盗，你是打算在大路上把我杀了，你这个该死的蠢猪，阴阳怪气的恶鬼！

这种能直接反映出乞乞科夫本性的带有低俗色彩的词语在他跟柯罗博奇卡和诺兹德廖夫的对话中用得很多。柯罗博奇卡是乞乞科夫拜访的第二个地主，她说话粗俗，不像第一个地主玛尼洛夫那样满嘴都是繁文缛节的客套话，所以乞乞科夫与柯罗博奇卡说话时觉得非常轻松自然。作者这样写道："尽管乞乞科夫的神态十分温柔亲切，可是他这时的谈吐比起跟玛尼洛夫说话时候要随便一些，并且完全不讲究礼节了。"于是，在乞乞科夫的对白语言中充满了具有明显口语色彩的表达形式。当他们在为买卖死魂灵讨价还价的时候，柯罗博奇卡劝他有话好好说，不用动气，而他则回答说：

Есть из чего сердиться! Дело яйца выеденного не стоит, а я стану из-за него сердиться!

我哪儿有发火的道理！一只空鸡蛋壳儿都不值的小事，我会为它发火！

像这样的短语和句法形式也只有在"完全不讲究礼节"的场合才说得出来。不仅如此，乞乞科夫还尽量模仿柯罗博奇卡的腔调说话，刻意选用她所喜欢的一些俚俗字眼，如对方问：А с чем прихлебнёте чайку? Во фляжке фруктовая.（您要加点儿什么喝茶？壶里有果子汁。）乞乞科夫便赶忙用对方喜欢的俗语词 прихлебнуть 接过话头：<...> хлебнём и фруктовой.（那么咱们就加点儿果子汁喝吧。）我们还发现这样一个有趣的例子：乞乞科夫学着对方的腔调说话，本想讨好对方，结果反而却弄巧成拙。女地主问他：Ведь вы, чай, заседатель（恐怕您是位税务官吧），他用对方的俚语词 чай 回答说：Чай, не заседатель（恐怕不是税务官），这句话显得不伦不类，听起来不免有些滑稽可笑。

乞乞科夫和诺兹德廖夫臭味相投，俩人一见如故，还没有说上两句话便以 ты 相称。当对方突然变卦，不肯转让死魂灵的时候，乞乞科夫说道：

Ну вот видишь, вот уж и нечестно с твоей стороны: слово дал, да и на попятный двор.

瞧，这就是你的不是了：答应了的事又要翻悔。

其中的 на попятный двор 是典型的俚俗色彩的短语。再如，诺兹德廖夫问乞乞科夫收购死魂灵是出于何种动机，他回答说：

Ох, какой любопытный! ему всякую дрянь хотелось бы пощупать рукой, да ещё и понюхать!

哎哟，这个人也太好奇了！随便什么破烂都想伸手摸一摸，还要去嗅一嗅哩！

这里不仅有口语色彩的词语，而且完全是一副亲密随便的口吻。

如果说使用文语对乞乞科夫来讲是一种漂亮的语言包装，那么使用口俗语就是他粗鄙本性的直接显露。无怪乎当乞乞科夫周旋于上层人物之间，操用着上流社会的高雅华丽的语言时，连他自己都觉得很别扭。用他的话说："和一个普普遍遍的商人讲话要比所有这些词藻华丽的饶舌来得轻松。"

三

上面我们分析的是乞乞科夫分别使用文语或口俗语的情形，即乞乞科夫在与几个地主的语言交锋中，要么使用文语，要么使用口俗语，这主要取决于对方的文化教养和语言习惯。除此之外，我们还发现，乞乞科夫在向某一个地主收购死魂灵时忽而使用文语、忽而使用口俗语的情形。这种同时使用文语和口俗语的情形分为两类：

第一，这两种对举的语体成分都出现在乞乞科夫的对白语言中。乞乞科夫通常是在说服对方转让死魂灵，或是在和对方讨价还价的时候这样使用。

乞乞科夫向索巴凯维奇收购死魂灵的时候，只要一提到对方，他便使用高雅的文语，抬高对方的身价，好让对方高抬贵手；而当话题一涉及死魂灵的时候，他便使用带有低俗色彩的词语来贬低死魂灵的价值，以便压价。乞乞科夫说：

Вы, кажется, человек довольно умный, владеете сведениями образованности. Ведь предмет просто фу-фу. Что же он стоит? кому нужен?

看来，您是一个相当聪明的人，又有文化教养。要知道，咱们谈的那个东西根本就是狗屁不如。它能值什么钱？哪个会需要它？

其中，владеть сведениями образованности 是带有很浓的文语色彩的短语，而 просто фу-фу 则是带有明显俚俗色彩的短语。

在与柯罗博奇卡舌战时，乞乞科夫陷入困境：女地主死活不肯交出死魂灵。于是乞乞科夫便伴怒道：

Из одного христианского человеколюбия хотел: вижу, бедная вдова убивается, терпит нужду... да пропади и околей со всей вашей деревней!

我只是本着基督的博爱教义才愿意这么做的：看到一个可怜的寡妇悲痛万分，受到贫困的折磨……好啦，让（您的死魂灵和）您的整个村庄统统完蛋灭绝吧！

这里，在说到自己时，乞乞科夫使用了文语色彩的词组 из одного христианского человеколюбия，来向对方表明自己收购死魂灵的行为是高尚纯洁的；而一说到死魂灵，就用俚俗词语 да пропади и околей，似乎是在向对方强调：不管你卖不卖，我根本就不在乎。

第二，乞乞科夫在与某一个地主进行周旋时，其人物语言时而会有对白和内心独白这两种不同的形式。对白使用文语，内心独白则使用口俗语，因为对白是披着华丽外衣的假相，而独白则是内心的真实流露。在与索巴凯维奇的对话中，就多次出现交替使用对白和内心独白的情形。

> Вишь, куды метит, подлец! — подумал Чичиков и тут же произнёс с самым хладнокровным видом: — Как вы себе хотите, я покупаю не для какой-либо надобности, как вы думаете, а так, по наклонности собственных мыслей.
>
> "嘿，还来这一着儿，这下流坯！"乞乞科夫私下里想道，接着就装出十分冷静的模样说："不管您怎么想都行，我买他们可不是像您猜测的那样有什么用途，而只是因为兴之所至，有这么一个念头罢了。"

在内心独白中，他连用了四个具有低俗色彩的词语来责骂对方，而在对白中，却用了书面语色彩很浓的两个短语来表白自己的高雅和纯洁。作者通过对乞乞科夫内心独白和对白所使用的不同语言成分的鲜明对比，生动地刻画出了一个惺惺作态的伪君子的丑陋形象。

乞乞科夫是俄国资本主义积累时期兴起的小资产阶级的典型代表。他具有许多不同于封建地主的新特点。通过分析这一人物的语言特色可以看出，同几个地主的人物语言相比，乞乞科夫的人物语言具有综合性的特点，其修辞层面纷繁多样，其语言色调富于变化，他可以根据对方的具体情况，随即调用某种语言成分。关于乞乞科夫之流的巧言令色，作者有一段精辟的议论：

> 我们有一些聪明人，他们跟一个拥有二百个魂灵的地主说话和跟一个拥有三百个魂灵的地主说话完全不同，跟一个拥有三百个魂灵的地主说话又和跟一个拥有五百个魂灵的地主说话完全不同，跟一个拥有五百个魂灵的地主说话又和跟一个拥有八百个魂灵的地主说话完全不同，总

而言之，即使数目一直达到一百万个，说话的口气之间也还会有种种细微的差别。

通过对乞乞科夫人物语言的刻画，作者塑造了一个投机钻营、圆滑奸诈的新兴资产者的典型形象。

《父与子》的对话艺术

长篇小说《父与子》（«Отцы и дети», 1862）是俄国语言艺术大师屠格涅夫（И. С. Тургенев, 1818—1883）的代表作。作品集中反映了农奴制改革前夕俄罗斯贵族自由主义者和具有民主主义思想的平民知识分子两大阵营的对垒。巴维尔·基尔萨诺夫和叶甫盖尼·巴扎罗夫分别是这两大阵营的代表人物，作家对这两位主人公的典型性格做了生动的刻画和深入的剖析。

屠格涅夫对塑造人物形象有着独到的艺术见解。他认为，作者的任务不是向读者展示人物心理活动本身的过程，而只是向读者交待人物心理活动的结果，如人物的对话、动作等；应该让人物揭示自己的心理活动，作者不必"当着读者的面深入人物的内心"[1]。他说，作家"应是一个心理学家，然而是隐蔽的心理学家，他应该知道和感觉到现象的根源，但表现的只是兴盛和衰败的现象本身"[2]。因此，屠格涅夫十分重视作为"现象本身"的人物对话。在他看来，人物对话是揭示人物性格不可或缺的重要手段。在《父与子》中作家再现了父辈与子辈之间所展开的各种论战式的对话，可以说，对话的运用是作品的主要特色。尤其值得注意的是，对话双方在思想观点上的交锋直接反映在他们对俄语的理解和使用上。这是屠格涅夫作为语言艺术大师的独擅胜场。我们从巴维尔和巴扎罗夫对俄语的不同使用中可以看出作家对他们所持的评价态度。

由于巴维尔和巴扎罗夫分别属于不同的社会阶层，其人物语言的社会类型特征也就存在着明显的差异。这种差异在他们的论争中具体反映在两个方面：

---

[1] 李兆林、叶乃方编：《屠格涅夫研究》，上海译文出版社，1989年版，第352页。
[2] 同上，第111页。

一、巴维尔故作优雅，满嘴都是贵族沙龙的固定套语。这些呆滞刻板的套语听起来彬彬有礼，实际上矫揉造作，十分虚伪。而巴扎罗夫讲的是典型的朴实无华的劳动人民的语言，用的是纯正、地道的俄语标准语。二、作为崇拜西方文明的贵族自由主义者的典型代表，巴维尔动辄夹用一些法语。这使巴扎罗夫感到十分厌恶，作为一名从事科学研究的医学工作者，在辩驳中他经常用拉丁文回击巴维尔。除了这两个社会类型特征方面的差异，他们的人物语言还有一个不同点，即巴维尔善于辞令，能说会道，讲话冗长，气势昂昂；而巴扎罗夫则擅长用精练、准确、意味深长的简短答语回敬对方，这可以归结为他们个性特征方面的差异。

一

巴维尔贵族沙龙式的高雅语言首先表现在对词汇和短语的选用上。如他不直接说："Вы всё шутите"（您老是开玩笑）而故意说成："Вам всё желательно шутить"（您总爱开玩笑）。一句简单的"Я предупреждаю вас"（我提醒您）到巴维尔嘴里就变成了"<...> считаю долгом предупредить вас"（我认为有责任提醒您）。类似的说法还很多，如：

А вот извольте выслушать. В начале вашего пребывания в доме моего брата, когда я ещё не отказывал себе в удовольствии беседовать с вами...
请听我说。您初到我弟弟家来住的时候，我还没有放弃跟您谈话的快乐……

总之，他的话语中充斥着诸如 извольте（您请），смею сказать（容许我斗胆说一句），не имею чести знать（［我］还没有来得及请教），милостивый государь（阁下）之类的字眼。这些套话并不是出于阐明思想观点的需要，而纯粹是为了赋予自己的语言以体面高雅的形式。不过在与巴扎罗夫的唇枪舌剑中，巴维尔频频使用此类彬彬有礼而不失优雅的语言套式却暗藏杀机，以示与论敌的不共戴天。他的这种贵族沙龙式的语言还表现在对个别词语的发音上。如他总是把 этот, этим 说成是 эфто, эфтим。

> Я эфтим хочу доказать, милостивый государь... я эфтим хочу доказать...
> 我想以此证明，阁下……我想以此证明……

巴维尔的这一发音是旧式贵族标新立异的一种遗风。对此作家以嘲弄的笔调这样解释道：

> 巴维尔·彼得洛维奇生气的时候，便故意说 эфтим 和 эфто，尽管他明明知道这种说法是不合文法的。这种时髦的怪僻可以看作亚历山大一世时代留下来的一种习惯。当时那帮纨绔子弟……随意胡乱拼字，不是说 эфто，就是说 эхто，好像在说："自然我们是地道的俄国人，但我们同时还是上等人物，根本不用理会那些学究们规定的文法。"

与巴维尔的高雅相反，巴扎罗夫用的是带有低俗色彩的词语和短句，即俚语（如：чай, плюхнуть, ан нет, как бишь），民间谚语（народная пословица）和俗语（поговорка）。民谚和俗语是劳动人民的智慧结晶，巴扎罗夫特别喜欢借助于这种语言手段来表达自己的思想。如："а мы ещё аза в глаза не видали"（我们现在连一个字母都还没有念），"земля не клином сошлась"（世界大得很），"...на нет, говорят, и суда нет"（……人们都说，没有也就没法说了）等。有时巴扎罗夫在使用民谚和俗语时还稍做改动："Только бабушка ещё надвое сказала"（您的估计不见得就正确［俄谚原本为：Бабушка надвое сказала］），"На своём молоке обжёгся, на чужую воду дует"（一个人让自己的牛奶烫伤了，看见别人的凉水也要吹两下［俄谚原本为：Обжёгшись на молоке, будешь дуть и на воду］）。巴扎罗夫使用这种语言手段显得十分自然，有时甚至连他自己都没有意识到是在使用民谚和俗语。这说明巴扎罗夫的思想已与劳动人民的智慧有机地融为了一体，表明巴扎罗夫是一个民主主义者。有一次，当他和巴维尔在讨论怎样决斗时，出现了一个小小的难题：他们找不到一个合适的公证人。他建议让听差彼得充当这一角色，而巴维尔则对这一建议嗤之以鼻：

Мне кажется, вы шутите, милостивый государь.
我想您是在开玩笑了，阁下。

巴扎罗夫则断然回答：

Нисколько. Обсудивши моё предложение, вы убедитесь, что оно исполнено здравого смысла и простоты. Шила в мешке не утаишь, а Петра я берусь подготовить надлежащим образом <...>
一点儿也不。只要仔细考虑一下我的这个建议，您就会相信这是很明智的，而且这也很容易做到。袋子里藏不住锥子，不过我得好好教一教彼得……

这里用的俗语显得非常妥帖自然，几乎不着痕迹，而且恰到好处，起到了画龙点睛的作用。巴扎罗夫在使用谚语和俗语时总是遵循一个原则：使表达的思想更加直观，更加具有感染力和说服力。需要指出的是，巴维尔偶尔也使用谚语俗语，如：тянуть эту глупую лямку（一直干这种傻事），дело в шляпе（事情已经办妥）。但这和巴扎罗夫的使用情况相比完全属于另外一种性质。正如把 этот 说成 эфто 一样，这全然是贵族老爷的一种怪僻，纯粹是为了显示自己讲话的标新立异，有趣的是，在仅有的几次使用中竟然还出现了用得不伦不类的情形。巴维尔说："Очень нужно тащиться за пятьдесят вёрст киселя есть."（跑 50 里地去吃点心也太费事。）这里的 есть 在修辞色彩上属于中性，应该换成低俗色彩的 хлебать（即 за пятьдесят вёрст киселя хлебать）才构成地道的俗语。这个例子恰好说明属于贵族阶层的巴维尔在使用民间俗语时显得比较生硬，不像巴扎罗夫那样信手拈来。

由于巴扎罗夫使用了大量带有低俗色彩的词语，他的语言也就显得较为粗鲁，有时甚至到了令人无法容忍的地步。有人认为，屠格涅夫让巴扎罗夫说了这么多的粗话，这说明作家对民主主义者是持批评态度的，其实并非如此。巴扎罗夫的粗话是对贵族华丽文雅语体的一种反拨，表明他与贵族阶层的决裂，而这正是虚无主义者的一个重要特征。再者，只有当话题涉及自己的政敌——贵族阶层时，他才用这些粗俗色彩的词语。比如，他在形容某些贵族代表时用了这样的词语：дрянь（废物），барчуки проклятые（可恶的小少爷们），аристократишко（下流贵族）。在与阿尔卡狄最后分手时，巴扎罗夫用他那特有的粗鲁口吻对这位"温柔的自由主义小少爷"做了辛辣的讽刺：

　　Вы, например, не дерётесь — и уж воображаете себя молодцами, —а мы драться хотим. Да что! Наша пыль тебе глаза выест, наша грязь тебя замирает, да ты и не дорос до нас <...>
　　你们也许从来不去战斗——却自以为是英雄好汉，然而我们却要战斗。战斗吧！我们的灰尘会使你的眼睛不舒服，我们的污泥会把你的身上弄脏，可是你没有长到我们这样高……

这种正颜厉色、毫不留情的抨击表露出他对温和自由主义者的鄙视和忿恨。在同论敌的唇枪舌剑中，他更是把带有粗俗色彩的用语当作一把锋利的匕首刺向对方。在解释这种出言不逊的原因时，他说："这些上了年纪的浪漫派真是古里古怪的……他们拼命发展自己的神经系统……弄得自己老爱激动。"显然，他是想用粗话来激怒论敌。

二

讲法语是 19 世纪俄国上层社会中十分流行的一种时尚。在与巴扎罗夫的对话中，巴维尔时不时会夹用一些法语，有单词也有词组。如："Это был минутный vertige（法语：头晕）"（这只是短暂的头晕），"Фенечка будет моей belle-soeur（法语：弟媳）"（费涅奇卡将是我的弟媳），"Я нахожу, что Аркадий s'est dégourdi（法语：活泼起来了）"（我发现，阿尔卡狄活泼起来了）。在某些情况下，巴维尔不直接使用法语，而是将俄语中的一些词语法语化。如原则（принцип）一词是经常挂在他嘴上的，因为原则是贵族自由主义者的命根子，他们总是死死抱住陈旧原则不放。而巴维尔把 принцип 故意说成 принсип，使它法语化。操用法语是崇拜西方文明的一种表现。

出于论战的需要，当巴维尔夹用法语时，巴扎罗夫则调用拉丁文予以回击。关于这一点，巴扎罗夫直言不讳地对巴维尔说："您对我讲法国话，我就对您讲拉丁文。"有一次，巴维尔在论争中夹带出一句法语格言"A bon entendeur, salut!"（对会听话的人用不着多说!），巴扎罗夫马上反唇相讥：

> О! я не сомневаюсь в том, что мы решились истреблять друг друга; но почему же не посмеяться и не соединить utile dulci.
>
> 啊！我们俩都下了决心一定要消灭对方，对此我并不怀疑；可是为什么不笑笑，把 utile dulci（拉丁文：既有用又令人愉快）连在一起呢？

为什么巴扎罗夫会把拉丁文当作自己的战斗武器呢？原来，这与他的职业有关。巴扎罗夫专门从事医学研究，医学上的术语是以拉丁文为标准的。

不过我们偶尔也能从巴扎罗夫那里听到带有俄国腔的法语，这是一种反讽手法——巴扎罗夫故意学着巴维尔的腔调来讽刺恼怒他。譬如，当他俩挑选决斗公证人时，巴扎罗夫提出让彼得担任公证人的理由：

> Он человек, стоящий на высоте современного образования, и исполнит свою роль со всем необходимым в подобных случаях комильфо.
>
> 他是一个站在现代文明高峰的人，他会妥妥地履行这种场合所要求的一切职责。

这里的 комильфо 实际上就是法语 comme if faut（妥当地），巴扎罗夫故意用调侃式的俄国腔调把它念出来,达到了"以其人之道还治其人之身"的目的。

三

在句法特征方面,巴维尔喜欢用匀称完整、流畅漂亮的句子,如:

Да, вспомните, наконец, господа сильные, что вас всего четыре человека с половиною, а тех — миллионы, которые не позволят вам попирать ногами свои священнейшие верования, которые раздавят вас!

你们这些有力量的先生,请想想,你们不过是四个半人,而他们的人数却有千百万,他们不仅不会让你们去践踏他们的神圣信仰,而且还要把你们踩得粉碎!

巴扎罗夫恰恰与之相反,善用简单的答语。巴扎罗夫并不像罗亭那样长篇大论地发表自己的意见,但每场论争都以他的胜利而告终。有一次,巴维尔喋喋不休地赞誉英国的贵族:

Они не уступают йоты от прав своих, и потому они уважают права других; они требуют исполнения обязанностей в отношении к ним, и потому они сами исполняют свои обязанности. Аристократия дала свободу Англии и поддерживает её.

他们对自己的权利丝毫也不肯放弃,因此他们也尊重别人的权利;他们要求别人对他们尽应尽的义务,因此他们也尽自己应尽的义务。英国的自由是贵族阶级给它的,也是贵族阶级来维持的。

而巴扎罗夫仅说了一句话就给对方以沉重的打击:

Слыхали мы эту песню много раз.

这个老调调我们不知道听过多少回了。

巴扎罗夫简短的答语中往往蕴含着深刻的见解，他有许多睿智而概括的答语可以扩展成一整套的观点。如：

<...> мужик наш рад самого себя обокрасть, чтобы только напиться дурману в кабаке.

……我们的农民情愿连自己的钱也搜刮去送给酒店，换得醺醺大醉。

Народ полагает, что, когда гром гремит, это Илья-пророк в колеснице по небу разъезжает.

人民相信打雷的时候便是先知伊里亚驾着车在天空跑过。

这些简练的话语包含着巴扎罗夫对民众的劣根性——愚昧无知，酗酒斗殴等消极现象的批判。但这不意味着巴扎罗夫看不起俄国的整个劳动阶层。

精练而富有表现力的答语还常常闪烁出巴扎罗夫的智慧火花，并成为他特有的警句格言。如：

Порядочный химик в двадцать раз полезнее всякого поэта.

一位好的化学家比任何一个诗人都有用 20 倍。

Природа не храм, а мастерская, и человек в ней работник.

大自然不是一座庙宇，而是一家工厂，我们人就是这家工厂里的工人。

巴扎罗夫的用词不仅简练，而且准确。他往往用一两个词语就将某人的内在典型特征凸现出来。他称巴维尔是 архаическое явление（古董），称尼古拉是 славный малый（很好的人）和 божья коровка（老好人）。奥金左娃在他看来是 баба с мозгом（有头脑的女人），阿尔卡狄则是 мягконький либеральный барич（温柔的自由主义少爷）和 птенец（毛孩子）。

在辩论中，巴扎罗夫偶尔也使用雄辩家的那种长篇大论，如抨击力极强的排比句。但总体来看，构成其人物语言主要特色的还是简洁明了的短句。

四

以上我们分析了巴维尔和巴扎罗夫人物语言中的几个不同点，现在我们来看看他们就决斗问题所展开的语言交锋。巴维尔认为整个社会是建立在一系列原则之上的，而决斗正是一条重要原则。因此在谈论决斗时，他正颜厉色，语气和口吻也显得毕恭毕敬，所用的词语带有庄严崇高的色彩，惟恐对这一原则有半点亵渎。而巴扎罗夫鄙薄贵族阶层所要遵循的一切原则，对决斗表现出一副漫不经心，甚至藐视的态度。为了表示对决斗的蔑视，他用不雅之词побоище（头破血流的打架）来代替дуэль（决斗）一词：

<...> а Петра я берусь подготовить надлежащим образом и привести его на место побоища.
……不过我得好好教一教彼得，然后再带他到打架的地点去。

当巴维尔一本正经地说：

Я намерен драться серьёзно.
我是准备认真跟你交手的。

巴扎罗夫则用嘲讽的口吻说：

Я не сомневаюсь в том, что мы решились истреблять друг друга; <...>
我们俩都下了决心一定要消灭对方，对此我并不怀疑；……

这里，巴扎罗夫没有用普通的字眼убивать，而用истреблять，听起来有一种辛辣尖刻的嘲讽意味。在句法形式上，巴扎罗夫故意重复巴维尔长句中的最后几个词，如当巴维尔发问：

>Что же касается до самых условий поединка, то так как у нас секундантов не будет, — ибо где же их взять?
>
>至于决斗的条件，我们只好不要公证人了，——因为我们到哪儿去找公证人呢？

巴扎罗夫只是将这问题又重复了一遍作为回答：

>Именно, где их взять?
>
>可不是么，我们到哪儿去找公证人呢？

弄得巴维尔大为恼火。

不难发现，屠格涅夫对巴维尔所使用的上流社会的那种矫揉造作的语言是鄙视的，这也就表明作家对贵族自由主义者所持的批评态度。巴扎罗夫的语言非常接近普通劳动人民的语言，是地道标准的俄语，屠格涅夫曾将这种标准语称之为"伟大的、雄壮的、真诚的、自由的俄罗斯语言"。这就有力地证明了作家对平民知识分子深怀好感。

总之，用对话来塑造人物形象是《父与子》的主要艺术特色。通过对人物语言的分析，我们可以看出作家对人物所取的鲜明态度和立场。

《樱桃园》人物语言管窥

《樱桃园》（«Вишнёвый сад», 1903）是俄罗斯语言大师契诃夫（А. П. Чехов, 1860—1904）最具代表性的一部剧作。这部四幕喜剧以樱桃园易主为戏核，婉曲地反映出剧作家本人对俄国过去、现状及将来的思考和认识。剧中的主要人物可以分为三类：一、旧式贵族朗涅夫斯卡娅和加耶夫；二、新兴资产者罗巴辛；三、具有民主主义思想的特罗费莫夫和安尼雅。

从修辞层面上来看，《樱桃园》的人物对话具有纷繁多样的语言现象，而且尤为重要的是，同一类语言现象在各种人物的对话中所起的修辞功能又不尽相同。这是被高尔基称为俄罗斯杰出修辞家的契诃夫匠心独运的一种语言艺术手法。下面我们就具体分析一下同类语言现象，包括低俗色彩的词语、专业术语和富有音乐性的诗语分别在不同的人物语言中所具有的迥然相异的修辞功用。

一

低俗色彩的词语主要包括口语词和俗语词，这类词语较为集中地出现在罗巴辛和加耶夫的人物语言中。他们使用这类词语有两种情形：一是在中性词语的基础上单独使用；二是与文语混合使用。

罗巴辛作为一名商人虽然使用了不少商人的行话，但用得更多的则是带有口、俗语色彩的词和短语。如带有口语色彩的词和短语：экий（真是……），баба（懦弱的男人），дурака свалять（干蠢事）；带有俗语色彩的词和短语：небось（想必是），поубрать（拿走），нос драть（趾高气昂），себя помнить（神志清醒）。其中尤以俗语居多。请看他在第一幕出场亮相时所说的一段话：

> Помню, когда я был мальчонком лет пятнадцати, отец мой покойный — он тогда здесь на деревне в лавке торговал — ударил меня по лицу кулаком, кровь пошла из носу... Мы тогда вместе пришли зачем-то во двор, и он выпивши был.
>
> 我记得，当我还是个15岁的小孩子的时候，我的父亲——那阵子他在村子里开了一个小铺子——对着我的脸就是一拳，打得我直流鼻血……那天他喝醉了，我们不知道为什么就走进了院子里。

这里有三个俚俗色彩的表达形式，它们都是偏离标准语规范形式的乡间土语：был мальчонком（规范形式应为 был мальчонкой），здесь на деревне（应为 здесь в деревне），он выпивши был（应为 он был пьян）。这些表达形式直接反映出罗巴辛的身份，即他是农民出身，文化层次较低。紧接着上面这段话，他把话题从父亲转向了自己：

> Отец мой, правда, мужик был, а я вот в белой жилетке, жёлтых башмаках <...> Только что вот богатый, денег много, а ежели подумать и разобраться, то мужик мужиком...
>
> 我的父亲的确是个乡巴佬，可我现在穿上了白坎肩，黄皮鞋……我一下子就阔了，钱嘛有的是，可等你走近仔细一瞧，实际上还是个土里土气的乡巴佬……

其中，ежели 是俗语词，而 мужик мужиком 则是口语表达形式。罗巴辛用后者这样的表达形式来形容自己，倒不是出于谦虚，在整个剧本中他多次提到自己是个"乡巴佬"，可以看出，他对自己的农民出身，对自己的"无知而又粗野"甚感不满。

如果说文化层次不高的罗巴辛使用低俗色彩的词语是出于无意识，那么加耶夫作为一名旧式贵族使用这类词语则是故而为之，很明显地带有某种动机。我们知道，高雅的文语才是贵族语言的典型特征。那么加耶夫使用这类词语究竟出于何种目的呢？《樱桃园》中的贵族阶级已衰败没落，腐朽不堪，连他们自身赖以生存的家园——樱桃园都面临被扣押和被拍卖的危险，然而身陷绝境的加耶夫对这一切似乎浑然不觉，无动于衷，仍然摆出一副贵族的派头，依旧表现出贵族阶层的优越感，孤高自许，对其他阶层的人物嗤之以鼻。在对其他人物做出评价时，他总是使用低俗色彩的词语。他用带有詈辞的口语词 хам（下流货）来形容向他伸出援手的罗巴辛。为了挽救樱桃园，罗巴辛多次向庄园主们建议把樱桃园租给别人盖造别墅。然而加耶夫对此根本不屑一顾，不止一次地报之以"Какая чепуха!（胡扯！）"。即使对同一阶层的皮希克，他也是抱着一种鄙薄的态度。朗涅夫斯卡娅让他借钱给皮希克，他以讥诮的口吻说道："Дам я ему, держи карман...（叫我借钱给他，休想……）"这里，加耶夫用了一句带有俗语色彩的成语 держи карман 来表现他那凌人的盛气。最能体现出他那份骄横的，是带有低俗、粗鄙色彩的表达形式 кого（意为 что）。这正是他所特有的一种用法。在与各种人物进行对话时，他频繁使用这一字眼，以显示贵族老爷咄咄逼人的凛凛威风。罗巴辛在提出拯救樱桃园的合理建议之后，请庄园主们给个话：行还是不行。加耶夫先是顾左右而言他，当罗巴辛再次恳求说"Дайте мне ответ!"（给我回个话！）时，加耶夫则打着哈欠，摔出一句："кого?"。这一声"кого?"道出了贵族阶级的本性：眼看就要失去自己的家园，可他还要向真心帮助他的罗巴辛逞威，真是昏庸到了极点。

综上所述，低俗色彩的词语在罗巴辛的对白中表现的是这一人物的社会类型特征，而在加耶夫的对白中表现的则是这一人物的个性特征。

下面我们再来看一下低俗色彩的词语和高雅色彩的文语在罗巴辛和加耶夫的人物语言中的糅合使用的情形。

樱桃园最终被罗巴辛买下，他欣喜若狂地对朗涅夫斯卡娅和加耶夫说道：

> Я купил имение, где дед и отец мой были рабами, где их не пускали даже в кухню. Я сплю, это только мерещится мне, это только кажется...

Это плод вашего воображения, покрытый мраком неизвестности <...> Что ж такое? Музыка, играй отчётливо! Пускай всё, как я желаю!

我买下了这块地产，也就是从前我祖父跟我父亲当奴隶的地方，连厨房都不准他们进去的地方。我是在做梦，这只是我的幻觉，这不是真的……这是你们在茫茫的云雾里空想的结果啊……怎么啦？乐队，响亮地奏起来吧！我想听什么，你们就奏什么！

昔日的奴仆终于扬眉吐气，爬到了自己主人的头上，兴奋之情在这段自我表白中显露无遗。мерещится 为口语词，而 плод вашего воображения, покрытый мраком неизвестности 则是带有浓重书面色彩的短语。这里的 музыка 一词意为"乐队"，而不是"音乐"，表示该义时则为俗语词，而与该词搭配在一起的 отчётливо 却是书面词语。пускай 是口语词，而 желаю（与 хочу 相比）则带有明显的书面语色彩。那么，为什么此时的罗巴辛说出了这样一段文白相杂的话语呢？罗巴辛觉得自己既然已经做了樱桃园的主人，那就要摆出一副主人的架势，说话就得有贵族的腔调，所以他想把话尽可能说得斯文一点儿、优雅一点儿，然而又为自己的文化水平，经年累月的语言习惯所限，于是便出现了这种不伦不类的杂语现象。

不伦不类的杂语现象在加耶夫的人物语言中则起着另一种修辞功能。例如，由于付不出利息，樱桃园濒临拍卖，于是乎加耶夫突发奇想，凭空想出了三个偿还利息的办法，并且信心十足地说：

Вот так и будем действовать с трёх концов — и дело наше в шляпе. Проценты мы заплатим, я убеждён... Честью моей, чем хочешь, клянусь, имение не будет продано! Счастьем моим клянусь!

我们就这样从三方面着手行动，这个妙计就算成功了。我们准能把利息付上，这点我深信不疑……我以我的名誉发誓，或者随便你们要我以什么发誓，反正这块地产一定不会叫它卖出去！我以我的幸福发誓！

这里既有 дело наше в шляпе 俗语色彩的成语，又有书面色彩的被动形动词 продано 以及带庄重意味的 клясться 与 чем 相搭配的词组。其实他用书面语表达出来的旦旦誓言并没有付诸任何行动，只是漂亮的空话而已。再联系到俚俗色彩的成语的运用，不难看出他是一个信口雌黄、轻率浮夸之人。因此，俚俗语和书面语在加耶夫的人物语言中的混合使用突出了这一人物尚空谈、不务实的性格特征。

二

在贵族加耶夫和平民知识分子特罗费莫夫的人物语言中都使用了专业术语，加耶夫用的是台球术语，特罗费莫夫用的是政治、科学术语。专业术语通常表示某一学科或某一领域中的特定概念，它具有两个特点：一、与使用范围广泛的普通词相比，有着相对固定的含义，因而语义较为单一；二、不带任何感情色彩。

加耶夫对台球术语的使用超出了专业术语所固有的上述两个特点。在整个剧本中，加耶夫的人物语言自始至终都间杂着台球术语，无论跟谁说话，他都要摔出一两句台球术语，似乎只有台球才是他真正关心的事情。在罗巴辛最后一次请求庄园主们做出决断，是否同意将樱桃园出租的紧要时刻，加耶夫先是对罗巴辛的请求置之不理，故意把话题岔开，然后却又大肆谈论起台球：

Вот железную дорогу построили, и стало удобно. Съездили в город и позавтракали... жёлтого в середину! Мне бы сначала пойти в дом, сыграть одну партию...

他们修了这条铁路，如今可就方便了。我们已经可以到城里去吃顿早饭了……黄球进中兜！我倒是很想先回家去打他一盘……

看来，台球成了他生活中的唯一内容。非常有趣的是，台球术语在加耶夫的使用过程中常常从实指而变成了虚指，即这些术语已经跟台球游戏本身无关而成了表达各种情感的口头禅：当樱桃园被拍卖，他终于谋得一份银行的职业时，他用台球术语来表示自己轻松愉快的心情：

  Я банковский служака, теперь я финансист... жёлтого в середину <...>
  我现在是一个银行职员了，也可以说是一个金融家了……黄球进中兜……

当他对旧式柜橱发表百年纪念的古怪演说之后，连他自己也觉得有些窘促；当他宣布了拯救樱桃园的计划，并标榜自己是有着坚强信念的人之后，说道：

  Иду, иду... Ложитесь. От двух бортов в середину! Кладу чистого...
  我走啦，走啦……你们都睡去吧。绕两次打进中兜！正杆打正球……

  这里的台球术语表现的是他那洋洋得意的心情。剧作家这样安排加耶夫使用台球术语，就鲜明地刻画出了一个无所事事、游手好闲、内心空虚的人物形象。
  特罗费莫夫是一个具有民主主义思想的平民知识分子。他呼唤人们含笑告别过去，用自己的双手去开创一个美好的新世界。他的语言高亢激昂，铿锵有力，为了传播民主主义的新思想，他使用了许多政治和科学术语，如：азиатчина（愚昧落后），мистическое（神秘的），истина（真理），энергия（能量），крепостники（农奴主），интеллигенция（知识分子），既有表示抽象概念的术语，又有表示不同阶层人物的术语。请看他对人类进步所抱有的坚定信念：

  <u>Человечество</u> идёт к <u>высшей правде</u>, к <u>высшему счастью</u>, какое только возможно на земле, и я в первых рядах!
  人类是朝着最高的真理前进的，是朝着只有在人间才有的最大的幸福前进的，而我就站在最前列！

  这些具有崇高意味的政治术语在庸碌实际的生活环境中起到了震撼人心、

涤荡灵魂的作用。在与罗巴辛对话时，特罗费莫夫用科学术语一针见血地指出了新兴资产阶级所起的历史作用：

Вот как в смысле обмена веществ нужен хищный зверь, который съедает всё, что попадается ему на пути, так и ты нужен.
从新陈代谢的意义上来说，一只在路上碰见什么就要吃什么的凶猛野兽是必须有的，像你这样的人也是必须有的。

其中的科学术语 обмен веществ 和比喻的连用充分揭示出新兴资产者嗜血成性、戕害一切，但在历史上又具有一定进步作用的双重特征。

特罗费莫夫使用政治、科学术语与加耶夫使用台球术语恰好形成鲜明的对比。加耶夫整日无所用心，好逸恶劳，他所津津乐道的只是台球，而特罗费莫夫关心的则是人类的进步与发展。仅从术语的运用就可以看出这两类人物形象之间所形成的强烈反差：一类猥琐渺小，一类崇高伟岸。难怪有一次当加耶夫用高雅的口吻对大自然赞不绝口时，特罗费莫夫用加耶夫一向爱说的台球术语讥讽道："Вы лучше жёлтого в середину дуплетом"（你最好还是把黄球打一个"击边"进中袋吧），语气间充满了对加耶夫的蔑视。可以说，特罗费莫夫是全剧中最有亮点的人物形象。

三

具有音乐性的诗语出现在朗涅夫斯卡娅和安尼雅这两位女性的人物语言中。

朗涅夫斯卡娅作为一名贵妇具有高雅的审美趣味，她对音乐美和自然美都有较高的艺术品位。她那富有音乐性、节律性的语言婉转曲折，悦耳动听。如：

Зачем так много пить, Лёня? ... Зачем так много говорить?
你为什么喝那么多的酒呀，廖尼亚？……你为什么说那么多的话呀？

这里的音乐性是由诗歌中常用的修辞手段——头语反复（анафора）造成的。这种音乐性常常与话语中的感情因素紧密相联。总的看来，她的感情世界十分丰富，她所流露的感情也是真挚的、炽烈的。如在第一幕中，她从巴黎返回故里，一见到阔别多年的家园，深情地说道：

Детская, милая моя, прекрасная комната...
幼儿室啊，我亲爱的、美丽的幼儿室啊……

在最后一幕离别樱桃园时又说道：

О мой милый, мой нежный, прекрасный сад!.. Моя жизнь, моя молодость, счастье моё, прощай!..
啊，我的亲爱的、甜蜜的、美丽的樱桃园啊！……我的生活，我的青春，我的幸福啊，永别了！……

在这两个例子中，无论是对整座花园，还是对园中的房屋，都是用三个构成同等序列（однородный ряд）的定语来修饰的，所造成的音乐性突现了朗涅夫斯卡娅对樱桃园的眷恋之情。再如：

Если бы снять с груди и с плеч моих тяжёлый камень, если бы я могла забыть моё прошлое!
我要是能把压在我心头上的这块重石除掉，那该多好啊！我要是能把痛苦的往事忘掉，那该多好啊！

这里的头语重复所造成的音乐性更加显示出她多愁善感、哀婉悱恻的内心特征。然而，由于她喜欢铺张、夸大自己的感情色彩，这种音乐性有时与所表现的内容并不相符而显得矫揉造作。例如，她的情人在法国耗尽了她所有的钱财，后来又遗弃了她；在提到这个卑鄙无耻的家伙时，在提到这份荒谬的爱情时，她却情意绵绵地说：

... я люблю его, это ясно. Люблю, люблю... Это камень на моей шее, я иду с ним на дно, но я люблю этот камень и жить без него не могу.

……我爱他，这是明摆着的事儿。我爱他，我爱他……就像是我的脖子上挂着的一块石头，把我坠到河底下去了，可我还是爱这块石头，没它我就活不了。

其中 люблю 的多次重复，既加强了感情色彩，又造成了语言的音乐性。这里诗一般的语言表现的却是没有任何价值的情感。

总之，对人物语言音乐性的分析使我们看到朗涅夫斯卡娅性格的双重特征：一方面，多情善感，伤感怀旧；另一方面，由于过分地夸饰自己的感情世界，因而显得有些肤浅。

在安尼雅富有音乐性的人物语言中则没有任何多愁善感的色彩，更没有矫揉造作的成分。安尼雅是朗涅夫斯卡娅的养女，本来她也不忍舍弃樱桃园，但在特罗费莫夫的感召下，她毅然做出决断——同寄生的旧生活决裂，并发出了"永别了，旧生活！"的呼喊。这是一位天真无邪、纯洁善良的青春少女，她有着一颗晶莹剔透的美好心灵。有一次，她在提到母亲的不幸遭遇时，这样说道：

Шесть лет тому назад умер отец, через месяц утонул в реке брат Гриша, хорошенький семилетний мальчик. Мама не перенесла, ушла, ушла без оглядки...

六年前，爹爹死了才一个月，弟弟小格里沙就在河里淹死了，可爱的小弟弟，他只有七岁。妈妈实在受不了，就走了，就这么走了，连头都不回……

第一句中三个均等的结构成分使整个句子具有了音乐性，而在第二句中

ушла 的重复使用也构成了音乐性。这里的音乐性突出了安尼雅对母亲的爱怜和同情。在第三幕，当她劝慰母亲不要依恋樱桃园时，说道：

Милая, добрая, хорошая моя мама, моя прекрасная, я люблю тебя... я благословляю тебя.

我的亲爱的、善良的好妈妈，我的美丽的妈妈，我爱你……我祝福你。

这一句通过重复物主代词及人称代词，并叠用一连串在语义上有所递增的修饰语而构成了音乐性，这就更加突出了句子的抒情意味。另外，在安尼雅简短的答语中，我们也可以发现因运用诗格而产生的节律性和音乐性。如："Я спать пойду. Спокойной ночи, мама"（那我就睡觉去了。晚安，妈妈），"Не спится, не могу"（没有睡意，睡不着），两例中都使用了抑扬格（ямб）。总之，节律性和音乐性不仅增添了安尼雅人物语言的抒情意味，而且还突现了她那颗纯洁无瑕的美好心灵。

上文对《樱桃园》人物语言中的同类语言现象在修辞上所具有的不同功能做了分析，从中我们发现，贵族阶级对语言的使用往往会超越常规而显得有些怪异（如加耶夫用台球术语来表达自己的各种感情，用кого来表示自己的孤傲），有时甚至显得不伦不类。这与屠格涅夫《父与子》中的贵族在讲话时喜欢标新立异实乃一脉相承。在新兴资产者罗巴辛的对白语言中偶尔也有这种情形（如不伦不类的杂语现象）。但在具有民主主义思想的特罗费莫夫和安尼雅的人物语言中则全然没有这种情形。仅此一点也可以看出剧作家通过塑造人物语言所反映的对这三类人物的不同态度和立场。

《日瓦戈医生》人物语言浅析

帕斯捷尔纳克（Б. Л. Пастернак, 1890—1960）的长篇小说《日瓦戈医生》（«Доктор Живаго», 1945—1955）以其宏大的历史叙事成功塑造了众多人物形象，"它描写了六十个左右来自社会各阶层的人物……个体命运的相互依靠构成这部小说的主题之一"[①]。从社会阶层和精神层面来看，这些出身不同、遭遇各异的人物形象大致可以分为四类：一是以日瓦戈、韦杰尼亚平、格罗梅科为代表的有思想和精神追求的知识分子；二是以律师兼政客科马罗夫斯基为代表的旧世遗毒；三是渴望改变历史进程和生活命运的"枪决专家"安季波夫 – 斯特列尔尼科夫、政委金茨、布尔什维克萨姆杰维亚托夫以及被时代政策所驯化了的戈尔东、杜多罗夫等；四是社会底层人物，如饱受沙皇旧制度摧残的铁路工人胡多列耶夫，曾经是格罗梅科教授家的看门人、后来在新社会中翻身做主人的马克尔，在战争中发疯致狂的游击队员帕雷赫，以及被错抓流放到西伯利亚的普里图利耶夫、瓦夏等人。

一

我们首先来看一下后三类人物形象的语言特征。

小说中的多数人物形象都为中性，唯一一个着墨较多的反面人物则是无耻之徒科马罗夫斯基，此人在小说情节中真可谓"恶贯满盈"。他曾是西伯利亚富翁日瓦戈（即主人公日瓦戈的父亲）的律师，而后者却在自己律师的威逼

[①] 马克·斯洛宁著，浦立民、刘峰译：《苏维埃俄罗斯文学》，上海译文出版社，1983年版，第240页。

之下不得不跳车自杀；他是亡友遗孀吉莎尔的情人，却又将邪淫的魔爪伸向她的花季女儿拉拉；在瓦雷基诺他用安季波夫被处决的假消息欺骗日瓦戈，将拉拉骗往远东，一手造成女主人公的悲惨命运。科马罗夫斯基是旧制度的代表，他虽然显得很有教养，经常混迹上流社会，但骨子里虚伪狡诈、沽名钓誉。他一面撒谎成性，一面却又表现得道貌岸然。例如尤拉的父亲跳车身亡后，面对一群好奇的围观者的询问，科马罗夫斯基不客气地回答说："Алкоголик. Неужели непонятно? Самое типическое следствие белой горячки."（酒精中毒，这还不明白？这是酒鬼常有的事。①）科马罗夫斯基鄙夷、蔑视前来围观的下层民众，所以他"耸肩""爱答不理""头也不回"也就不足为怪了。他用贬义色彩十分明显的алкоголик（酒鬼）一词来认定跳车者的自杀原因，带有口语、鄙夷色彩的医学术语 белая горячка（酒精中毒）更是体现了科马罗夫斯基内心的冷酷无情，尽管他是死者的好友，但却多次用贬义词抹黑死者，想彻底撇清与后者的关系——一位声色俱厉、装腔作势的伪君子形象就这样清晰地呈现在读者面前。

　　人物语言"应该严格符合人物的身份、格调、态度"②。科马罗夫斯基在瓦雷基诺与日瓦戈和拉拉的对话最能体现他伪善的本质。为了让日瓦戈劝服拉拉去远东，科马罗夫斯基刚一见到日瓦戈，就假惺惺地套起了近乎：

　　　　Я ведь так хорош был с вашим отцом, —вы, наверное, знаете. На моих руках дух испустил. Все вглядываюсь в вас, ищу сходства. Нет, видимо, вы не в батюшку. <u>Широкой натуры</u> был человек. <u>Порывистый, стремительный</u>. Судя по внешности, вы скорее в матушку. Мягкая была женщина. Мечтательница.

　　　　我和您的父亲可是非常要好的，这您一定知道。他是在我怀里咽气的。我仔细打量，看您哪点像父亲，可是看来您没随父亲。他是个生性开朗的人，有激情，雷风厉行。您外表更像母亲。她是个性情温和的女人，

---

① 本文中的作品译文引自白春仁、顾亚铃翻译的《日瓦戈医生》（上海译文出版社，2012年版）。个别地方略有改动。

② 白春仁著：《文学修辞学》，吉林教育出版社，1993年版，第226页。

喜欢幻想。

此处的 дух（灵魂）, широкая натура（胸襟宽广）, порывистый（充满激情的）, стремительный（雷风厉行的）都具有褒义色彩, батюшка（[敬称] 父亲）则更具表爱意味，科马罗夫斯基使用这些词语，无非是想说明他与日瓦戈父亲的亲密关系，而这恰恰与前例中科马罗夫斯基对围观者的正颜厉色、对日瓦戈父亲之死的漠然态度形成了鲜明对照。

如果说"假"话是科马罗夫斯基人物语言的典型特征，那么"大"话和"空"话则是金茨、利韦里、戈尔东、杜多罗夫人物语言的显著特征，这些特征与人物的身份和思想是一致的，因为他们大多都是想改造社会的革命者。

从彼得堡来到一战前线的富家子弟金茨是个初出茅庐、涉世未深的半大小子，但被委以重任，担任部队政委一职。他年少气盛、血气方刚，习惯于对周围的人发号施令，颐指气使，总爱用感叹句表明自己的强硬态度："Ни в коем случае! Какой-то девятьсот пятый год, дореволюционная реминисценция!"（绝对不行！现在不是1905年，不是革命前的演习！）他权高位重，大家对他尊敬有加，于是他的言语充满了自我中心的调调儿，动辄就说"我怎样怎样"（Я хочу... Я скажу... Я пройму...）。狂热于改变世界的自我膨胀者往往忽略了现实的客观性，而夸大了个人的主观能动性。另一方面，面对饱受战争折磨的普通士兵，金茨动辄以军人的天职、祖国的意义相训斥。因此我们也就不难发现，他那充满革命激情的话语具有明显的演讲体特征：

Пусть бунтовщики, пусть даже дезертиры, но это народ, господа, вот что вы забываете. А народ ребенок, надо его знать, надо знать его психику, тут требуется особый подход. Надо уметь задеть за его лучшие, чувствительнейшие струны так, чтобы они зазвенели.

Братцы <...> Для себя ли мы старались? Нам ли это было нужно? <...> Спросите себя честно, оправдали ли вы это высокое звание?

虽说他们造了反，甚至是临阵逃脱，但他们是人民。先生们，这一点你们可别忘了。而人民就像孩子一般，需要了解他们，懂得他们的心理，需要用特殊的方法。必须善于触动他们最高尚的、最敏感的心弦，这样才能奏效。

弟兄们……我们是为一己私利而奋斗吗？是我们个人的需要吗？……你们扪心自问，是否配得上这样光荣的称号？

例中的头语重复（анафора）、呼告（риторические обращения）、排比（параллелизм）、反问（риторический вопрос）等都是演讲体中常用的一些修辞手段，它们似乎增强了话语的感情表现力，使语言富有鼓动性和号召力，然而从内容上看，这位政委的人物语言空洞无物，大话连篇。

充满着革命理想主义色彩的空洞语言绝非金茨一人所独有，可以说，这是他们的群体特征。我们在游击队长利韦里、红军指战员安季波夫·斯特列尔尼科夫、被革命改造的戈尔东和杜多罗夫等人物的语言中都能找到类似的特征：

1）Наши неудачи временного свойства. Гибель Колчака неотвратима. Попомните моё слово. Увидите. Мы победим. Утешьтесь.

我们的失利是暂时性的。高尔察克的覆灭是必然的。记着我这句话吧。您会看到的。我们必定胜利。您尽可放心。

2）<...> все задуманные цареубийства, неисполненные и приведённые в исполнение, всё рабочее движение мира, весь марксизм в парламентах и университетах Европы, всю новую систему идей, новизну и быстроту умозаключений, насмешливость <...> всё это впитал в себя и обобщённо выразил собою Ленин, чтобы олицетворенным возмездием за всё содеянное обрушиться на старое.

……全世界的工人运动，欧洲各国议会和大学中的全部马克思主义，整个心的思想体系及其论断的新颖和迅速，嘲笑的态度……所有这一切都被列宁汲取为他所用，并且由他做出了概括的表现，目的是为了抨击旧世界，报复过去的一切罪恶。

3) Это, брат, нечестно; вот именно, нечестно; да, да, нечестно.

老兄，这可不够真诚；就是嘛，不够真诚；是呀，是呀，不够真诚。

其实，帕斯捷尔纳克对这类人物抱有鄙夷反感的态度，也许这就是金茨、利韦里等人的对话在小说中所占比重很小，他们的人物语言也很少以直接引语出现的原因吧。

胡多列耶夫、马克尔、佳古诺娃、库丽巴哈等人都来自社会底层，尽管他们在小说中的出场次数不多，但他们富有鲜明个性的人物语言还是给读者留下了深刻印象。民间语言的粗鄙性是这类人物对话的典型特征。

小人物胡多列耶夫当初是个仪表堂堂的工匠，曾经追求过季韦尔辛的母亲，在多次遭到拒绝之后，他开始酗起酒来，性格也变得乖张暴戾，经常毒打自己的学徒尤苏普卡；他满嘴脏话、粗话、сволочь（混蛋）、косой чёрт（斜眼鬼）、собачье гузно（狗东西）、сукин сын（狗杂种）等粗鲁词和詈辞几乎成了他的口头禅，этакую（这样的），покуда（暂时），знай（看来）等俚俗词也是他爱说的字眼；他的发音也具有十分明显的口语特征，如他不说нечто（某事），тысячу（一千［次］），шпиндель（主轴），пускай（即使），而是说нешто, тыщу, шпентель, пущай。

在这方面，马克尔的语言则更具有代表性，他曾是格罗梅科教授家的看门人，十月革命前后开始混迹于警察局，后来竟坐上了警备司令的交椅。随着身份的巨变——从旧社会的奴仆到新社会的主人，他的人物语言也发生了相应的变化。

在旧俄时期，身为仆役的马克尔处处谨言慎行，丝毫不敢疏忽大意。他精通木工活儿，有一次他为安娜·伊万诺夫娜组装衣柜，女主人主动热心地想给他搭把手，不料却重重地摔了一跤。马克尔顿时紧张起来，不无慌乱地说道：

Эх, матушка-барыня, и чего ради это вас угораздило, сердешная. Кость-то цела? <...> Эх, матушка-барыня, нужли б я без вас этой платейной антимонии не обосновал? Вот вы верно думаете, будто на первый взгляд я действительно дворник, а ежели правильно рассудить, то природная наша стать столярная, столярничали мы. Вы не поверите, что этой мебели, этих шкапов-буфетов, через наши руки прошло в смысле лака <...>

哎呀！我的好太太！您干吗要上衣柜呀，我好心的太太！没有伤着骨头吧？……唉，太太，没您在这儿，我就装不起这柜子吗？您也有您的道理。乍一看，我确实是个看门的，可是说真的，我们家的人生来就是当木匠的料。我们都干过木工。说来您不会相信，这样的家具，这样的大衣柜，我漆就不知漆了多少……

其中，惊叹悲伤的语气词（Эх）、亲昵表爱的称谓语（матушка-барыня）以及表示关怀安慰的疑问句（Кость-то цела?）、请求相信的让步状语从句（Вы не поверите, что...）都显露出马克尔对女主人摔倒致伤的复杂情感。其实他最担心害怕的，是主人会怪罪于他，于是接下来的大段话语都是他对木匠手艺的自我吹嘘，无非是想博取女主人的好感并得到她的谅解。

再看一例：当日瓦戈医生从前线回到莫斯科，出现在家门口时，看门人马克尔赶紧迎上前去，并呼唤道：

Силы небесные, никак Юрочка? Ну как же! Так и есть, он, соколик! Юрий Андреевич, свет ты наш, не забыл нас, молитвенников, припожаловал на родимое запечье!

我的天啊，这不是尤拉吗！就是他，我们的小鹰！尤拉·安德烈耶维奇，亲爱的，你没忘了我们，我们一直为你祷告，总算回家了！

从一连串的感叹句中可以看出，作为仆人的马克尔为了讨得主人的欢心而不惜卑躬屈膝、阿谀奉承。

然而，十月革命胜利后，马克尔摇身一变当上了警备司令，于是他说话的口气和用词也都有了很大变化。有一天，落魄潦倒的日瓦戈来到他家借水，起初他还以礼相待，学着文化人的腔调招呼道："Просим вашей милости. Садись, гостем будешь."（请吧。坐下坐下，做个客吧。）他还用轻松幽默的口吻同周围的人开起玩笑，以显示自己的雅量。可是，当医生第三次进屋提水的时候，马克尔粗鄙浅薄的本性就开始显露出来，他的话语间处处显示出对日瓦戈的揶揄、嘲讽和不敬：

> Да ты набирай воду, не сумлевайся. Только на пол не лей, ворона <...> Да плотней дверь затворяй, раззява, — со двора тянет <...> Надо, брат, честь знать <...> А нешто я тебе повинен, что ты не выдался. Не надо было в Сибирь драть, дом в опасный час бросать. Сами виноваты <...> Сам на себя пеняй. Тоньку не сберёг, по заграницам бродяжествует. Мне что. Твоё дело. <...> Эх ты, как и серчать на тебя, курицыно отродье <...> И не страм тебе такое говорить, не то что делать, китайская ты прачешная, незнамо что!
> 你灌水吧，别多心。只是别洒到地上，马虎鬼！……倒是关严呀，懒鬼！……老兄，总该知个好歹吧……可你没有出头，能怨得我吗？不该往西伯利亚跑呀，危险的时候把房子扔掉了。是你们自己的过错……你怪自己吧。冬尼娅你没保护好，现在在国外流浪。和我什么相干。这是你自己的事嘛……唉，拿你有什么办法呀，讨厌的家伙……说这话你也不害臊。这不该是你干的。你是中国洗衣妇呀？真说不上你是怎么了！

这里的划线词语都带有贬斥、鄙视的意味，而"Надо, брат, честь знать"（老兄，总该知个好歹吧），"Сам на себя пеняй"（你怪自己吧）这两句话则充满了训斥和命令的语气。还需要注意的是，此例中出现了不伦不类的杂语现象：一方面，为了与自己的高贵身份保持一致，马克尔想把话尽可能说得斯文一些，因此有着明显的书面语痕迹；另一方面，他毕竟出身社会底层，语言的低俗粗鄙乃是这一社会阶层的典型话语特征，无怪乎他说出了这样一段文白相杂的话语。这一点与契诃夫《樱桃园》中罗巴辛的人物语言十分相似。

二

"《日瓦戈医生》的情节主线……几乎全部用对话的形式推出,这种形式在小说体裁中极为罕见,而且这些对话无一不是主人公的观点:关于历史、革命、自由、艺术等的观点,整部小说几乎都是在主人公的各种对话中进行的,汇成了一部大型的对话,是小说中的人物的内在思想的交流。"[①] 据统计,在《日瓦戈医生》中将近有一半的篇幅是人物对话,其中日瓦戈、韦杰尼亚平、谢拉菲玛、格罗梅科的人物语言约占三分之二。这清楚地说明了他们的对话在小说中所占的重要位置。

这四个人物形象都是追求精神自由、向往个性世界的知识分子。他们的人物语言颇具"书卷气"和庄重典雅的色彩,我们在语音、词汇、语法、修辞等方面都能找到具体的相关特征。

1. 语音

日瓦戈等人的语言充满着音乐性,具有诗歌语言的特征,例如:

语音重复(аллитерация):Сознание яд , средство самоотравления для субъекта, применяющего его на самом себе. Сознание — свет, бьющий наружу, сознание освещает перед нами дорогу, чтоб не споткнуться.(意识是毒剂,它是自我毁灭的手段。意识是向外照射的光,它给我们照亮了前面的路,使我们不会绊倒摔跤。)

押韵(рифма):<...> ходит не находится, говорит не наговорится <...> Сошлись и собеседуют звёзды и деревья, философствуют ночные цветы и митингуют каменные здания.(……来回地走也走不完,不停地说也说不够……天上的星星,地上的树木,也聚集到一起来议论。)

---

① 张晓东著:《生命是一次偶然的旅行——〈日瓦戈医生〉的"偶然性"与诗学问题》,黑龙江人民出版社,2006年版,第140页。

2. 词汇

日瓦戈、韦杰尼亚平等人的语言中含有大量的书面语词汇，如名词（多为抽象名词）：истина（真理），бессмертие（不朽），всенародность（全民性）；动词：вздохнуть（呼吸），воскреснуть（复活），увековечивать（流芳百世）；形容词：чувствительнейший（最敏感的），сангвинический（疯狂的），знаменательный（意义重大的）；形动词：обращённый（倾注于……的），переполняющий（满怀……的），ободряющий（令人鼓舞的）；副词：свободно（自由地），необъятно（无止境地），суждено（必然地）；副动词：истекая（流淌着地），прославив（引以为豪地），очнувшись（苏醒地）等。值得注意的是，他们的人物语言中还经常出现医学、哲学、史学、文学等方面的术语和专业词汇，这一特点当然与他们各自的身份和职业紧密相关：还俗的神甫韦杰尼亚平和哲学爱好者谢拉菲玛用宗教哲学、基督教义借古喻今；日瓦戈曾用医学术语表达出他对十月革命的赞美和欣赏："Какая великолепная <u>хирургия</u>! Взять и разом артистически <u>вырезать</u> старые вонючие <u>язвы</u>!"（一次绝妙的外科手术！一下子就出色地把发臭的旧脓包全切除了！）

3. 语法

形动词短语、副动词短语、多成分的复合句等书面语形式频繁出现于日瓦戈等人的语言之中。他们经常使用结构严谨圆畅的长句。例如：

Отчего так лениво бездарны пишущие народолюбцы всех народностей? Отчего властители дум этого народа не пошли дальше слишком легко дающихся форм мировой скорби и иронизирующей мудрости? Отчего, рискуя разорваться от неотменимости своего долга, как рвутся от давления паровые котлы, не распустили они этого, неизвестно за что борющегося и за что избиваемого отряда? Отчего не сказали <...>

世界各国挥笔写作的爱民之人，为什么竟然如此低能呢？犹太民族的伟大思想家，为什么只满足于运用世界性的悲哀和警策的讥讽这类为人熟知的形式，而没有更大的开拓？为什么这些人为了坚持履行自己的义务，宁愿冒高压蒸汽锅爆炸的那种粉身碎骨的危险，而不解散这支奋斗目标不明、又不明不白遭受蹂躏的队伍？他们为什么不说……

显然，例中复杂的构词、冗长的复合句增添了话语的"卷面气息"。此外四个设问句使用了政论语体中常见的排比结构，加强了语句的表现力和感染力。

4. 修辞格

日瓦戈等人的语言中含有各种语义辞格和句法辞格。例如：

修饰语：Простой, без обиняков, приговор вековой несправедливости, привыкшей, чтобы ей кланялись, расшаркивались перед ней и приседали.（对于几个世纪以来人们顶礼膜拜而不敢抗争的不公正制度，这是一个直截了当、简单明了的判决。）

比喻：Самоуправцы революции ужасны не как злодеи, а как механизмы без управления, как сошедшие с рельсов машины.（革命中无法无天的人之所以可怕，不在于他是恶人，而在于他是失去控制的机器，是脱了轨的火车。）

拟人：Сдвинулась Русь матушка, не стоится ей на месте.（我们的母亲——俄罗斯活动起来了，她再也待不住了。）

层递：Помни, больше нет ни честных, ни друзей, ни тем более знающих.（你要记着，往后没有正直的人，没有朋友啦，更没有知交。）

引用：Богоматерь просят: «Молися прилежно Сыну и Богу Твоему». Ей вкладывают в уста отрывки псалма: «И возрадовася дух мой о Бозе Спасе моем. Яко воззри на смирение рабы своея, се бо отныне ублажат мя вси роди».（人们乞求圣母："为儿子和你的上帝祈祷。"人们向她的口中注入了圣诗的篇章："我心尊主为大，我是以上帝为我的救主为乐。因为他顾念他使女的卑微，从今以后，万代要称我有福。"）

需要说明的是，上述修辞手段都是常用的辞格，它们也出现在其他的人物语言中。但日瓦戈等四人的使用情形有着明显的不同之处，即具有书卷语色彩。如在使用"引用"辞格时，他们多为引经据典，而不是像其他人物那样简单地引用他人的话语。这反映出日瓦戈等知识分子具有丰富的学识素养。

"对话是人物性格的缩影"①,它"能使读者由说话看出人来"②。我们看一下日瓦戈与拉拉在尤里亚京谈到斯特列尔尼科夫时的一段对话:

[Лара] — А нет ли для него спасения? В бегстве, например?

[Юра] — Куда, Лариса Фёдоровна? Это прежде, при царях водилось. А теперь попробуйте.

[Лара] — Жалко. Своим рассказом вы пробудили во мне сочувствие к нему. А вы изменились. Раньше вы судили о революции не так резко, без раздражения.

[Юра] — В том-то и дело, Лариса Фёдоровна, что всему есть мера. За это время пора было прийти к чему-нибудь. А выяснилось, что для вдохновителей революции суматоха перемен и перестановок единственная родная стихия, что их хлебом не корми, а подай им что-нибудь в масштабе земного шара. Построения миров, переходные периоды это их самоцель. Ничему другому они не учились, ничего не умеют. А вы знаете, откуда суета этих вечных приготовлений? От отсутствия определённых готовых способностей, от неодарённости. Человек рождается жить, а не готовиться к жизни. И сама жизнь, явление жизни, дар жизни так захватывающе нешуточны! Так зачем подменять её ребяческой арлекинадой незрелых выдумок, этими побегами чеховских школьников в Америку?

"那他还有救吗?比如说不能逃跑吗?"

"往哪儿跑呀,拉拉·费奥多罗夫娜?从前沙皇时代可以逃跑。可现在你试试看。"

"遗憾。听您这么一讲,我对他倒产生了同情心。您变了,以前您说到革命,不这么激烈,不这么气愤。"

"问题就在于凡事总有个限度,拉拉·费奥多罗夫娜。经过这么一段时间,本该做出一定结果来了。可事实说明,对于革命的鼓吹者来说,

---

① 《老舍全集》(第16卷),人民文学出版社,1999年版,第315页。
② 《鲁迅全集》(第5卷),人民文学出版社,1981年版,第430页。

变革的混乱是他们心里唯一喜爱的局面；他们可以不吃饭，但非得做出一点儿世界范围的动作。开辟天地，经历过渡时期——这就是他们的目的本身。任何其他的事，他们都不愿去学习，也什么都不会做。但您知道他们为什么无休无止地准备，忙得不可开交吗？是由于他们缺乏某些训练有素的人才，是由于他们平庸。人来到世上是要生活，而不是为生活做准备。而且生活本身，生活现象，生活的恩赐，都十分诱人却又非同小可。既然如此，干吗要用幼稚杜撰出来的蹩脚喜剧，去冒充生活呢？就像契诃夫笔下天真无邪的人们出逃美洲这种荒唐的事儿。"

显而易见，日瓦戈的人物对话并非普通的口语化语言，而是较为复杂的书面语言。书面词汇（如вдохновитель［鼓吹者］，выясниться［被查明］，захватывающе［引人注目地］）、复合长句使得语言组织更加严谨，思想表达更为深刻；修辞色彩浓厚的句式，如强式否定句（Человек рождается жить, а не готовиться к жизни.［人来到世上是要生活，而不是为生活做准备。］）、反问句（Куда, Лариса Фёдоровна?［往哪儿跑呀，拉拉·费奥多罗夫娜？］；Так зачем <...> в Америку?［干吗要……出逃美洲？］），以及换喻（чеховские школьники［契诃夫笔下的天真无邪的人们］）、层递辞格（сама жизнь, явление жизни, дар жизни［生活本身，生活现象，生活的恩赐］）则使得主人公的议论和情感都获得更加充分的展现。日瓦戈告诉拉拉，斯特列尔尼科夫作为一名非党员指战员必然会遭到"清洗"，听到这里，拉拉感到惊恐万分，她希望丈夫能一走了之，以免遭被杀的厄运，而日瓦戈则指出这不可能，因为"世界的重新改造""变革的混乱""过渡时期"才是革命鼓吹者最喜爱的局面，是他们"革命"的目的本身。这些"革命者"之所以不停地忙于准备（改造世界），是因为他们缺乏才能，缺乏天赋。所以，由于斯特列尔尼科夫不是"革命者"的"自己人"，他的军事才能只会暂时被当权者所利用，而"一旦没有这种需要，他们马上会毫不可惜地抛掉他，踩烂他，像对付在他之前的许多军事专家一样"。可见，这段对话具有浓郁的政论色彩，论点明确，论证严密，从主题句到辅助句，从立论到证明，整个话语篇章思路缜密，逻辑性和条理性十分清晰。日瓦戈先阐述完自己对斯特列尔尼科夫及其他革命鼓吹者的看法，继而提出自己的思想观点——人一出生就活着，而不是为了准备生活而活。生活本身是严肃的，因此也就没有必要像契诃夫笔下的人物那样，用荒唐的闹剧来替代真正的生活。"破题"——"立论"——"加强证明"是日瓦戈在对话中的思维方式，清晰地显示出主人公人物语言的逻辑性。"小说中的说话人，是具有重要社会性的人……主人公话语的特点，总是希图具有一定的社会意识，具有社会的广泛性……小说中的说话人，或多或少总是个思想家；他的话语总是思想的载体。"[1] 日瓦戈等有思想追求的知识分子"他顶住新的社会规定，极力维护革命风暴威胁着要席卷而去的宁静和对某些价值观念和信念的眷念，极力维护爱情、对真理的追求、创造精神、某些行为规则、高尚的情操、信仰等"[2]。这也从一个侧面表明，小说中言语的交锋、观点的争论并不是人物语言的题旨所在，作者不是希望通过理性的语言评判非理性的历史进程，指出这其中所蕴含的精神价值和思想启蒙才是人物对话的真正目的。

综上所述，《日瓦戈医生》中的人物语言真切地反映出人物形象的社会阶层与个性化这两方面的特征。就人物语言的社会阶层性或群体性特征而言，透过科马罗夫斯基的语言我们可以看出上层社会的腐朽本质，而马克尔、胡多列耶夫的日常对话则显示出底层人群的粗鄙浅薄，金茨、斯特列尔尼科夫等人的对白则饱含革命狂热分子、理想主义者的激情，日瓦戈等人的语言则继承了俄罗斯的精神文化传统；就个性化特征而言，科马罗夫斯基的虚伪狡诈、马克尔的见风使舵、金茨的天真稚嫩、日瓦戈的哲理思辨都通过各自的人物语言跃然纸上，读者可以清晰地看到小说中不同人物形象的精神世界和道德风貌。如果说前三类人物语言的特征分别是"假""空""俗"，那么日瓦戈的语言则是"典雅"而"深刻"，他的语言不但具有庄重凝练的书面语色彩，而且所表达的内容新颖深刻，包含深邃的社会意义和丰富的哲理内涵，正是这些富含哲理思辨的人物语言升华了小说的创作主题。

---

[1] 钱中文主编：《巴赫金全集》（第三卷），河北教育出版社，1998年版，第119页。
[2] 巴尔加斯·略萨著，赵德明译：《谎言中的真实》，云南人民出版社，1997年版，第344页。

三 作者语层篇

从语义场理论看抒情诗《致恰达耶夫》

语义场理论是 20 世纪语义学研究的重大成果,最早是由德国学者特雷尔(J.Trier)提出来的。他认为,从语义学角度来看,语言体系中的所有词语都处于一个相互联系的统一体中,因此,我们必须系统地去研究词汇,比较词与词之间的关系,而不能孤立地研究单个词的语义变化。根据这一论断,形成了一种新兴的语义学理论——语义场理论。

语义场(семантическое поле)是指具有共同语义要素的词组成的集合。例如,живопись(绘画)、литература(文学)、музыка(音乐)、архитектура(建筑)组成了共同义素为искусство(艺术)的语义场,идти(步行,行走)、ехать(行驶)、плавать(航行)组成了共同义素为передвигаться([从一处]走,乘行[到另一处])的语义场。

共同义素把词义相关联的词聚合在一起,形成一个纵横交错的词汇网络。从纵向关系说,语义场具有层次性。表示较大概念的语义场称为较小语义场的母场,表示较小概念的语义场称为较大语义场的子场。语义场中表示包含与被包含关系的词称为上下义词。如искусство 是живопись、литература、музыка、архитектура 的上义词,литература 是поэзия(诗歌)、проза(小说,散文)、драма(戏剧)的上义词,同时又是искусство 的下义词。

从横向关系来说,同一层次的词可以构成一个语义场,这些词互为类义词。这种类义词是从狭义上理解的类义词,如поэзия, проза, драма,它们在相互的意义关联中没有上下义、同义和反义关系。而广义的类义词则包括上下义词、同义词、反义词和狭义的类义词,如искусство, живопись, литература, музыка, архитектура 等都是广义的类义词。我们所分析的类义词是指狭义的类义词。

语义场理论运用了一种新型的语义分析方法——义素（сема）分析法。同一语义场的词既包含共同义素，也包含各不相同的区别义素（дифференциальная сема）。通过对每个词，每个义位（семема）的义素的分析，可以深入到词义内部的微观结构，系统地反映出词义之间细微的区别和联系，从而更加充分地掌握词义的外延和内涵，加深对词的理解。

诗歌的语言凝练简洁，内涵丰富，具有高度的形象性和艺术性，为义素分析提供了合适的研究对象。而义素分析能从微观把握词义，使人们更深入地理解诗歌。二者紧密结合，形成了研究对象与方法的和谐统一关系。下面，我们就运用语义场理论来具体分析一下普希金的著名诗篇《致恰达耶夫》（«К Чаадаеву»，1818）。

《致恰达耶夫》是普希金为好友恰达耶夫写的赠诗。诗篇揭露了专制制度的腐朽虚伪，表达了向往自由的强烈愿望，并号召青年知识分子为争取自由而斗争。这首诗是普希金早期创作中比较有代表性的政治抒情诗。整首诗采用四步抑扬格，交错韵与环抱韵交相辉映，使诗的结构严整，风格清新明快，节奏奔放，充满力量和激情。

> 要对普希金创作风格和普希金诗学……等问题做深刻的阐述和剖析，就必须对作家的语言，其中包括词汇的成分，词语使用过程中的语义特征和新词创造过程中的语义特征等有深入的了解和感悟。[①]

可见，语义结构在普希金的诗歌中起着举足轻重的作用。同样，在《致恰达耶夫》这首诗中，名词的语义表达作用不容忽视。根据词义间的不同关系和各异的表达作用，我们发现这首诗的词汇主要是由上下义、类义、同义和反义这四个义场构成的。

上下义场是由词义上的上义词和下义词构成的，可以用来表现某种思

---

① В. В. Виноградов, *Предисловие к Словарю языка Пушкина*. Москва, 1956, с. 8.

想或认识的深入。例如：власть 和 самовластье 构成的上下义义场，власть 意为 господство или владычество над кем-н., чем-н.[①]，而 самовластье 则意为 единоличная неограниченная власть[②]。可见，两词的词义中都包括义素 власть，只是 самовластье 的义素中又补充了区分性修饰语 единоличная неограниченная，从而限制了词义。这样，власть 成为 самовластье 的上义词，在词义上包含 самовластье。后者则是前者的下义词，是其中的具体类别。两个词在词义上的相互关系，在具体表达中，起着极其重要的作用。首先，власть 出现在第六诗行：

> Но в нас горит ещё желанье,
> Под гнётом власти роковой
> Нетерпеливою душою
> Отчизны внемлем призыванье.
> 但我们心中还燃烧着渴望，
> 在命定的统治的重压下，
> 我们正焦急不安地等待，
> 倾听着祖国的召唤。

在前一诗节中，诗人曾慨叹被"爱情、希望、平静的荣誉"欺骗，所幸的是这一切都已逝去。在这个诗节中，诗人的内心已燃起了新的激情和渴望——时刻准备为祖国献身，这时诗人用了 власть 一词是有特殊用意的。19 世纪初，贵族知识分子看到封建农奴制的种种弊端，试图推行一次自上而下的改革。亚历山大一世为收买民心，抵御侵略，假意答应通过立法途径实施改革。此时，诗人正处于少年时期，对专制暴政还没有清醒的认识，因而曾一度被沙皇政治改良的诺言所蒙蔽。这里出现的 власть 一词，没有任何附加的感情色彩，属

[①] *Словарь языка Пушкина: в 4 т.* Москва, 1956—1961, Т.1, с. 299.

[②] Там же. Т.2, с. 20.

中性词，这正表现了在当时情况下诗人对统治者的态度，也可以说是普希金早期自由思想的写照。卫国战争后，沙皇虚伪本质的暴露，对拿破仑作战的胜利以及欧洲广大的民族解放运动的兴起引起了爱国心觉醒的巨潮，对俄罗斯社会各阶层的影响很大。这期间，与十二月党人，尤其是恰达耶夫的交往使得普希金抛弃一切幻想，思想更趋革命性。正如亚·伊·萨布罗夫（А. И. Сабуров）回忆时所说：

恰达耶夫对普希金的影响是惊人的，他教会了普希金如何思考。[1]

基于这种进步的革命思想，诗人在诗的末尾毫不留情地直戳敌人的痛处，并预言专制制度一定会推翻。

И на обломках самовластья
Напишут наши имена!
并在专制暴政的废墟上
写上我们的姓名！

Самовластье 在这里出现，并与 обломки 连用。从 власть 到 самовластье 的转换，成为全诗情感发展的高潮，暗示着诗人的成长和思想的成熟，对专制制度的认识有了质的飞跃。除了上例一对词外，诗中还有一个上下义义场——друг 和 товарищ。这两个词分别解释为："близкий кому-н. дружбой" 和 "человек, делающий с кем-н. общее дело, объединённый с кем-н. общностью взглядов, деятельности, условиями и т.п."[2]。可见，друг 是上一层概念，在意义上有更广阔的空间。而 товарищ 只是指 друг 中的一部分人——建立在思想政治观点或某一方面共同点基础上的同生共死的亲密朋友。从 друг 到 товарищ 的过渡，

---

[1] Л. А. Черейский, *Пушкин и его окружение*. Ленинград, 1988, с. 483.
[2] *Словарь языка Пушкина：в 4 т.* Москва, 1956—1961, Т.1, с. 715; Т.4, с. 524.

体现了诗人在政治见解和思想方面与朋友们的逐渐靠近，直至成为 товарищ。这与上面所说思想的成熟是同步进行的。值得一提的是，这两个词在诗中都是以呼语形式出现：

> Мой друг, отчизне посвятим,
> Души прекрасные порывы!
> Товарищ верь:взойдёт она,
> Звезда пленительного счастья, <...>
> 我的朋友，让我们把壮丽，
> 美好的激情献给祖国！
> 同志，请相信，就要升起了，
> 那迷人的幸福的星星，……

语言学家娜·伊·福尔马诺夫斯卡雅（Н. И. Формановская）指出，交际过程中，如果说话人改变对听者的称呼，这表明他对听者的态度发生了变化。[①] 从 мой друг 到 товарищ，正是人与人之间关系的亲密和深入。感情的进一步发展使诗人产生了由愿望到行动的"美好的激情"。用逗号隔开的呼语，以及随之而来的语调的抬升，就像演说家的呼唤号召，赋予诗歌不同寻常的感染力。

同义词早已是文学家惯用的表达手法。在文学作品中，运用同义词可以避免用词重复、单调，使语句生动活泼，富于变化。不同感情色彩、语体色彩的同义词，能使语义更加准确、严密。

同义义场是由在意义上相等或相近的词构成的，是同义词的集合。根据同义义场内义位间的不同关系，又可细分为完全同义义场和非完全同义义场。

完全同义义场是由词义上完全对应相等的词构成的。这些词尽管含义相等，但在表达色彩上存在着一定的差别，直接反映出诗人对所描写现象的主观评价态度。如：надежда 和 упованье 构成的完全同义义场。二者在概念意

[①] Н. И. Формановская, *Русский речевой этикет.* Москва, 1987, с. 88.

上完全相等，但在语体色彩和感情色彩上完全不同。其中，надежда 是中性词，不带有任何感情色彩。

> Любви, надежды, тихой славы
> Недолго нежил нас обман, <...>
> 爱情，希望，平静的荣誉，
> 并没有把我们欺骗得很久，……

显然，надежда 用在诗人回忆幼稚轻狂的少年时代。往事不堪回首，他终于摆脱了过去荒唐的嬉戏，揭开了统治者虚伪的面纱，重新去找寻通往自由天国之路。在这种情况下运用 надежда 是非常合适的。它本身没有表情色彩，但在具体上下文中可以由使用者赋予它不同的感情色彩，从而实现其表达力。上文中与 обман 的搭配，实际上是指沙皇对人民的欺骗，自然而然地引起了读者的厌恶情绪。而 упованье 的运用则是另一种情况。在整首诗中，诗人希冀着什么呢？神圣的自由，这种希望是全体人民的追求，是一项需用生命去奋斗的光辉事业。因而这里用的是书面语体并带有崇高色彩的词汇 упованье，既表达了诗人对自由的崇尚渴望之情，又通过两种色彩的对比体现了对少年时代个人追求的不屑。

Отчизна 和 Россия 也是一对完全同义词。虽然它们不是固定同义词（постоянные синонимы），但是它们在运用中的词义是完全相同的，没有其他派生意义的干扰，所以此处把它们也归到完全同义词中。两词在语体色彩、感情色彩上都有所不同。Россия 作为专有名词，不带任何感情色彩，属中性词。用在诗歌中，是以诗人铿锵的预言出现的："Россия вспрянет ото сна"。这里，Россия 是对 Родина 的称谓，是确切的所指，具有鲜明性、具体性，而且，又与崇高语体词汇 вспрянет 连用。这样，庄严的词语，高昂的语调赋予了整句诗不可言表的确定性，预言似乎变成对专制政治的无情宣判。相比之下，отчизна 一词带有崇高色彩，在全诗中使用了两次："отчизне посвятим""Отчизны внемлем призыванье"。与 отчизна 连用的都是书面语词汇，甚至是崇高语体词汇，如 внемлем 表达了诗人对祖国的无限热爱：他时刻倾听着祖国的召唤，愿把内心的高尚情感化为行动的力量源泉，去为获得自由而奋斗。отчизна 一词使诗人的爱国之情浸透于字里行间。

完全同义义场在诗歌中的运用扩大了诗人在语言手段使用上的自由度，为更准确地表达情感意义和主体评价色彩提供了可能。

本诗中还存在同义义场的另一个类型——非完全同义义场。这类义场中词义间的关系往往交错复杂，并不是完全对应相等的，而是某一个词义或在词义的某一个层面上达到意义相近或相同。例如：сердце 在转义 символ средоточия чувств, настроений, переживаний 这一层面上和 душа 构成了非完全同义义场，共同义素为 внутренний мир человека，但是它的直义并没有被完全否定。Пока сердца для чести живы 一句中，сердце 的物质意义没有完全丧失，而是对同义词的共同意义做了补充。Свобода 和 вольность 在表示 политическая свобода 一义时构成同义词。Вольность 一词是 19 世纪初进步贵族的沙龙用语，带有高雅色彩。而 свобода 属于中性词。再如，слава 和 честь 在 "荣誉" 这一意义上也是同义词。然而这一类型的同义词在词义上和色彩上差别不十分明显，在诗文中的表达力也有一定的局限。

总之，同义词的运用避免了词的单一重复，使语言趋于多样化。同时，同一词义的重复和不同的表达色彩反映诗人在思想、情感等方面的倾向，从而加深了诗的主题。

反义义场是意义相对或相反的词构成的集合，是客观事物或现象矛盾对立在词汇上的反映。运用反义词可以形成鲜明的对比，加深对矛盾对立事物的印象和认识，从而分清事物或现象的善恶、是非、爱憎，继而深入到其本质。这首诗中 самовластье 和 свобода（或 вольность）构成了反义义场，它集中体现着全诗的主题和基本矛盾。前面已经提到过 самовластье 的义素分析，неограниченная власть 换一种说法实际上是 свобода владыки。这一意义与诗中 вольность 或 свобода——全体人民的自由——在意义上正好是相对的。其次，这种对立还体现在词本身的感情色彩的对立上。Самовластье 自从出现以来就已注定了它的毁灭，因为它限制了大多数人的自由，是被人诅咒和唾弃的对象，因而带上了固定的否定色彩。而 свобода 和 вольность 向来是人们所追求的，是一种美好的生活方式，在人们心中自然而然地引起褒扬的情感。再次，这种对立是诗人的政治观点与统治阶级利益的对立。整首诗的主题是歌颂自由，渴望自由。诗人心中燃烧着自由之火，他号召青年人站出来为祖国、为自由而战。这样的主题还体现在普希金的其他歌颂自由的诗歌中，如《自由颂》《乡村》等。正如亚历山大一世所说，普希金是一个颂扬自由的诗人。可见，свобода 和 вольность 充分体现了诗人的社会政治观点。Самовластье 相对于 свобода 而存在，代表着统治阶级的利益，是诗人揭露和抨击的对象。诗人相信专制暴政会被推翻，自由必将降临人间。所以，与其说 самовластье 和 свобода（或 вольность）是词义上的反义词，不如说二者是社会政治意义上的反义词。

语义场中还存在一种类型——类义义场。这种义场包含的词，或者在基本义，或者在派生意义上存在少量共同义素，词义之间的关系不如前面所讲的同义、反义、上下义关系那样密切。它们依赖共同义素存在于同一语义场中，相互之间是平等的、相对的，语义上存在一种隐性联系。因而，我们必须把它们放在具体上下文中，通过细致的义素分析才能掌握其语义间的微观联系，从而确定其在全诗中的表达作用。

诗文第一节中出现了两个词：сон 和 туман。单独看这两个词，是无论如何也不会把它们归到同一义场的。究竟根据什么把它们归到同一义场，在具体上下文中则可初见端倪：

> Исчезли юные забавы,
> Как сон, как утренний туман;
> 少年的欢愉已经消逝了，
> 像朝雾，像梦那样不可寻求；

Сон 和 туман 被用在同一个比喻中，处于并列状态，用来修饰同一个本体：юные забавы。可见，两词义之间有着潜在的关系。进一步的义素分析发现，сон 的转义和 туман 的转义存在着千丝万缕的联系。Сон 在诗中意指 "состояние пассивности отсутствия деятельности, развития"[①]。Туман 则意为 "состояние отсутствия мышления, сознания"[②]。它们的共同义素是"消极状态"。正是这一共同点把它们联系到同一个比喻中。前面已经说过，在第一诗节中，诗人回忆了过去的生活阶段。这一阶段中，诗人追求的是个人的爱情、平静的荣誉，而且还对沙皇抱有幻想。这种日子让人沉醉，让人感觉似在梦里，阻碍人进行清醒的思考。这样一个比喻恰如其分地描述了诗人对那段生活的感受。正是由于缺少对人生、对自由、对全体人民幸福的清醒思考，他活得如行尸走肉一般，坠入了思想的迷雾。一个比喻，两层递进，揭示了诗人少年时代不成熟的人生观，为下文思想的飞跃做了铺垫。

另外，любовник 和 свиданье 都包含义素 любовь，也构成了一个类义义场。它们在诗中的位置与上面一组类义词相似，出现在一个比喻中：

> Мы ждём с томленьем упованья
> Минуты вольности святой,
> Как ждёт любовник молодой
> Минуты верного свиданья.
> 我们在为信念而痛苦的煎熬中
> 期待着那神圣的自由的时光，
> 就像那年轻的恋人
> 等待忠实的约会一样。

这里把本体 мы 喻成了 молодой любовник，而把 минуты вольности святой 喻成了 минуты верного свиданья。这个比喻其实相当于通感。情人期盼着约会的焦急难忍而又有几丝甜蜜的心情很容易就能感受到。这样的感受通过比喻传递给了读者，让读者转而去体会诗人渴望神圣自由的感受。

---

① *Словарь языка Пушкина: в 4 т*. Москва, 1956—1961, Т.4, с.282.
② Там же. с.597.

类义义场也可根据共同义素的改变而改变。如：любовь 与 любовник,
свиданье 构成了共同义素为 любовь 的类义义场，也可以与 порыв, счастье,
желанье, томленье 构成共同义素为 духовное состояние 的类义义场。类义义
场中少量义素的重复出现，在潜移默化中强调了作品渴望自由的主题，表达了
诗人的自由思想和革命激情，给全诗奠定了情感的基调。

从上面的分析可以发现，这首诗再现了普希金思想和政治观点发展的轨
迹：追求个人幸福和早期自由思想（第一诗节）——自由思想的逐步发展（第
二、三诗节）——革命的自由思想（第四、五诗节）。

第一诗节中，诗人为个人幸福所累，沉浸在年少的欢愉中，被爱情、
嬉戏、个人荣誉的迷雾遮住了双眼，被沙皇的一纸谎言所欺骗。这一诗节描
述了诗人从一个懵然无知的孩子到一个有知识、有思想的少年的成长过程。
但是他的思想还很幼稚，只是把实现自由的希望寄托在统治者身上，自己却
还没有自发自觉的行动。因而，这一诗节中出现的多是个性色彩很浓的词，
如：любовь, надежда, слава, забавы，这些词可以归到共同义素为 личное 的
类义义场中。随着诗人思想的发展，他逐渐认清了统治阶层的虚伪本质，认
识到过去的无知和自私，开始了思想上的觉醒。这反映在诗歌的词汇上，便
出现了共同义素为 политическое, гражданское 的类义义场，如 гнёт, власть,
вольность, отчизна, призыванье。诗人用这些词来揭示作品渴望自由的主题——
抨击专制制度，抒发对祖国的热爱和期盼自由的急切心情。除此之外，这两个
诗节中仍存在大量的 личное 义场的词汇，如：томленье, упованье, желанье,
любовник, свиданье。这些词与第一诗节的词相比较，在表示 личное 这一意
义的作用上变弱，让位于 политическое, гражданское 义场的词。但是，这
并不是说 личное 义场的词不起任何作用，恰恰相反，它们与 политическое,
гражданское 义场的词结合起来，共同发生作用，完整而准确地传达了诗人
忧国忧民的内心感受。在第四、五诗节中，诗人以呼唤和预言为框架，把
личное 和 политическое, гражданское 义场的词集结起来，表达欲化思想为行
动的政治愿望。在这里，личное 的意义似乎消失了，而实际上是这一意义隐
藏到了整个诗句的含义里面，作为 политическое, гражданское 的意义表现出

来，为深化整部作品的主题而服务。例如，душа 和 порыв 通常是表示个人心理、情感的词，用在诗句"Мой друг, отчизне посвятим души прекрасные порывы"中，便成了要献给祖国的一腔热情，明显带有政治色彩。Личное 义场和 политическое, гражданское 义场，看似一对意义相对立的义场，却被诗人有机地结合在一起。两者在诗中不断融合的过程，实际上是诗人思想逐步发展的过程，把个人幸福和国家的命运、人民的自由紧密联系在一起的过程。由此可见，对诗歌语义场的分析帮助我们深刻了解了诗人的政治思想和作品的主题。

综上所述，语义场理论和义素分析为文艺学研究领域提供了一种依靠微观把握宏观的方法理论体系。而义素的可变性又使语义场显得灵活多变，伸缩自如，为文学作品的语义分析提供了更广阔的空间。

爱情诗篇《致凯恩》的修辞特色

普希金的短诗《致凯恩》（«К ***», 1825）是俄罗斯爱情诗中的绝唱，向来为人们所传诵。在俄国学者研究这首诗的大量文献中，修辞角度的专论凤毛麟角。本文结合近年来俄罗斯修辞理论界的研究成果，拟从篇章结构、词语运用、音韵特征和化引这四个层面来探讨这首诗的修辞特色，以进一步揭示出这首诗的深邃内涵。

一

作品的结构是篇章修辞学研究的一个重要方面。"研究篇章范畴的语体功能及其在作品的言语和思想内容的结构形成中，在篇章构成中所起的作用；研究独特的功能语体的篇章范畴，当然也包括由超语言因素所决定的谋篇布局和章法的问题——乃是功能篇章修辞学的课题之一。"[①] 下面我们就结合创作背景——这一"超语言因素"来具体分析一下《致凯恩》的篇章结构。

这首诗是普希金与一位相识的女子久别重逢之作。其章法非常考究，全篇六个诗节，分为均等的三个部分，每部分两节，每节四行，每行的词数为四个左右。第一部分（即第一节和第二个节）表现诗人的内心对爱的瞬间感受和对所怀之人的思念："你"的出现使"我"强烈体验到了欣悦之情；在离别后的岁月里"我"的心田充盈着对"你"的美好回忆。第二部分（即第三和第四节）

---

① *Стилистический энциклопедический словарь русского языка/Под ред. М.Н.Кожиной.* Москва, 2003, с. 430.

写诗人的孤独寂寞以及对爱情的淡忘:在阴霾的日子里,"我"没有了神明、灵感和爱情,心灵几乎处于麻木的状态。第三部分(即第五和第六节)写心灵的觉醒和爱的复归:"我"的心儿突然苏醒,"你"重新出现在我的面前,"我"又一次感受到生活的激情。表面看来,诗人是在叹咏这位女子的美貌,其实诗人已从原发的情感状态中超越出来。此诗在结构安排上表现为这样一个过程:化形象为情思,化情思为哲理。

了解此诗的写作背景,有助于我们把握全诗的篇章特点及其深刻内涵。此诗写得很有真情实感,整个诗篇包含着主体自我的情感体验,可以说这是普希金诗化了的传记片段。1819年初,普希金在彼得堡艺术科学院院长奥列宁家的私人晚会上第一次见到了安娜·彼得罗夫娜·凯恩(1800—1879),当时她只有19岁,已嫁给了一位将军。诗人的心深深被她的美貌所打动,"神奇的瞬间"久久地滋润着诗人的心田。1825年夏,普希金被流放到他父母的领地米哈伊洛夫斯克村,与之毗邻的三山村住着他的朋友奥西波夫。有一次在奥西波夫的家里,他意外地再次见到了凯恩。原来凯恩是奥西波夫夫人的侄女,她是来走亲戚的。她依旧那么亭亭玉立,楚楚动人。他们一起在公园里游玩,畅谈。夜晚,凯恩在烛光下坐到钢琴旁,弹唱起彼得堡流行的抒情歌曲,普希金听得如痴如醉。诗人还邀请三山村的客人们来米哈伊洛夫斯克村共度良宵。7月19日,凯恩就要回彼得堡了,普希金前来送行。他将在彼得堡新近发表的《叶甫盖尼·奥涅金》的第二章赠送给凯恩,纸页间就夹着这首《致凯恩》。篇什中反映出了诗人自结识凯恩以来的三个不同时期的生活经历:第一、二节——彼得堡(1817—1820)时期;第三节——南方流放时期(1820—1824);第四、五和六节——米哈伊洛夫斯克村流放时期(1824—1825)。

篇章结构通常是指:"文章各组成部分之间的关系,反映文章内容的内在联系和语言表达的逻辑顺序。"[①] 俄国文学评论界对此诗的第五节有着截然不同的两种解读,其分歧就表现在对这一诗节的"逻辑顺序"和"内在联系"的理解上。第五节的原文是:Душе настало пробужденье: /И вот опять явилась

---

① 王德春编:《修辞学词典》,浙江教育出版社,1987年版,第115页。

ты, /Как мимолётное виденье, /Как гений чистой красоты. 在第一行的末尾，诗人使用的标点是冒号，而在无连接词复合句中，冒号后的分句既可表示原因，也可表示结果①。因此"如何认识主人公重获新生的原因——恐怕是该诗中最有趣的一个问题。"②传统理解或习惯性的解读是：由于"你"——令"我"心仪的女子——的重新出现，"我"的心灵开始觉醒，于是"我"又有了生活的激情和创作的冲动。而以托马舍夫斯基为代表的另一种观点则认为这样的解读是错误的，他直言不讳地写道："其实与通常的理解恰恰相反，普希金并没有把爱情说成是生命力被唤醒的原因。"③在托氏看来，爱情的复归取决于主人公的心灵觉醒。有的学者对此还做了补充，指出类似的情形在普希金的其他作品中也屡见不鲜，如在《叶甫盖尼·奥尼金》中，主人公奥涅金之所以后来爱上了塔季扬娜，就是因为他经过一番旅行之后，其内心状态有了新的变化。④我们认为，托氏的解释更为可信："我"的心灵已经觉醒，"你"恰逢其时地重新出现在"我"的面前，这两者因素形成一股合力，使我重获"神明""灵感""生命"和"爱情"。

综上所述，美好情感失而复得的主题是在非常工巧的结构中得以渐次展现的：首先是充满柔情和忧伤的回忆，接着是对所失去的美好情感的痛惜，最后是生命的唤醒和昂扬的激情。诗人善于裁剪，巧于构思，诗篇组合有序，造成诗意的层层递进。

二

这首诗的语言质朴自然，浅显易懂。全篇几乎没有什么绮丽的词采。每行诗的单词数量为四个左右，以普通的日常生活词语居多。从修辞色彩来看，大部分词语都呈中性，带有书面语色彩的词和词组一共只有七个，其中单词两

---

① Д. Э. Розенталь, *Справочник по правописанию и литературной правке.* Москва, 1978, с. 145.
② *Русская литература XIX века/Под ред.С. А. Громова.* Москва, 2003, с. 53.
③ *А. С. Пушкин. Школьный энциклопедический словарь/ Под ред. В.И. Коровина.* Москва, 1999, с. 40.
④ Е. Г. Эткинд, Божественный глагол. Москва, 1999, с. 292.

个：божество, вдохновенье，词组五个：в томленьях грусти безнадежной, в тревогах шумной суеты, бурь порыв мятежный, во мраке заточенья, в упоенье。另一方面，富有表达效果和情感表现力的语义修辞格也用得较少，仅限于诗歌语言中常见的隐喻、比喻和修饰语。如修饰语：гений чистой красоты，голос нежный 等；隐喻：Бурь порыв мятежный, Рассеял прежние мечты；比喻：Передо мной явилась ты, Как мимолётное виденье, Как гений чистой красоты。因此总体来看，诗篇的语言质朴无华，表意率真自然。

  这首诗在用词上有一个显著的特点，即使用了一些带有宗教色彩的词语。这类词语又可分为两个次类，一类较为明显，是宗教典籍中的基本词汇，如：божество（神），душа（灵魂，心灵），виденье（幽灵，幽魂）[1]，небесный（天仙般的，非人间的）[2]，воскреснуть（复活；再现）。有时，这类词语与表示同义的世俗词语相比，具有显著的区别，如诗中的небесные（черты）和милые（черты）虽是同义，但前者是宗教的、抽象的、理想化的，后者是世俗的、具象的、实实在在的。如果说небесные一词凸现的是非人间的、诗情画意的因素，那么милые所强调的多半是尘世间可亲可爱的特征。另一类则比较隐晦，这类词语表面上看起来是普通的世俗词语，但其实与宗教有着千丝万缕的联系，如：чудное, гений, явиться。初读起来，形容词чудное应为"美妙的，奇妙的"之意。但在上下文中，该词却会使读者想起它的"内部形式"——чудо（宗教中的神怪现象）。名词гений不仅表示"化身，体现"，而且还指"（古罗马神话中）保佑人的神"。如果说该词的第二个义项在第一诗节中并不明显，那么在第五诗节中则较为显著。其实普希金在其他诗作中曾多次将гений用于其第二个义项，如在1815年创作的《小城》中诗人写道："Мой гений невидимкой/ Летает надо мной."（保佑我的神明在我的头顶上/不显现身影地盘旋。）因此гений чистой красоты还暗含"纯净之美的保护神"这层意思。

---

[1] *Словарь языка Пушкина: в 4 т. Том первый/Под главной ред. В. В. Виноградова и др.* Москва, 1956, Т.1, с. 281.

[2] *Словарь языка Пушкина: в 4 т. Том второй/Под главной ред. В. В. Виноградова и др.* Москва, 1957, Т.2, с. 757.

动词 явиться（显现，降临）与 появиться（出现）相比，带有浓厚的书卷语色彩，其动名词形式 явление 经常与 Христос 搭配，构成词组 явление Христа（上帝降临人世），如亚·安·伊万诺夫（А. А. Иванов, 1806—1858）有一幅著名画作——《Явление Христа народу»（《基督出现在人们面前》，或译《基督显圣》）。

从以上所列举的词例中可以看出，带有宗教色彩的词语构成了此诗的关键词。这些词语由于跟世俗词语连用，基本都已失去了原本的宗教意味。但另一方面，它们起到了净化氛围，提升世俗境界的作用，营造出一种超尘脱俗、高洁清纯的意境。

三

著名诗人弗·亚·罗日杰斯特文斯基这样写道："《致凯恩》是最有旋律感的俄语诗歌之一。"① 诗歌的旋律感和音乐性通常指的是节奏和韵律这两个层面。

从节奏层面来看，此诗用四步抑扬格（четырёхстопный ямб）写成，抑扬格是指一个无重音音节和一个重音音节的组合，普希金在诗歌作品中常用这种格律形式。需要说明的是，全诗中多处有重音缺失的抑扬格，即有些诗步由两个无重音音节组合而成，实际上也就是抑抑格（пиррихий）。这种重音缺失的现象，是抑扬格的一种变体形式。我们发现，这种变体形式的运用并不是没有规律的。全诗 24 行中有 17 行的第六个音节都为非重音音节。这种使用情形在 19 世纪的诗歌作品中相当普遍。另一方面，抑扬格变体形式的运用与诗行所表达的内容有关。我们知道，抑抑格与抑扬格相比，节奏更为急促而有力，语流也更加疾促。因此当强调"转瞬即逝"这层含义时，诗人就使用了抑抑格。如在诗行 Как мимолётное виде́нье 中，诗人两次使用了抑抑格。而在写到"岁月在静静地延续"或者"声音在久久回响"时，诗人就不再使用这种语流疾促的变体形式，而又恢复使用完整的抑扬格：Тяну́лись ти́хо дни́ мои́, Звуча́л

---

① В. А. Рождественский, *Читая Пушкина.* Ленинград, 1962, с. 138.

мне до́лго го́лос не́жный. 显然，这里表现的是缓慢迂回的节奏。这些在节奏上富于变化的诗句仿佛是从诗人的心田里自然流淌出来的。

从韵律层面来看，全诗共用了五个韵脚，即：енье（енья），ты，ежный，и 和 овь，在全诗 24 行中，各有 8 行分别使用了 енье 和 ты 这两个韵脚，有 4 行用的是 ежный，还有两行分别使用了 и 和 овь 的韵脚。如果用图式表示，全诗六个诗节的韵式是：ABAB，CBCB，CBCB，ADAD，ABAB，AEAE。显而易见，图式中 A 韵和 B 韵，即 енье 和 ты 可以说是贯穿全诗的韵脚。而 D 和 E 韵，即 и 和 овь 只是到了第四和第六个诗节才出现，其目的显然是为了强调所含韵脚的单词，即强调"泪水""生命"和"爱情"的失而复得。另外，从韵脚的重音来看，阴韵和阳韵的诗行是互为交错的。所谓阴韵，就是重读的元音位于诗行的倒数第二个音节，如第一个诗行的最后一个单词 мгнове́нье，而所谓阳韵，就是重读的元音位于诗行的最后一个音节，如第二个诗行的最后一个单词 ты́。

为了加强韵律的效果，进一步构成声韵的和谐，诗人还多次使用了首语重叠（анафора）的手段，即相邻诗行的第一个音节是相同的，如：Без божества, без вдохновенья, /Без слёз, без жизни, без любви. 值得注意的是，在最后一个诗节中，每行诗的第一个音节都是相同的：И сердце бьётся в упоенье, / И для него воскресли вновь/ И божество, и вдохновенье, /И жизнь, и слёзы, и любовь.

此外，两个比喻句——"Как мимолётное виденье"和"Как гений чистой красоты"在诗中的重复使用，不仅加强了作品的音乐美，同时也突出了诗的主题。

以上这些节奏和音韵上的特征赋予诗篇以循环往复的美感，读来韵味无穷。

四

引用是一种传统的修辞手段，按形式可以分为明引，暗引和化引。所谓化引，就是"将引用的文字，经过增减，调整，适当变化以后，融入自己的行文，形式上看不出是引用"。①

在《致凯恩》中，普希金多次化用了他人文本中的语言形象，其中最重要的是 гений чистой красоты。这一词组作为喻体在诗中出现了两次，因而成了贯穿全诗的红线。据考证，此语借自俄国著名诗人瓦·安·茹科夫斯基的抒情作品。② 茹科夫斯基是19世纪初期的浪漫主义诗人，他曾两次使用过这一语言形象。在抒情诗《拉拉·鲁克》（«Лалла Рук», 1821）中，他这样写道："Ах! не с нами обитает /Гений чистый красоты: /Лишь порой он навещает/ Нас с небесной высоты..." 后来他在抒情诗《我常常见到年轻的缪斯……》（«Я Музу юную, бывало... », 1824）中又写道："Цветы мечты уединённой/ И жизни лучшие цветы, —/ Кладу на твой алтарь священный, /О гений чистой красоты!" 虽然两次使用的词组形式略有不同——чистый 在前例中是 гений 的定语，在后例中才直接用来修饰 красота，不过该词在茹科夫斯基的两篇抒情诗中都是指神或缪斯。гений 在这位浪漫主义诗人的笔下都是虚幻缥缈的，没有任何现实的特征，更没有任何形态体貌的描写。其实在茹科夫斯基的诗歌作品中，гений чистой красоты 就是 ангел неземной, гость с вышины, посетитель поднебесной стороны 等词组的同义语，在诗人看来，他们都是美的化身。"美是没有名字，没有形象的""它在我们生活的最美好的时光来造访我们……"③——从这些片言只语中我们可以感悟到，茹科夫斯基赋予了"美"以宗教的神秘色彩和空幻性，而这正是浪漫主义文学所倡导的"美"。

在普希金的《致凯恩》中，гений чистой красоты 虽然是理想化的美，但却没有任何超自然的神力，它指的既不是神，也不是缪斯，而是用来形容现实生活中的某个女性。这样原本空灵虚幻的浪漫意象在普希金的笔下就被赋予了尘世和现实的特质而转变为生动具体的形象，凯恩也就成了诗人理想中的美的化身。另一方面，凯恩的形象也得到了提升，被赋予了不同凡俗的美。可以说，浪漫主义的艺术形象在普希金的笔下获得了现实主义的新特质，收到了袭旧出

---

① 成伟钧等编：《修辞通鉴》，中国青年出版社，1991年版，第429页。
② В. В. Виноградов, *Стиль Пушкина.* Москва, 1999, с. 455.
③ В. А. Жуковский, *Собрание сочинений: в 4 т.* Москва-Ленинград, 1959, Т.1, с. 461.

新的效果。

　　值得注意的是,普希金在引述他人的诗句时,在许多情况下都是标明出处的,如在《答卡捷宁》(1828)中他对"我不想喝,我亲爱的酒友!"一句就做了这样的注明:"引自杰尔查文的短诗《哲人们,沉醉的和清醒的……》。"而在《致凯恩》中,虽然他两次引用了 гений чистой красоты 这一形象,却没有注明其来源,这表明,诗人已化而用之,并将这一语言形象与新的语境融为一体。维诺格拉多夫在论及普希金的这一艺术手法时写道:"……诗行'有如纯净之美的化身'构成了另一个语义层面的外部表征,知道和了解这一层面有助于进一步深入地把握普希金这首诗的内涵。由于浓缩词义这一手法的运用,由于词语的这种多层面性,普希金创作风格的内涵已深入到文学艺术的不同文化和风格当中,因而就显得意蕴无穷。"[1]

　　此外,诗中还有几种表述形式也是借自于他人的文本——多为浪漫主义文学,如:мимолётное виденье, в томленьях грусти безнадежной, бурь порыв мятежный 等,但它们都融入了该诗的意境之中,与特定的形象有机地结合在一起,从而获得了新义。

　　以上我们分别从篇章结构、词语的运用、音韵特征和化引这四个层面具体分析了这首诗的修辞特色。可以看出,全诗以高度凝练警策的语言概括了诗人对爱情的独特感受,既饱含诗情又深蕴哲理。通篇在语意上层层递进,构成了深邃的意境;在音韵上婉转悠扬,优美动听。在"纯净之美"的光彩照拂下,不仅是诗人的灵魂受到净化,读者的情感也随之升华到崇高的境界。

---

[1] В. В. Виноградов, *Стиль Пушкина*. Москва, 1999, с. 459.

《叶甫盖尼·奥涅金》中的换说辞格和语义古词

普希金作为俄罗斯标准语的创始人在《叶甫盖尼·奥涅金》（«Евгений Онегин»，1823—1831，以下简称《奥涅金》）中创造性地使用了一系列语言手段，作品中的许多修辞手法和语言现象还有待于我们进一步做深入的研究。这里我们所要论析的是换说修辞格和语义古词。对前者我们主要分析其语言特征及在刻画人物形象过程中所起的具体功能，而对后者我们着重从翻译的角度加以探讨。

一

在论及《奥涅金》的语言风格和诗学特征时，俄国著名学者巴赫金写道：

> 别林斯基称普希金这部小说是"俄罗斯生活的百科全书"。……俄罗斯生活在这里用自己所有的一切声音说话，用时代所有的语言和风格说话。文学语言在小说中不是表现为一个统一的、完全现成的和毫无争议的语言；它恰恰表现为生动的杂语，表现为形成和更新的过程。作者语言力图克服过时垂死的风格和兴时的文学流派语言那种表面的"文学味"……①

《奥涅金》中的许多修辞手法一去当时流行的浪漫主义"文学流派语言那

---

① 钱中文主编：《巴赫金全集》（第三卷），河北教育出版社，1998年版，第470页。

种表面的'文学味'"和陈腐气息而得到了"更新",被注入了新的活力。语义修辞格换说(перифраза)便是其中之一。所谓换说,就是用描述性的表达手段来替代某人、某事物的本来名称,或对某现象的直接说法,以强调描述对象的某种特征,突现其形象性,这种修辞方式不仅可以增强感染力和表现力,而且还可以避免用词重复、单调,从而使语言富于变化。

我们拟就《奥涅金》中换说辞格的语言特征及其在刻画人物形象过程中所起的具体功能加以分析和论述。

(一)

换说是《奥涅金》使用的主要修辞手段之一,作品中富有形象性和表现力的换说俯拾即是,如:用 немолчный шёпот Нереиды (海中仙女涅瑞伊得斯不息的絮语)代称 морской шум (大海的喧嚣),用 лирный голос (竖琴的声音)、речь богов (神的语言)、поэтический огонь (诗情的火焰)代换 поэзия (诗歌)等。下面我们就从换说的类型,用法特点和语法结构这三个层面来具体考察一下这一修辞格在作品中的语言特征。

1. 基本类型

换说一般分为通用的和独创的这两种类型。前者指广为流传的,人们普遍使用的代换说法;后者则是作者根据一定的上下文,特定的言语环境而独创的代换说法。前者为普遍用法,后者为个别用法。

普希金在《奥涅金》中一方面袭用了传统的、当时非常流行的一些代换说法,另一方面又独创了许多突出人或事物的本质特征、有助于生动刻画人物形象的代换说法。前者如:用 внуки Аполлона (阿波罗的子孙们)替代 поэты (诗人们),希腊神话中的阿波罗不仅主管光明,而且掌管诗歌、音乐、青春、医药等;用 пора надежд и нежной грусти (希望和情愁的季节)代称 пора любви (恋爱的季节)。这些都是当时的浪漫主义文学作品中常见的代换说法。同时普希金独创了大量适应表达内容的需要、切合作品题旨情境的换说。如在谴责上流贵族社会的时髦风尚,赞扬外省乡村的淳朴古风时,诗人写道:

> Всё те же: их не изменила
>
> Лихая мода, наш тиран,
>
> Недуг новейших россиян.
>
> 有害的时尚，我们的暴君，
>
> 俄国新派人士的通病，
>
> 也未能改变这些，一切照旧。

例中充当独立成分的两个换说都是 лихая мода 的同位语，表现出诗人对时髦风尚的厌恶和痛恨。

除了上述通用的分类法之外，我们还可以从语义特征的角度将作品中的换说分为隐喻式和借代式这两个基本类别。

隐喻式换说是指，用与表达对象具有共同特征和相似关系的人或事物来比喻该对象，如：用 небесная лампада（天上的明灯）替换 луна（月亮）；用 на самом утре наших дней（在我们人生的清晨时分）代换 в юности（在少年时代）。后者是当时的浪漫主义文学十分流行的辞藻。值得一提的是，普希金在使用这类隐喻式换说时，不仅继承了传统的、通用的代换说法，有时还在其基础上做了改装和翻新，如：代指 весна（春天）的换说 утро года（一年之晨），就是对 утро дней（或 утро жизни）在形式上的翻新活用。

借代式换说，就是借用与描述对象密切相关的名称来代替，如：用 невские берега 或 брега Невы（涅瓦河两岸）指代 Петербург（彼得堡）；用 певец Гяура и Жуана（创作《异教徒》和《唐·璜》的诗人）替代 Байрон（拜伦），顺便指出，这里的 певец 系语义古词，意为"创作某部作品的诗人"。

2. 语法结构

从语法结构来看，作品中的换说分别由词组、短语和句子构成，其中词组类占绝对多数。

词组类的换说按主导词的词类属性，可细分为静词词组和动词词组等。静词词组的主导词为名词，从属词则是形容词、名词等，如 унылый певец（悲哀的诗人），Ольгин обожатель（奥丽加的崇拜者），这两个换说都是连斯基的代称；再如 лик Дианы（狄安娜的玉容）代指 луна（月亮），狄安娜是罗马神话中的月亮女神，отец миров（宇宙之父）替代 бог（上帝）；动词词组如：писать к прадедам（到祖先那里去挂号）代换 умереть（死去）。另外，根据组成要素的数量又可将词组分为简单和复合两类。简单词组由两个实词构成，上面五例均为简单词组；复合词组则由两个以上的实词组成，如：друг зимних ночей（冬夜的伙伴）代称 лучинка（松明），отослать его к отцам（送他到祖宗那里去）代指 убить его（打死他）等。

短语类的换说大多为充当句子独立次要成分的半述谓短语，如：由形动词构成的半述谓短语 воображенью край священный（人们想象中的神圣的地方）代称 Крым（克里米亚）；由副动词构成的半述谓短语 в гроб сходя（快进棺材）指代 незадолго до смерти（不久于人世）等。

句子类的换说分为单句，复句以及复句中的分句。单句如 Мальчишек радостный народ /Коньками звучно режет лёд（一群快乐活泼的孩子们/用冰刀嚓嚓划破坚冰）替代 Мальчишки радостно катаются на коньках（孩子们在欢快地滑冰）这一直接说法。至于复句以及复句中的分句的例子，我们将在下一节谈人物形象的塑造时做具体分析。

3. 用法特点

如上所述，在由词组、短语和句子构成的换说中，词组类占绝对多数，而且在用法上具有鲜明的特点。根据换说与描述对象的本来名称之间的关系，可以将词组类换说的使用情形分为两种。

首先，舍去描述对象的本来名称而单独使用代换说法，如：

> И мысль об ней одушевила
> <u>Его цевницы первый стон</u>.
> 对她的思念化作了灵感，
> 使他的芦笛吹出第一声长叹。

例中单独使用的换说是 его первое стихотворение（他的第一篇诗作）的

代称，再如：

> И где же беглец людей и света,
> Красавиц модных модный враг,
> Где этот пасмурный чудак,
> Убийца юного поэта?
> 他在哪里，离群索居的隐者，
> 时髦美人的时髦仇敌，
> 这个性格阴郁的怪人，
> 杀害年轻诗人的凶手？

例中连用的四个换说都是奥涅金的代称。

需要说明的是，在个别情况下，由于作品中没有出现描述对象的本来名称，为方便读者的理解起见，作者就对其代换说法加了注解，如对 певец филяндки молодой（歌颂芬兰少女的诗人）普希金本人做了这样的注释："见巴拉登斯基在《爱达》中对芬兰冬天的描写。"

其次，将词组类换说与描述对象的本来名称结合起来使用。在这种情况下，词组类换说通常都作为同位语在句中充当独立成分。根据独立同位语在句中的位置，又可细分为三种不同的情形：第一，同位语在描述对象的本来名称之后，如：

> Но я плоды моих мечтаний
> И гармонических затей
> Читаю только старой няне,
> Подруге юности моей <…>
> 可我只对我年迈的奶娘，
> 我少年时代的朋友
> 朗读我幻想的结晶，

音韵游戏所结的果实……

第二,同位语在描述对象的本名之前,如:

Дитя расчёта и отваги,

Идёт купец взглянуть на флаги <...>

那善于计算和冒险之人——

商人赶来观望船上的旗幡……

第三,两个或两个以上的同位语分别位于本名的前后,如:

Волшебный край! там в стары годы,

Сатиры смелый властелин,

Блистал Фонвизин, друг свободы,

И переимчивый Княжнин;

真是神奇的地方!想当年

大胆的讽刺艺术之王,

自由之友冯维辛和模仿大师

克尼亚日宁在那里大显身手;

例中描述对象的本名 Фонвизин 夹在两个换说之间。

(二)

人物形象被称为小说的灵魂。《奥涅金》中的几个主要人物形象血肉丰满,栩栩如生,具有鲜明的个性特征。作为语言表现手段之一的换说辞格在人物形象的塑造中扮演了极为重要的角色。下面我们就来探讨一下这一修辞格在描写和刻画奥涅金、连斯基、塔季扬娜这三位主人公的过程中所起的具体功用。

1. 奥涅金

奥涅金是 19 世纪初叶俄罗斯进步贵族青年的典型代表。普希金运用换说既描写了他的外在特征、生活和行为方式，又表现了他内在的精神状态。

首先我们来看一下直接替代奥涅金的词组类换说。普希金对奥涅金的肖像特征仅用了 мод воспитанник примерный（衣着考究的标准时髦公子）这一个代换说法极其精练地加以勾勒。较多的换说则集中于对主人公的生活方式和性格特征的描写和评述。作者不仅用 забав и роскоши дитя（寻欢作乐、穷奢极侈的阔少）做了总括性的评价，而且还用一连串的换说对他经常光顾剧院这一具体行为的本质做了深刻的揭示。作者这样写道：

> Театра злой законодатель,
> Непостоянный обожатель
> Очаровательных актрис,
> Почётный гражданин кулис,
> Онегин полетел к театру,
> 剧坛上评语恶毒的权威，
> 迷人女角的热烈追求者，
> 朝三暮四的浮浪子弟，
> 值得尊敬的戏院公民，
> 奥涅金飞也似地跑向剧场。

原来这位花花公子经常出入于剧院的目的，并不是为了陶冶情操，接受艺术的熏陶，而仅仅是为了与女戏子调情。可以看出，作者显然不满于奥涅金对艺术的这种亵渎态度。例中作者独创的换说 гражданин кулис 意为 завсегдатай театра（剧院的常客）。作者同时指出，资质聪明的奥涅金不久就厌倦了贵族社会的灯红酒绿、空虚无聊的生活方式，不再醉心于寻欢作乐（отступник бурных наслаждений［放弃恣意享乐的离经叛道者］）。后来他从不满现实，愤世嫉俗，走向悲观厌世，怀疑一切，而成为逃避现实的隐士（отшельник праздный и унылый［无所事事，闷闷不乐的遁世者］）。以上所有用于奥涅金的代称都由静词词组构成。

其次，作者还运用由短语和句子构成的换说来揭示这位京城贵族青年的精神状态。在第一章介绍奥涅金的成长经历时，作者这样写道：

> <u>Высокой страсти не имея</u>
> <u>Для звуков жизни не щадить</u>,
> Не мог он ямба от хорея,
> Как мы ни бились, отличить.
> 他对音韵既无高贵的激情，
> 更舍不得献出生命，
> 不管我们费多大力气，
> 他还是分不清"抑扬"和"扬抑"。

例中由短语构成的换说带有崇高和庄重的色彩，但由于夹用了低俗色彩的固定短语 как мы ни бились，便使得整句带有明显的揶揄和嘲讽的意味。从中不难看出作者对奥涅金的评价态度。正是由于这种懒散的惰性导致奥涅金后来一事无成。在放弃了上流社会的社交生活之后，他一方面感到无聊和苦闷，另一方面又对一切心灰意冷，终因缺乏毅力和热情而碌碌无为。他本想用写作来排遣心中的郁闷，可即使闭门枯坐也一无所获，作者用嘲弄奚落的笔调写道：

> И не попал он в цех задорный
> Людей, о коих не сужу,
> Затем, что к ним принадлежу.
> 他未能跨入那门激情的行当，
> 对这一行我不想妄加评论，
> 因为我自己就是此道中人。

例中的换说由一个完整的句子构成，意为 Он не стал поэтом.（他未能成为诗人。）由此我们也就不难理解，奥涅金最终为何染上了典型的时代病——"忧郁症"。

从上面的分析中可以看出作者对奥涅金的嘲弄和讥讽，然而作者对奥涅金的评价态度是错综复杂的，其实也不乏同情和惋惜，因为他们之间有许多共同点，作者指出：

В обоих <u>сердца жар угас</u>;
Обоих ожидала злоба
<u>Слепой Фортуны</u> и людей
<u>На самом утре наших дней</u>.
我们俩内心的激情都已消逝，
在我们人生的清晨时分
等待着我们的已是世人
和盲目的福耳图娜的敌意。

其中的换说：сердца жар угас 意为 любовь исчезла（爱的情感已经消失），слепой Фортуны（盲目的福耳图娜）代指 судьбы（命运），福耳图娜是罗马神话中掌管命运的女神。总的来看，在对奥涅金的描述中，小说的开篇讽刺意味较浓，而到了作品的结尾则流露出哀怨和惆怅的笔调。

值得注意的是，在作者语层中有些地方融合着作者视角和奥涅金视角。普希金在这种双重视角中也运用了换说的手法。如：

Кто жил и мыслил, тот не может
В душе не презирать людей;
Кто чувствовал, того тревожит
Призрак невозвратимых дней:
Тому уж нет очарований.

> Того змия воспоминаний,
> Того раскаянье грызёт.
> 谁只要曾经生活过，思考过，
> 他就不可能不蔑视世人；
> 谁体味过，那逝去岁月的幻影
> 就会搅扰着他的灵魂：
> 他不再迷恋生活。
> 回忆的毒蛇噬咬着他的心，
> 悔恨也不停地把他折磨。

这看起来是作者的语层，可作者紧接着又写道："这一切常常使我们俩的谈话 / 变得妙趣横生，津津有味。" 因此很明显，这句箴言同时又是奥涅金的观点，只不过它没有作为直接引语，而是作为准直接引语（несобственно-прямая речь）出现的，应该说这是作者和奥涅金共同的声音。这种叙述方式表现出作者对奥涅金的同情和怜惜。

2. 连斯基

如果说奥涅金是冷漠、自私的现实主义者，那么外省的贵族青年连斯基就是充满激情，富于幻想的浪漫主义者。虽然他和奥涅金也有一些相似之处，但他们的性格迥然相异。他沉醉于脱离现实生活的时髦的哲学学说和多愁善感的浪漫主义诗歌。这位浪漫主义诗人不谙世事，把一切都加以理想化，像他这样的人经受不住生活的打击，最终要么妥协于现实，要么就被现实碾得粉碎。

他早年求学于德国，他的世界观也正是在德国形成的。普希金在写到这一点的时候，用 под небом Шиллера и Гёте（在席勒和歌德的故乡）替代 в Германии（在德国），以此来突现连斯基的诗人气质。他在那里不仅成了诗人，而且还成了自由思想的崇拜者（поклонник славы и свободы ［光荣和自由的热烈爱好者］）。因此，他曾不止一次地提笔赞颂过那伟大的国度：

> Он пел те дальные страны,

Где долго в лоно тишины

Лились его живые слёзы;

他歌颂那遥远的地方，

在那里他身处寂静的怀抱，

久久地流淌过真诚的热泪；

例中有三个浪漫主义文学色彩很浓的换说：дальные страны 代指 Германия（德国），俄罗斯浪漫主义的诗歌作品常用这一换说来替代"德国"。В лоно тишины 意为 среди мирных университетских занятий（在平和安静的大学学习环境中）。Лились его живые слёзы 意为 Он оплакивал разлуку с Ольгой（他为离开奥丽加而伤心落泪）。连斯基的恋人奥丽加其实是个浮浅的庸俗女子，而这位浪漫主义者却把她加以理想化和崇高化。我们发现，在作者所使用的浪漫主义文学的程式化套语中，不仅流露出作者对连斯基的同情，而且还隐含着嘲讽的意味。

连斯基在决斗中死于奥涅金的枪下，这一事件构成了小说全篇情节的高潮，普希金对连斯基之死做了浓彩重墨的描述。作者这样描写死去的连斯基：

Увы, любовник молодой,

Поэт, <u>задумчивый мечтатель</u>,

Убит приятельской рукой!

唉！这位年轻的恋人，

诗人，喜欢沉思的幻想者，

竟死在了他朋友的手里！

例中直接替代连斯基的两个换说不仅表达出对连斯基之死的叹惋，而且还流露出对奥涅金的谴责。再如：

<u>Его уж нет</u>. <u>Младой певец</u>

Нашёл безвременный конец!

Дохнула буря, цвет прекрасный

Увял на утренней заре,

Потух огонь на алтаре!..

他已不在人世。年轻的诗人

过早地走到了生命的尽头!

狂风一吹,这瑰丽的花朵

竟在晨光熹微中凋谢,

这神坛上的圣火熄灭了!……

例中替代 Ленский убит(连斯基被打死)的四个换说分别由两个单句和两个分句构成,寄托了作者对连斯基的无限惋惜。

需要说明的是,在连斯基的语层中也出现了许多与死亡相关的换说。无论是作者语层还是连斯基的语层,在这些与死亡相关的换说中我们首先强烈感受到的,当然是作者对连斯基的同情和惋惜,但仔细品味作者大量使用的浪漫主义诗歌惯用的换说,我们总能体会到其中有一股嘲讽的意味。

3. 塔季扬娜

塔季扬娜虽然出生于外省地主家庭,但她不满于地主乡绅的平庸生活。在其成长过程中,俄罗斯民间文学和西欧感伤主义小说滋养了她的心灵。她与奥涅金和连斯基有许多共同之处,比如她和连斯基一样,喜欢遐想,相信预感,热爱俄罗斯大自然等等。她常常沉湎于大自然的景色之中:

В окно увидела Татьяна <...>

Сорок весёлых на дворе

И мягко устланные горы

Зимы блистательным ковром.

塔季扬娜看见窗外……

一群快乐的喜鹊在欢腾蹦跳,

> 四周的群山上铺着一层
> 冬天的柔软而耀眼的地毯。

其中，代指 снег（雪）的换说 Зимы блистательным ковром 具有民间文学的色彩，塔季扬娜眼中的俄罗斯乡村的雪景充满了民间生活的欢快气氛，与第四章所描写的京城贵族奥涅金眼中的那充满惆怅的乡村冬景形成了鲜明的比照。再如她和奥涅金一样，在贵族环境中郁闷不乐。她落落寡合，从不喜欢跟其他贵族小姐一起玩耍，对贵族小姐们当中流行的时尚，如刺绣，她更是毫无兴趣：

> Её изнеженные пальцы
> Не знали игл; склонясь на пяльцы,
> Узором шёлковым она
> Не оживляла полотна.
> 她那娇嫩的手指从未摸过
> 针线，她即使俯身在绣架上，
> 也无法用丝线的图案
> 使底布变得栩栩如生。

这里的换说由一个完整的复句构成，精细而又形象地描摹出她不善女红。她喜欢独处和沉思：

> Задумчивость, её подруга
> От самых колыбельных дней,
> Теченье сельского досуга
> Мечтами украшала ей.
> 沉思，她那自摇篮
> 岁月起的美好伴侣，

用五光十色的幻想，

装点了她乡居闲适的光阴。

例中拟人化的换说凸现出她的生性孤僻。

正是由于她与奥涅金有许多相似之处，加上深受感伤主义作家卢梭和理查逊等人爱情小说的影响，因此她一见倾心，认定奥涅金就是自己期盼已久的恋人：

И он ей сердце волновал!
Об нём она во мраке ночи,
Пока Морфей не прилетит,
Бывало, девственно грустит,
К луне подъемлет томны очи,
Мечтая с ним когда-нибудь
Свершить смиренный жизни путь!
他打动了她的芳心！
在夜幕中，当摩尔甫斯
还没有降临，她常常以
少女的纯情把他思念，
把困倦的目光投向明月，
向往着有朝一日能和他一起
走完这人生的平凡之路！

И он ей сердце волновал 意为 И она его любила（她爱上了他）；во мраке ночи 代指 ночью（在夜里）；复句中的分句 Пока Морфей не прилетит 意为 пока не уснёт（入睡前），其中的 Морфей 是希腊神话中的梦神；К луне подъемлет томны очи 意为 смотрит томно на луну（困倦地望着明月）；Мечтая с ним когда-нибудь /Свершить смиренный жизни путь 意为 Мечтая когда-нибудь выйти за него замуж, прожить с ним всю жизнь（向往着有朝一日能嫁给他，并和他共同度过一生）。这些代换说法大多出自感伤主义的爱情小说。她和奥涅金之间的爱情故事构成了小说情节的主线。

作者对塔季扬娜倾注了好感，在描写这一人物形象时，常用修饰语 милая（可爱的），如：<...>Тани молодой, /Моей мечтательницы милой（……年轻的塔尼娅，/那个爱幻想的可爱的姑娘），而且还称她为 русская душою（这灵魂上的俄罗斯女性）。这些饱含强烈感情的换说表明，塔季扬娜是普希金心目中理想的俄罗斯女性形象。

通过上文对换说的具体分析，我们可以看出：第一，作者鲜明地表达了对三位主人公的评价态度。对塔季扬娜作者始终满怀着欣赏和珍爱，而对奥涅金和连斯基则既有同情，又有嘲讽。不过对两位主人公的同情和嘲讽在表达方式上不尽相同，在奥涅金人物形象的塑造过程中，作者时而使用表示嘲讽的换说，时而又使用表示同情的换说，因此同情和嘲讽这两种态度常常是分离开来的。而对连斯基的同情和嘲讽则是糅合在一起的，嘲讽是从同情中透露出来的，同一个换说常常既有同情，又含有嘲讽的意味。第二，换说作为揭示人物性格的修辞手段之一，在塑造奥涅金、连斯基和塔季扬娜等人物形象时的使用情形是不一样的。具体说来，对京城贵族奥涅金的行为举止、精神状态及其周围环境的描述中，作者所独创的换说明显地带有刻意模仿贵族沙龙腔调的痕迹——故作幽雅，矫揉造作，其实这是对上流社会言语特征的一种讽刺性的摹拟用法。而在塑造浪漫主义诗人连斯基人物形象的过程中，作者所使用的换说则多为浪漫主义文学作品中常见的代换说法，这一方面是为了突现连斯基那自由、浪漫的特征和品格，另一方面又是对浪漫主义文学流派的一种讽刺性的摹拟用法。在刻画塔季扬娜的人物形象时，作者不仅使用了独创性的换说，而且还用了感伤主义文学和俄罗斯民间文学的代换说法。这是因为塔季扬娜所接受的教育主要来自两个方面，即俄罗斯民间文学和西欧感伤主义小说。

总之，换说在《奥涅金》人物形象的刻画中起到了非常重要的作用。普希金借助于换说不仅揭示出三位主人公的性格特征，而且还鲜明地表达出作者对他们的评价态度。

二

人们现在使用的俄语与普希金所生活的19世纪上半叶的俄语，无论在词汇还是在语法形式上都有所不同。其中一个显著的标志便是，当时通用的一些词语在当今的俄语中已成为古旧词语（устаревшие слова）。古旧词语分为历史词（историзмы）和古词（архаизмы）。历史词所表示的事物和现象已经从当今现实生活中消失，如 царь（沙皇）；而古词所表示的事物和现象在现实生活中则是存在的，但在当今的俄语中已由别的词语或词语形式所替代。古词有两种类型，一类具有明显的外部特征。根据不同的外部特征又可将这类古词细分为：1）具有语音特征的古词，如：осмнадцать, приять, вихорь, 这些词现在分别为 восемнадцать, принять, вихрь 所替代；2）具有构词特征的古词，如：рыбарь, кокетствовать, балтический, 这些词在当今的俄语中分别是：рыбак, кокетничать, балтийский；3）具有词法特征的古词，如：други, присвоя, настроя, 这些词的形式现在已分别为 друзья, присвоив, настроив 所替代；4）具有词汇特征的古词，这种古词与前三种有所不同，前三种古词与所替代的现代词还是基本相似的，而这种古词则被另一个完全不同的现代词所替代，如：ланиты, очи, перси 已分别为 щёки, глаза, груди 所替代。还有一类古词则没有任何的外部特征，这类词语本身在当今的俄语中仍被广泛使用，但它们所包含的语义却发生了变化，如：эпиграмма 一词现在的意义是："铭文，题诗，题词"，但它作为古词意为"挖苦人的俏皮话"。这类古词被称为"语义古词"（семантические архаизмы）。

《奥涅金》中就有不少这样的语义古词。这部诗体长篇小说对语义古词的使用有两种情形。其一，某些词语在整部作品中仅作为语义古词来使用；其二，某些词语在整部作品中既用作语义古词，也用作现代词。下面我们选取四个词语为例，具体分析一下《奥涅金》对语义古词的使用情况。由于语义古词没有任何外部特征，译者在翻译过程中很容易将它们当作现代词来看待，从而导致误译，因此，我们还要具体考察一下我国主要的几个汉译本是如何翻译这四个语义古词的，以期说明这一问题在俄国古典文学翻译中的重要性。

《奥涅金》在我国最近30年间至少出版过五个汉译本，即：冯春译，上海译文出版社，1982年；查良铮译，四川人民出版社，1983年；智量译，人民文学出版社，1985年；王士燮译，浙江人民出版社，1991年；丁鲁译，译林出版社，1996年。（以下分别简称为：冯译、查译、智译、王译和丁译。）应该说，五位译者的翻译态度都是极其认真负责的，他们的译作基本上也是可以信赖的，并且各有千秋。需要说明的是，我们分析的宗旨并不在于评判这五个译本的优劣，只是想指出语义古词这一特殊的语言现象，以期引起我们的译者对这一问题的重视。

在《奥涅金》对语义古词的第一种使用情形中（即某些词语在整部作品中仅作为语义古词来使用），我们以 инвалид 和 прямой 两词为分析对象。

Инвалид 一词在作品中共出现两次，即第二章第十八节和第十九节，都用作语义古词，意为"有战功的退役军人"或"老兵，老战士"[①]。我们仅以第二章第十九节（简写为"Ⅱ.19"）为例。原文的诗句抄录如下：

> В любви считаясь инвалидом,
> Онегин слушал с важным видом,
> Как, сердца исповедь любя,
> Поэт высказывал себя；

这里，инвалид 与 в любви 搭配在一起，显然用于引申义。在五个译本中只有冯译和王译的理解是正确的，将 инвалид в любви 这一词组译为"情场老手"。我们看一下王译：

> 奥涅金自以为情场老手，

[①] 见 Н. М. Шанский, *Лингвистический анализ художественного текста*. Ленинград, 1984, с. 41; Ю. Н. Лотман, *Роман А. С. Пушкина «Евгений Онегин»(Комментарий)*. Ленинград, 1983, с.195.

装作极其认真严肃
聆听袒露心曲的诗人
把体己话和盘托出；

而另外三个译本都将 инвалид 当作现代词来理解。此词的现代义为"残疾人"，如：инвалид войны 意为"残疾军人"。三个译本根据此义都将 инвалид в любви 这一词组处理为"情场伤员"或"情场的伤兵"，如智译：

自以为是个情场的伤兵，
奥涅金神色庄重地聆听
爱作心灵表白的连斯基
倾吐他内心忏悔的隐秘；

在汉语中"情场的伤兵"应该是指在爱情中遭受挫折的人，而且很有可能是被恋人遗弃的。而原文所表达的"情场老手"则是指在情场上屡屡得手、具有丰富经验的花花公子。因此可以说，这两种译法所传达的恰恰是相反的意思。这一例子较为典型地说明，译者由于对语义古词的认识不足而未能译出原文的真义。

形容词 прямой 在《奥涅金》中用来修饰人、形容人的品行时，如都用作语义古词，意为"真正的，真实的"[1]，分别出现在"Ⅳ.18；Ⅳ.44；Ⅷ.47；旅行.12"这些章节中。下面我们仅以"Ⅳ.18"中的使用情形为例。原文为：

Вы согласитесь, мой читатель,
Что очень мило поступил
С печальной Таней наш приятель;
Не в первый раз он тут явил
Души прямое благородство, <...>

---

[1] 见 Словарь языка Пушкина: в 4 т. Москва, 1956—1961, Т.3, с. 872—873.

其中的四个译本都将此词译成了现代词。在现在意义上，此词在修饰人或形容人的品行时表示"率直的，正直的，直爽的，坦率的"。我们看一下王译本的译文：

> 我的读者，您一定会同意，
> 奥涅金此举可爱之极，
> 他对待伤心的达尼亚
> 表现出正直高尚的心地。
> 应该说，他不是第一遭。

由于译者将 прямой 理解为"正直的"，但又觉得如果把词组 прямое благородство 译成"正直的高尚"似乎又欠妥，于是便将这两个词语由本来的偏正关系处理成并列关系，译为"正直高尚的心地"。只有冯译的理解是正确的：

> 我的读者，您一定同意吧，
> 我们这位朋友很亲切地
> 对待伤透了心的达尼亚，
> 他已经不是第一次表现出
> 发自心灵的真正高贵的气度。

诗人为什么要用"真正的"这个形容词来修饰"高尚"呢？原来，作品主人公奥涅金的名字叶甫盖尼（Евгений）一词源自希腊语，意思是"高尚"。诗人在这里用"真正的"来强调突出主人公名字所包含的意义。

以上这类词语在整部作品中基本上只用作语义古词，在《奥涅金》中还有一些词语既用作语义古词，也用作现代词。下面我们以副词 вдруг 和名词 мечта 为例。

Вдруг 一词在《奥涅金》中多用作现代词，如在"Ⅰ.52；Ⅴ.5—6；Ⅴ.15；Ⅷ.5"这些章节中都表示"突然"，而在"Ⅶ.51；Ⅴ.45"中则用作语义古词，意为"立即，立刻"①。我们来看一下此词在"V. 45"中的使用情形，原文如下（诗句中的主语为连斯基）：

> Проказы женские кляня,
> Выходит, требует коня
> И скачет. Пистолетов пара,
> Две пули — больше ничего —
> Вдруг разрешат судьбу его

五个译本中，冯译、王译和丁译译出了此词的古义，如丁译：

> 咒骂着女人的调皮淘气，
> 出门要马，飞驰而去。
> 一对手枪，两粒枪子儿
> ——别的什么也不用过问——
> 就立即能决定他的命运。

而智译将此词当成了现代词来看待，译文如下：

> 他一边诅咒女人的奸诈，
> 一边走出门去，要来他的马，
> 纵身疾驰而去。子弹两粒，
> 手枪一对——再没别的话说——
> 他的命运便这样突然定夺。

从上下文来看，既然已经点出了以决斗的方式来决定命运，那么下文就应

---

① 见 *Словарь языка Пушкина: в 4 т.* Москва, 1956—1961, Т.1, с. 222—223.

该强调紧接着会怎么样，而不应该突出"出乎意料"这层意思。或许查译发现了这一点，但又未能看出它是语义古词，于是便省略了这个词，译为：

……一对手枪，
两颗子弹——再也不要什么，
就让它决定个你死我活。

与 вдруг 相比，мечта 在《奥涅金》中的使用情况要更为复杂一些。这个名词在作品中共出现过 11 次，即"献词；Ⅱ.9；Ⅲ.10；Ⅲ.24；Ⅳ.16；Ⅵ.45；Ⅶ.3；Ⅷ.41,45；Ⅷ.21；Ⅳ.19"。其中前九次用于我们现在所表示的意思，后两次用于古义。但需要特别注意的是，它有两个古义：一是"梦境，梦幻"，二是"思想，思绪，思潮"。① 我们以"Ⅷ.21"为分析对象，原文为：

Он оставляет раут тесный,
Домой задумчив едет он;
Мечтой то грустной, то прелестной
Его встревожен поздний сон.

在当今的俄语中，мечта（幻想）一般是不能与形容词 грустный（忧愁的）搭配使用的；而在普希金时代却是可以的，因为它还表示"梦境，梦幻"或"思绪，思潮"。俄罗斯符号学家洛特曼指出，普希金在创作中经常将 мечта 当作 сон（梦）的同义词来使用。② 在五个译本中，有四个译本将此词译成了"幻想"，如冯译：

他离开那个纷扰的晚会，

---

① 见 *Словарь языка Пушкина: в 4 т.* Москва, 1956—1961, Т.2, с. 572-573.
② Ю. Н. Лотман, *Роман А. С. Пушкина «Евгений Онегин»(Комментарий)*. Ленинград, 1983, с. 236.

独自沉思地回到家中；
有时是忧郁的有时是美妙的
幻想扰乱了他深夜的梦境。

其实在汉语中，一般也不能用"忧愁的，忧郁的，悲苦的"这类形容词来修饰"幻想"，因为"幻想"是以人类美好的理想和愿望为基础的，这一点与俄语是相通的。对此词翻译确当的只有王译：

他离开拥挤的晚会
驱车回家，思潮翻腾；
已经很晚又难于成眠，
做了个又悲又喜的梦。

而在"Ⅳ. 19"中，此词又用于另一个古义——"思想，思绪，思潮"，原诗为：

А что? Да так. Я усыпляю
Пустые, чёрные мечты;

有两个译本将此词误译为"幻想"，如王译：

怎么回事？没什么。只是
平静一下阴郁无聊的幻想，

而另外三个译本，即冯译、丁译和查译都译对了。如查译：

怎么？我想要说些什么？
没有什么，我不过想平息
我那无谓的沉郁的思索，

上文我们简略地分析了五个译本是如何翻译 инвалид, прямой, вдруг, мечта 这四个语义古词的。值得注意的是，作品中还有一些较为特殊的古词，虽然它们具有其外部特征，在类别上并不属于语义古词，但其使用情形与语义古词颇为相似，如 младость 一词。我们知道，младость 是古斯拉夫词，现代俄语中的对应语是 молодость（青春），但此词在《奥涅金》中多次用于另一个意义，即"年轻人"（молодёжь, молодые люди）。① 而此义则是 молодость 所没有的。我们看一下它在"Ⅱ. 19"中的使用情形，原诗为：

> Зато и пламенная младость
> Не может ничего скрывать.
> Вражду, любовь, печаль и радость
> Она готова разболтать.

五个译本中，只有冯译将此词译成了"青春（年代）"，译文是：

> 因此火热的青春年代
> 无法隐藏住任何事情。
> 仇恨、爱情、悲哀和欢乐，
> 它都准备倾诉个干净。

还需要指出的是，古词 младость 意为"年轻人"时，只表示集合概念，用作集合名词。因此丁译将它译成具体的一个人（译文为"而那位热情如火的青年"）是欠妥的。这句话译得确切的是王译：

> 年轻人毕竟容易冲动，

---

① 见 *Словарь языка Пушкина: в 4 т.* Москва, 1956—1961, Т. 2, с. 598; И. С. Ильинская, *Лексика стихотворной речи Пушкина.* Москва, 1970, с.161.

任何感情也掩藏不住：

恨与爱、欢乐与悲哀

都可以信口倾吐。

此词在"旅行.17；V.7"中也都用于该义。

语义古词在《奥涅金》中用得较多，除了我们所分析的例词外，还有враки（谈话，闲谈），прости（再见），покои（房间），праздный（空的），мечтанье（梦境，梦幻），педант（好卖弄的人），записная（真正的，老练的）等。

从以上的实例分析中可以看出，如果译者在翻译《奥涅金》的过程中不重视古词，特别是其中的语义古词这一特殊的语言现象，那么就会产生理解上的偏差，从而导致译文欠确切，乃至误译。

《死魂灵》的比喻手法

果戈理是俄国文学史上杰出的幽默讽刺艺术的语言大师。他的代表作《死魂灵》是俄国批判现实主义文学的奠基石。作家通过讲述唯利是图的骗子手乞乞科夫买卖死魂灵的故事，痛贬了地主贵族、贪官污吏的丑行劣迹，揭露了俄国社会的黑暗。这部作品无论其思想内容，还是其语言艺术都堪称典范。作品的语言具有许多独创性的手法，比喻就是其中的一种。

比喻被称为"语言艺术中的艺术"。果戈理深谙这门艺术，《死魂灵》中富有独创性的比喻俯拾皆是。作家笔下的比喻匠心独运，出神入化，具有强烈的艺术感染力。具体来讲，这种独创性表现在以下两个方面：第一，作品的许多比喻，无论是简单比喻（простое сравнение），还是扩展比喻（развёрнутое сравнение），其本体与喻体这两者风马牛不相及，好像并不存在任何相似点。它们搭连在一起，给人以一种突兀之感。有时作者甚至把两种完全对立的事物用来设喻作比。在这些比喻中，有的要靠读者发挥自己的想象力才能找出本体与喻体之间的相似点，有的则是作家为了达到幽默讽刺的艺术效果而精心设置的。第二，丰富多彩的扩展比喻别具一格。这种扩展比喻由喻体引申出某一细节：或是一幅生动的画面，或是某一生活场景。有些扩展比喻不只是由一个细节构成，往往从第一个细节还引申出第二、第三细节。引申出的细节越多，离本体也就越远。这样，扩展部分常常脱离本体而自成一体。读者似乎会感到作家忘掉本体，把本体抛到一边，全然不顾，而津津乐道于由喻体引申出的细节。其实，这种独特新奇的扩展比喻是为作品主旨服务的。它们具有两方面的功用：其一，作者借助于这些扩展的比喻，以生动可感的笔触从多方面来描绘俄罗斯。扩展部分所描绘的一幅幅生动鲜明的生活画面，使读者仿佛置身于现实世界的艺术氛围中。别林斯基说：

> 他不是在书写，而是在描写。使读者感到震惊的是，他的语句鲜明地忠实于自然和现实，就像是一幅生动的画面直扑读者的眼帘。①

其二，具有明显的幽默讽刺的意味。作品中的扩展比喻从结构上又可分为三种：一、由本体到喻体，再引申出扩展部分；二、由本体到喻体和扩展部分，最后又回到本体；三、由本体到喻体及扩展部分，然后本体与喻体多次交替出现。扩展比喻中动词的时间形式也值得注意。比喻的第一部分（即本体和喻体）的动词往往是过去时，而第二部分（即扩展部分）的动词则为"生动表象现在时"（настоящее живого представления）。这种"生动表象现在时"最贴近于读者，使读者在欣赏扩展部分的生动画面时，有一种如临其境之感。

作品中的比喻，根据本体的不同可以分为两大类：第一类比喻的本体是人，即作品的主要人物——地主、官僚和贵族；第二类比喻的本体是景物。下面，我们就从这两大类比喻入手，具体分析一下，作家是怎样运用比喻这一手法来刻画典型环境中的典型人物的。

一

如上所述，第一类比喻的本体为作品的人物，即地主、官僚和贵族。这一类比喻按照喻体的不同又可分为两组。第一组比喻，由无生命的物体或植物、动物充当喻体。这种化人为物的比喻一针见血地指出了地主官吏都是些没有人性的"死魂灵"。第二组比喻中的喻体则是人，各色各样的人：学者、猎人、官员、军官、甚至神话英雄等。这组比喻往往令人哑然失笑。

第一组比喻多用于人物肖像的描绘。在塑造地主形象时，作家借助于这组比喻栩栩如生地描写了一幅幅具有典型意义的人物肖像。这些肖像揭示了人物

---

① *Н. В. Гоголь в русской критике.* Москва, 1953, с. 208.

的性格，做到了以形传神。

玛尼洛夫是乞乞科夫拜访的第一个地主。这是一个缺乏鲜明个性的地主形象。待人接物时，他总是挂着一副笑脸，让人感到甜得发腻。乞乞科夫和他初次相遇时就发现：

Манилов <...> имевший глаза сладкие, как сахар, и щуривший их всякий раз, когда смеялся.

玛尼洛夫……有一双像糖一般甜蜜蜜的、笑起来总是眯缝着的眼睛。[①]

当他们谈起省长时，乞乞科夫大肆加以吹捧，玛尼洛夫则连忙称是，而且他的脸上浮现出得意的微笑：

Манилов <...> от удовольствия почти совсем зажмурил глаза, как кот, у которого слегка пощекотали за ушами пальцем.

玛尼洛夫……高兴得几乎把眼睛完全眯缝了起来，活像一只被人在耳背稍稍搔了一下的猫。

这种得意的表情居然像"一只被人在耳背稍稍搔了一下的猫"！他们越谈越投机，玛尼洛夫又显出另一副甜腻腻的表情：

<...> сказал Манилов, явя в лице своём выражение не только сладкое, но даже приторное, подобное той микстуре, которую ловкий светский доктор засластил немилосердно, воображая ею обрадовать пациента.

……玛尼洛夫说道，脸上显露出一种不仅甜蜜、甚至是甜得发腻的表情，这种表情酷似周旋于上流人士之间的机灵圆滑的医生狠命地给加上

---

① 本篇中的作品译文引自满涛、许庆道翻译的《死魂灵》（人民文学出版社，1995年版）。个别地方有所改动。

甜味，以便让病人高高兴兴喝下肚里去的一种药水。

一个人的表情与药水相比，本来这种比喻已经让人觉得滑稽可笑，作家又用一长串的定语"周旋于上流人士之间的机灵圆滑的医生狠命地给加上甜味，以便让病人高高兴兴喝下肚里去的"来修饰药水，这就使读者能更形象地感受到玛尼洛夫那种甜腻腻的表情让人无法忍受。

索巴凯维奇的外貌粗壮而笨拙。此人刚一出场，作者就紧紧抓住他的这一特征：

> Он <...> показался похожим весьма на средней величины медведя.
> 觉得他……非常像一只中等大小的熊。

他给乞乞科夫留下的最初印象是：

> Медведь! Совершенный медведь!
> 熊！一只地道十足的熊！

不仅如此，作者还用了一个扩展的比喻来强调这一特征：

> Он <...> как такой медведь, который уже побывал в руках, умеет и перевёртываться, и делать разные штуки на вопросы: «А покажи, Миша, как бабы парятся» или: «А как, Миша, малые ребята горох крадут?»
> 他……正像一只被驯养了一阵儿之后，能够翻身打滚儿，并且听到有人问："米沙，来一个娘儿们怎样洗蒸汽浴的？"或者"米沙，来一个小孩儿怎样偷豌豆的？"还会做出各种怪模样来一样。

如果说前面两例只是泛泛的比喻，那么最后一例则是一个更为形象生动的比喻：这是一只能按照人们的要求，"翻身打滚儿"，玩出各种各样把戏的熊。

作者把索巴凯维奇多次比喻成熊，这不仅指出他的外貌粗笨，而且还说明了他的内心也像熊一样冷酷、贪婪。

诺兹德廖夫撒谎成性，蛮横霸道，为所欲为。作家在描绘这位乡间恶少的肖像时，却用了这样一些比喻：

① Его свежие, румяные, <u>как весенняя роза</u>, щёки.
 他的像春日蔷薇般鲜嫩绯红的脸颊。
② Свеж он был, <u>как кровь с молоком</u>.
 他脸色鲜嫩，白里透红。

例②中的 кровь с молоком 的字面意思为"加牛奶的血"，常常用来形容人的脸色白里透红，富有褒义色彩。以上两例比喻在俄语中几乎成了固定形式的优美比喻。可是在这里，它们却出人意料地用在一个地痞无赖的身上，就显得非常之新颖，具有明显的讥讽、嘲弄的意味。

普留希金是作品中最富有的一个地主，然而也最为吝啬。请看他的衣着：

<...> рукава и верхние полы до того засалились и залоснились, что <u>походили на юфть, какая идёт на сапоги</u>.
……袖管和衣襟乌黑油亮，简直像是做靴筒的鞣皮。

这位拥有上千农奴的地主竟然形同乞丐，这说明他吝啬到何等地步。他嗜财如命，不相信人类的任何感情，最后连子女都背弃了他。作家通过描写普留希金那双充满狐疑的眼睛揭示了他的本性：

Маленькие глазки <...> бегали из-под высоко выросших бровей, как мыши, когда, высунувши из тёмных нор остренькие морды, насторожа уши и моргая усом, они высматривают, не затаился ли где кот или шалун мальчишка, и нюхают подозрительно самый воздух.

一双小眼睛……在翘得高高的眉毛下滴溜溜地转动着，像是两只小老鼠从暗洞里探出他们尖尖的嘴脸，竖起耳朵，掀动着胡须，在查看有没有猫儿或淘气的孩子守候在什么地方，并且疑虑重重地往空中嗅着鼻子。

这是一个扩展的比喻，本体是 маленькие глазки，喻体是 мыши，喻体之后为扩展部分，扩展部分是一幅两只小老鼠的生动画面。作家用 насторожа уши и моргая усом, высматривают, нюхают подозрительно 等词或短语突现了小老鼠的疑虑重重的神态。在比喻的第一部分，即本体和喻体部分，动词为过去时，而第二部分，即扩展部分的动词的时间形式为"生动表象现在时"。由于这种动词时态的运用，读者在欣赏这幅画面时，便会觉得老鼠的那种疑虑神态历历在目。

可以看出，以上这些刻画地主肖像的比喻有两个特点：一、作家先用一个比喻来点明某位地主的典型特征，然后再多次运用比喻反复强调这一特征，如玛尼洛夫、索巴凯维奇；二、在众多的肖像比喻中，作家非常重视对眼睛——人的心灵的窗户的描绘，如普留希金、玛尼洛夫。

在官吏贵族的形象塑造中，比喻则多用于群体肖像的描绘。由于这种群体人物较多，场面较大，作家往往使用扩展的比喻。当乞乞科夫第一次来到省长举办的家庭舞会时，黑色的燕尾服简直让他看得眼花缭乱：

Чёрные фраки мелькали и носились врознь и кучами там и там, как носятся мухи на белом сияющем рафинаде в пору жаркого июльского лета, когда старая ключница рубит и делит его на сверкающие обломки перед открытым окном; дети все глядят <...>

黑色的燕尾服或者分散或者簇成一团，在这里那里闪动、飘荡，活像在七月炎夏，一大群苍蝇围住晶莹洁白的糖块儿飞旋一样；这时候年老的管家婆在敞开的窗子前面把大糖块儿砸成亮晶晶的小碎片，孩子们在观看……

被省略的下文便是比喻中很长的扩展部分，这是典型的果戈理式的比喻。先把闪动、飘扬的燕尾服比喻成一大群围绕糖块儿飞旋的苍蝇，然后再引申出一幅生活场景：一个年老的管家婆把大糖块儿砸成小碎片，孩子们围着她在兴致勃勃地观看，而苍蝇飞来飞去成团地叮在甜美可口的糖块儿上。作家写了这样一个贯注着幽默的扩展比喻，似乎完全脱离了自己的叙述主题，但只要细加观察，便会发现扩展部分的生活场景与本体有着千丝万缕的联系。比如，作家对苍蝇做了这样详尽的描述：

　　Насыщенные богатым летом <...> они влетели вовсе не с тем, чтобы есть, но чтобы только показать себя, <...> потереть одна о другую задние или передние ножки, или почесать ими у себя под крылышками, или, протянувши обе передние лапки, потереть ими у себя над головою, повернуться и опять улететь, и опять прилететь с новыми докучными эскадронами.

　　在丰饶的炎夏……它们早都被喂饱了，飞来根本不是为了找东西吃，只不过是为了显示一下自己……把后腿或者前腿互相蹭一下，或者搔搔自己翅膀下的身子，或者伸出两只前爪蹭一下自己的脑袋，转身匆匆飞走，然后带着一群群惹人厌烦的苍蝇重新飞回来。

　　这里描述的一大群"游手好闲、无所事事"的苍蝇与那些穿着黑色燕尾服出现在舞会上的花花公子正是一种绝妙的生动写照。
　　第二组比喻的喻体是人，这些比喻往往让人忍俊不禁。尤其是那些由古希腊神话英雄充当喻体的比喻，由于本体——低俗、渺小的地主官吏与喻体——崇高、庄严的英雄人物之间所形成的落差，产生了尖刻无比的讥讽效果。作者把民政厅的行政官吏比作古希腊神话中的司法女神菲米斯的祭司，而把民政厅长比喻成宙斯：

　　<...> председатель <...> мог продлить и укоротить по его желанию

присутствие, подобно древнему Зевесу Гомера, длившему дни и насылавшему быстрые ночи, когда нужно было прекратить брань любезных ему героев или дать им средство додраться...

……厅长……可以随心所欲地延长或者缩短自己的办公时间，就像荷马笔下的古代的宙斯一样，当需要中断他所爱惜的英雄们的争斗或者给他们一个机会厮杀个痛快的时候，他不是延长白昼，就是送来迅速降临的黑夜……

一个玩忽职守、随心所欲的民政厅长居然和荷马笔下的宙斯相比。作者故意这样设喻作比，以犀利新奇的笔调对这位民政厅长进行了无情的奚落和辛辣的嘲讽。

除了以上所谈的两组比喻，即喻体分别由物和人充当比喻，还有另外一种综合性比喻，即在一个比喻中，喻体忽而由人、忽而由物来充当。这种比喻实际上是几个比喻的总和，因此更增添了讽刺的威慑力量。

乞乞科夫处世圆滑，八面玲珑，善于随机应变。这在他为收购死魂灵而与地主们的交往中表现得尤为突出。果戈理对乞乞科夫之流的善变做了这样的比喻：

Прометей, решительный Прометей! Высматривает орлом, выступает плавно, мерно. Тот же самый орёл, как только вышел из комнаты и приближается к кабинету своего начальника, куропаткой такой спешит с бумагами под мышкой, что мочи нет. В обществе и на вечеринке, будь все небольшого чина, Прометей так и останется Прометеем, а чуть немного повыше его, с Прометеем сделается такое превращение, какого и Овидий не выдумает: муха, меньше даже мухи, уничтожился в песчинку!

普罗米修斯，一个十足地道的普罗米修斯！他的眼光严厉凶猛如秃鹰，他从容不迫、庄严堂皇地迈着步子。同样是这只秃鹰，只要他一走出这个房间，一挨近他的上司的办公室，他就变得像鹧鸪似的，三脚两步急急匆匆地低头走着，腋窝里夹着公文，连大气都不敢出。在交际场所和晚会上，只要在场的全是些官衔不大的官员，那么，普罗米修斯依旧还是普罗米修斯，可是只要碰到官衔比他略高一些的人，他又立刻会完成奥维德所设想不到的变形：变成一只苍蝇，甚至比苍蝇还要小，小到变成一粒砂子！

这里，作家用了一连串的喻体。如果乞乞科夫之流身处下属中间，他便故意摆出一副威严而伟岸的架式，俨然是一位拯救了人类的普罗米修斯，他的举止也会像秃鹰一样从容不迫。然而，"一挨近他的上司的办公室"，他就变成了一只因担惊受怕而急速前行的鹧鸪。在公共场合，"只要碰到官衔比他略高一些的人"，这位普罗米修斯就会突然间"变成一只苍蝇，甚至比苍蝇还要小，小到变成一粒砂子"。这一连串渐次递减的比喻，力透纸背，把世故圆滑的乞乞科夫之流刻画得入木三分。

二

第二类比喻的本体为景物。景物的描写对人物形象的刻画起着辅助衬托的作用。

当乞乞科夫前去拜访玛尼洛夫，进入玛氏庄园时，他发现：

<...> день был не то ясный, не то мрачный, а какого-то светло-серого цвета, какой бывает только на старых мундирах гарнизонных солдат, этого, впрочем, мирного войска, но отчасти нетрезвого по воскресным дням.

……这一天既不晴朗，也不阴暗，而是笼罩着一层淡灰色，这种颜色只有在警备队的士兵——一支生性和平，但每逢星期天总要喝得醉醺醺的队伍——穿的旧制服上面才可以看到。

笼罩着玛尼洛夫庄园的这种"既不晴朗，也不阴暗"的天气巧妙而婉转地指出了庄园主的性格特征：缺乏鲜明的个性，"不是鱼，不是肉，既不是这，也不是那"。在上例比喻中，一方面，用警备队士兵穿的旧制服来形容天空的颜色，设喻新颖，表现出作家对生活精细的观察力；另一方面，用"一支生性和平，但每逢星期天总要喝得醉醺醺的队伍"来修饰士兵，又表现出果戈理特有的幽默讽刺的格调。

当乞乞科夫的马车驶入柯罗博奇卡的院落时，他听到了一阵阵狗叫声：

<...> псы заливались всеми возможными голосами: один, забросивши вверх голову, выводил так протяжно и с таким старанием, как будто за это получал бог знает какое жалованье; другой отхватывал наскоро, как пономарь; промеж них звенел, как почтовый звонок, неугомонный дискант, вероятно молодого щенка, и всё это, наконец, повершал бас, может быть, старик, наделённый дюжею собачьей натурой, потому что хрипел, как хрипит певческий контрабас <...>

……一群狗扯直嗓门一刻不停地叫出各种各样的声音来：一条狗抬起了头，拼命地拉长了调叫着，仿佛它因此可以得到一笔天知道多么大的赏金似的；另外一条狗急急忙忙地抢着吠叫起来，活像教堂里的诵经的人；在这两条狗的吠叫中间夹杂着大概是一条小狗崽子的一串童音，像挂在邮政车车辕上的小铃铛在叮当鸣响，最后，盖过所有这一切的是一个低音，这也许是一条老狗，要不然就是一条结实强壮的雄狗，因为它加进一阵粗哑的吠叫，好像唱诗班里的一个男低音歌手……

作者把狗叫声比喻成一个合唱队：有童音，男低音，男高音，紧接着这一扩展比喻，作者便这样写道：可以推测到，这个村庄的规模是颇为可观的。作者通过描写这样一个充满生机的合唱队来告诉读者，女庄园主非常善于经营田庄，上例比喻中本体的形式比较特别，它们是由复指成分充当的。句中的псы是本体，为总说部分，而один, другой等为分说部分，即分说的本体，这样便构成了复指关系。

在女地主的家里，乞乞科夫听到了一种奇怪的声音：

> Слова хозяйки были прерваны странным шипением, так что гость было испугался; шум походил на то, как бы вся комната наполнилась змеями; но, взглянувши вверх, он успокоился, ибо смекнул, что стенным часам пришла охота бить. <...> наконец, <...> они пробили два часа таким звуком, как бы кто колотил палкой по разбитому горшку <...>

> 女主人的话被一种奇怪的咝咝声打断了，把客人给吓了一跳；这种喧闹声听来怪吓人的，仿佛整个房间都爬满了蛇；可是他抬头往上一瞧，就放下心来，因为他明白是墙上的挂钟快要敲响了。……挂钟终于……敲打了两下，那声音就像是有人用棍子敲打一只破沙锅一样……

这两个比喻对我们理解柯罗博奇卡这一人物形象至关重要。一只旧挂钟在敲打前发出的咝咝声，就像整个房间爬满了蛇，令人毛骨悚然。挂钟敲打时发出的呻吟"就像是用棍子敲打一只破沙锅一样"。对破旧挂钟的声音所做的比喻使读者感受到女地主房间的空寂荒芜，使读者感受到这里是一潭死水，毫无生机。这巧妙地反映出女地主极端闭塞、孤陋寡闻这一性格特征。

当乞乞科夫来到普留希金的家中时，作者写道：

> Он вступил в тёмные широкие сени, от которых подуло холодом, <u>как из погреба</u>.

> 他一跨进宽敞而昏暗的门廊，就仿佛进了地窖，有股子冷气向他迎面吹来。

这一比喻不仅透露出普留希金家园的破败景象，而且还暗示出家园主人是个冷若冰霜、丧失人性情感的怪物，具有一箭双雕的作用。

以上谈的比喻都是从正面来衬托人物形象。有时，作家也会运用比喻从反面映衬人物形象。在乞乞科夫前去拜访普留希金的路上，他看到了一幅残破不堪的景象。唯独只有一座花园给整个村庄带来了些许生气，作者对花园做了这样的描述：

> <u>Зелёными облаками и неправильными трепетолистными куполами</u> лежали на небесном горизонте соединенные вершины разросшихся на свободе дерев. Белый колоссальный ствол берёзы <...> подымался из этой зелёной гущи и круглился на воздухе, как правильная мраморная сверкающая колонна.
>
> 无拘无束、繁衍枝蔓的树梢连成一片，横陈在天际宛如一片片绿色的浮云和密密层层、形状不严整的、微微抖动的华盖。白桦树……从这片绿树丛中耸起它那粗壮的白色躯干，伫立在空中，像一根端正挺拔的、莹洁璀璨的大理石圆柱。

然而正是在这座花园的反衬下整个村庄显得更加荒凉寂寞。而村庄的残败荒凉则意味着以普留希金为代表的地主阶层的穷途末日。

从以上所举的各例中可以发现，作品比喻中的本体与喻体之间的联系手段是多种多样的。这些手段主要有：一、用连接词（如：как, как будто）联系；二、用某些实词（如：подобный, походить）表示；三、用名词第五格形式表示；四、用名词性合成谓语表示。

总之，作家笔下的比喻丰富多彩，生动形象，不落窠臼。作家用比喻这一艺术手法塑造了一个个血肉丰满的人物形象，产生了巨大的艺术魅力。

最后必须说明一点：幽默与讽刺是《死魂灵》比喻手法的主要功能，但并不是唯一的功能。比如在作品的抒情插叙中，作家就用了一些带有浓郁抒情意味的比喻。

《猎人笔记》的语言风格

屠格涅夫是 19 世纪俄国文学史上杰出的语言艺术家。屠格涅夫的语言具有独特纯清的风格，而这种风格在《猎人笔记》（«Записки охотника»）中表现得尤为突出。

《猎人笔记》最初的单行本收有 22 则短篇故事，出版于 1852 年。后来，屠格涅夫又添补了三篇，共集 25 篇。作品由一个以猎人身份出现的叙述者统串全篇。作家通过记述猎人在俄罗斯村野行猎时的所见所闻，鞭笞了脑满肠肥、凶狠残暴的地主劣绅和刁钻奸诈、精明强算的村吏管家，讴歌了勤劳聪慧、心灵美好、处于被奴役地位的农民，描绘了俄罗斯大自然的优美景色，抒发了对祖国的爱恋之情。

《猎人笔记》的语言特色大致可以归纳为以下四点：一、富有音乐性；二、具有强烈的感情色彩；三、生动活泼，亲切感人；四、简洁明了。

一

许多文学史家在论及屠格涅夫的创作特色时，都一致认为："他的散文犹如音乐。"[①] 而《猎人笔记》就是一篇美妙的乐章。作品中叙述部分的语言平缓流畅，悦耳动听，富有音乐性和节律性，其中有不少章节犹如一篇篇散文诗。而这种音乐性是由一系列语言手段造成的。这些手段表现在语音、词汇、句子结构、诗格等方面。

---

① А. В. Чичерин, *Тургенев, его стиль.* //*Мастерство русских классиков.* Москва, 1969, с. 131.

作家使用了同音法，即语音重复的手法，使句子在语音方面显得和谐。如：Нигде не темнеет, не густеет гроза.（没有一处变得暗沉沉的，没有一处像要下雷雨。）此句中多次重复使用元音 -е。再如：<...> небо светлело, холодело, синело.（……天空渐渐变亮、变凉、变蓝了。）全句 12 个音节中有 11 个音节是由元音 -е 和 -о 构成。这两句都采用了重复元音的手法（ассонанс）。作家还使用了重复辅音的手法（аллитерация），造成某种象声效果，如：Слышится сдержанный, неясный шёпот ночи; <...> деревья слабо шумят.（听得见夜的隐秘而模糊的私语声；……树木在低声絮语。）这里，作家反复使用辅音 -с 和 -ш，使我们仿佛听到了树林所发出的沙沙声和夜的神秘的窃窃私语声。

作品中的修饰语（эпитет）也具有音乐性。虽然作家也使用单个的修饰语，但更为常见的是连用两个或三个修饰语。如：тёмное, чистое небо（昏暗无云的天空），странный, резкий, болезненный крик（刺耳的、疼痛的怪叫声），<Всё спало> крепким, неподвижным, передрассветным сном（［一切都沉浸］在黎明前那寂静的睡梦中），或使用合成的修饰语。如：водянисто-зелёные луга（大片水汪汪的青草地），цвет небосклона <...> бледно-лиловый（天边……呈朦胧的紫色）。两个、三个和合成的修饰语在语音方面要比单个的修饰语显得和谐。即便在使用单个修饰语的过程中，作家有时也竭力使修饰语与被修饰的词在音节上相同、相近或相似，以此增加语言的音乐性。如：густые кусты（茂密的灌木丛），золотой голосок（金嗓子），(задрожит) беглым блеском（闪光似地［震颤起来］）等。

在句子结构方面，我们经常见到倒装、对应、反复等手法，而这些手法也造成了语言的音乐性。如：

> Цвет небосклона лёгкий, бледно-лиловый, не изменяется во весь день и кругом одинаков; нигде не темнеет, не густеет гроза; разве кое-где, протянутся сверху вниз голубоватые полосы: то сеется едва заметный дождь.

> 天边呈朦胧的淡紫色，一整天都未变化，而且四周也是一样；没有

一处变得暗沉沉的，没有一处像要下雷雨；只是有的地方挂着淡蓝色的带子：那是不易看清的绵绵细雨在飘洒。

第一句的句首是主语，接着是两个倒装的形容词定语，其后半部分则以两个，而不是一个谓语作为结束。紧跟着第一句的是三个描写 гроза, полосы, дождь 的句子，而这三个句子的结构完全一样，主谓语倒装，谓语在前，主语置于句末。这不仅造成了音乐性，而且还突出了主语。再看两个运用"反复"手法的例子：

<...> ещё много времени оставалось, до первого лепета, до первых шорохов и шелестов утра, до первых росинок зари.
……离第一声簌簌轻响，离清晨最初的沙沙声和簌簌声，离最初的朝露还有好大一会儿工夫。

В такие дни краски все смягчены, светлы, но не ярки; на всём лежит печать какой-то трогательной кротости. В такие дни жар бывает иногда весьма силён, иногда даже «парит» по скатам полей.
在这些日子里，一切色彩都显得那么柔和，那么明净，但不耀眼；一切都带有某种温柔动人的印迹。在这些日子里，有时还是相当炎热的，坡地上有时甚至是"热气腾腾"。

在后一例句中，作家使用了常见于诗歌中的艺术手法——头语重复（анафора）。

另外，诗格的运用也赋予语言以强烈的音乐性和节律性。作品中有不少段落和句子都由明显的诗格构成。如：

Светлéет вóздух, виднéй дорóга, яснéет нéбо, белéют тýчки, зеленéют поля́.
空气清朗了，道路更加清晰可辨，天色放晴，云彩泛白，田野泛绿。

这是标准的抑扬格（ямб）同抑抑扬格（анапест）的连用。再如：

<...> и ти́хо всплыва́ет багро́вое со́лнце. Свет так и хлы́нет пото́ком;
……于是鲜红的太阳悄然升起。阳光潮水般喷涌而出；

这一句基本是由抑扬抑格（амфибрахий）和扬抑抑格（дактиль）构成的。

必须说明，屠格涅夫的语言富有音乐性的这一特点是和作品的思想内容联系在一起的。纵观《猎人笔记》整部作品，可以发现，在描绘大自然的旖旎景色时，在反映大自然千变万化的迷人景象时，作家就常常赋予自己的语言以一定的音乐性，似乎是在用语言的美来增添大自然的美。这样，读者在阅读这些篇章时，不仅能欣赏到大自然的美，同时还能享受到语言的美。

以上所谈的音乐性都是指作者的叙述部分。在《猎人笔记》的人物语言中也存在着音乐性。这时的音乐性就跟刻画人物形象有关。其音乐性主要体现在农民的话语中。那么，在没有受过良好教育的农民的语言中怎么会出现音乐性呢？我们知道，作品中的农民是作家所要讴歌的人物形象，他们心灵美好，充满智慧。作家在塑造这些人物形象时，往往使他们的语言接近于俄罗斯民间歌谣（如：《壮士歌》）的节律。《白净草原》中的科斯佳、《美人梅奇河的卡西央》中的卡西央的语言都具有这种特色。

应当指出，屠格涅夫富有音乐性的语言显得十分自然，并无雕琢的痕迹。

二

屠格涅夫在塑造人物、描绘大自然时，总是倾注着强烈的感情。在《猎人笔记》中，作家饱蘸浓郁的抒情笔墨，以准确、细腻的笔触描绘了大自然的旖旎景色，表现出作家对祖国山河的爱恋之情。而在作家所刻画的农奴主形象中，我们则可以看到辛辣无情的讥笑和嘲弄。

在表达这些鲜明的情感时，作家使用了独到的艺术手法。

在对大自然的描绘中，作家使用了大量的修饰语。正是修饰语赋予了作品的语言以强烈的抒情色彩。

如前所述，屠格涅夫在形式上喜欢连用两三个修饰语，或使用合成修饰语。有时，两三个连用的修饰语由同义词或近义词组成，后一个修饰语加强、补充说明前一个修饰语。如：резкое металлическое сверкание（刺眼的金属光泽），ожиданная знакомая равнина（意料中的那片熟悉的平原）。合成修饰语则常常由一种特征转向另一种特征。如：золотисто-прозрачная зелень（金光而透明的绿叶），красно-бурая белка（红棕色的松鼠）。作家在描写天空时，经常使用表示各种色彩的合成修饰语：смутно-ясное небо（朦朦胧胧的天空），бледно-серое небо（灰白色的天空），тёмно-синее небо（深蓝色的天空），бледно-ясное небо（淡白而明净的天空）。

作品中的修饰语在内容方面也很丰富多彩。有表示视觉的：лиловый туман（淡紫色的云雾），золотистая, почти чёрная зелень（金黄的、几近墨绿的颜色）；表示嗅觉的：душистое сено（芳香的干草），пахучая сытость（芬芳的湿气）；表示听觉的：неясный шёпот（模糊的私语声），звонкий голос <пеночки>（[柳莺]的响亮叫声）；带有主观色彩的：радостное озлобление（欢喜的愤怒），угрюмый мрак（阴沉的黑暗）等。

无论哪种修饰语都能折射出作家本人的感情色彩。比如，下面例句中的一些修饰语就表达出作家对大自然的赞美和叹赏：

Солнце <...> светлое и приветно лучезарное — мирно всплывает под узкой и длинной тучкой.

太阳……显得明亮而绚丽多彩——从一片狭长的云层后面徐徐升起。

Статные осины высоко вылепечут над вами <...> могучий дуб стоит, как боец, подле красивой липы.

体态匀称的白杨树高耸在你的头上簌簌作响……一棵强壮的橡树像战士一样站在一株秀美的菩提树旁边。

总之，作家笔下的大自然并不是纯客观描写性的，而往往带有作家本人的感受，由此便产生了激动人心的抒情格调。其中，丰富多彩、具有强烈感情色彩的修饰语起了至关重要的作用。

在刻画地主乡绅、贵族老爷的形象时，屠格涅夫使用了一系列表示嘲讽的语言手段。在作者的叙述部分，屠格涅夫使用了修饰语、指小名词、夸张的比喻等手法。如：четвероугольное лицо, мышиные глазки <Зверкова>（［兹韦尔科夫的］那张四角脸，那对耗子似的小眼睛）；низенький, пухленький Стегунов（矮矮胖胖的斯捷古诺夫）。作家常常使用这些修饰语，以显示出地主乡绅的渺小和猥琐。再如：

> Пять или шесть уездных чиновников с круглыми <u>брюшками</u>, пухлыми и потными <u>ручками</u> и скромно-неподвижным <u>ножками</u>...
>
> 有五六个县城官员——肚皮圆滚滚的，两手胖嘟嘟、汗津津的，双脚规规矩矩地一动也不动……

这里的指小名词带有明显的嘲讽意味。请看另一个例句，这是一个外省地主举办家宴的场面：

> Шумный разговор превратился в мягкий, приятный говор, <u>подобный весеннему жужжанью пчёл в родимых ульях</u>. Одна неугомонная оса — Лупихин и великолепный трутень — Козельский не понизили голоса... И вот вошла наконец матка — вошёл сановник. Сердца понеслись к нему навстречу <...> Сановник <...> подал разорённому штатскому <u>генералу с заводом и дочерью</u> указательный палец левой руки...
>
> 嘈杂的谈话变成了柔和而愉快的低语，犹如春天蜂房里蜜蜂的嗡嗡声。只有好吵闹的黄蜂——卢皮辛，和那只出色的雄蜂——科泽尔斯基没有压低嗓门……终于蜂王进来了——这位达官显宦进来了。所有的心儿都向他飞去……这位达官……冲着有工厂和女儿的破产文官伸出左手的食指……

这里，作家除了使用修饰语，还采用了夸张的比喻，并把意思上不相搭配的词语组合在一起。

三

《猎人笔记》的语言还具有生动活泼、亲切感人的特点。这主要体现在作家对具有口语、俗语、方言色彩的词和短语的运用。

其中，最为常见的是具有口语色彩的词和短语，如在叙事人的语言中就经常出现这类词和短语。叙事人的语言包括两部分，即叙述部分和叙事人同作品人物的对白。先看叙述部分，如：

До сих пор я всё ещё не терял надежды сыскать дорогу домой.
直到这时我还一直没有失去找到归途的希望。

这里，作家不用 отыскать，而用口语词 сыскать。再如：

Я откликнулся на их вопросительные крики.
我回答了他们询问的喊话。

作家不用 отозваться，而用 откликнуться。请看叙事人同作品人物的对语。如同苏乔克的对话。

— И ты смолоду всё был кучером?
<...>
— Какие же ты роли занимал?
— Чего изволите-с?
— Что ты делал на театре?
"你从年轻时就一直赶车吗？"

……

"你扮演过什么角色?"

"您说什么?"

"你在戏台上做过什么?"

这里,苏乔克听不懂 роль 这个词,所以叙事人就换用了具有口语色彩的短语 делать на театре。

具有口语色彩的词和短语在作品人物的语言中则更多。

正是在这种标准口语的基础上,屠格涅夫使用了大量的带有俗语或方言色彩的词和短语。他把俗语、方言看作是一种重要的艺术手法,是塑造人物形象的手段之一。请看《叶尔莫莱和磨坊主妇》中猎人与阿丽娜的一段对话:

Я заговорил с ней.

— Давно вы эту мельницу сняли?

— Второй год эту мельницу с Троицына дня.

— А твой муж откуда?

Арина не расслышала моего вопроса.

— Откелева твой муж? — повторил Ермолай, возвыся голос.

— Из Белёва. Он белёвский мещанин.

我跟她攀谈起来。

"这磨坊你们租了很久了吗?"

"有一年多了,是三一主日那天租下的。"

"那你丈夫是何方人士?"

阿丽娜没有听清我的问话。

"你丈夫是哪里人?"叶尔莫莱加提高嗓门,又问了一遍。

"是别廖夫人。他是别廖夫城里人。"

这里,值得注意的是 откелева 一词的运用。一开始,当猎人用 откуда 向阿丽娜发问时，她并未听清问话。而当叶尔莫莱使用俗语词 откелева 重问时，她一下子就听懂了。对阿丽娜来讲，难道不正是 откелева 一词显得更为熟悉，更为亲切吗？！

作品主人公是奥廖尔一带的农民。作家使用那一带平民的语言来表现那里的生活风貌，这有助于逼真地描绘俄罗斯中部的农民形象。

在第一则故事《霍尔和卡里内奇》中，屠格涅夫便开宗明义地指出：

奥廖尔方言总的特点是：有许多独特的，有时是很准确的，有时又相当混乱的词和短语。

因此，作家一方面，是在标准口语的基础上使用方言；另一方面，总是选用"准确"的，富有表现力的方言。这些词大多是浅显易懂的。而且，作家总是想方设法向读者点明方言的含义。他常常使用诸如 Как у нас в Орле говорится（照我们奥廖尔人的说法）之类的短语直接指出这是方言。如：

Мы поехали в лес, или, как у нас говорится, в «заказ».
我们骑马进了树林，或者照我们的说法，进了"围场"。
Таких рассказов я, человек неопытный в деревне, не «живалый», как у нас в Орле говорится, наслушался вдоволь.
这样的故事，我这个对农村生活没有任何经验，不"识门道"（照我们奥廖尔人的说法）的人，听得倒是不少。

有时他就加上脚注直接解释其方言的含义。
有些方言、俗语由于屠格涅夫的使用而进入了标准语。例如：

Камыши, точно раздвигаясь, «шуршали», как говорится у нас.
芦苇就像是被人拨开似的，发出"嚓嚓"（照我们的说法）的响声。

这里的 шуршать 一词，在屠格涅夫时代是属于方言俗语。由于屠格涅夫的运用，后来它成了通用词。

四

简洁明了这一特点主要表现在作品语言的句子结构上。我们这里谈的句子结构是指作者的叙述部分。作品中的句子结构具有明显的口语体特征。

《猎人笔记》中最为常见的句子结构是简单句，其比例约占 60% 到 70%。作家除了使用短小的简单句外，还经常使用扩展的简单句，或使用带有同等成分的简单句。与复合句相比，简单句显得浅白明了、简洁生动。请看例句：

> На другой день г-н Полутыкин принуждён был отправиться в город по делу с соседом Пичуковым. Сосед Пичуков запахал у него землю и на запаханной земле высек его же бабу. На охоту поехал я один и перед вечером завернул к Хорю.

> 第二天波卢特金先生为了和邻人皮丘科夫打官司，必须去一趟城里。邻人皮丘科夫多占了他的耕地，而且在这块耕地上还鞭打了他的一个农妇。这样我就一个人打猎去了，黄昏前顺便去了趟霍尔家里。

这三句话中，在第一句与第二句之间完全可以加上 потому что, который 等词，而在第二句与第三句之间可加 поэтому 等词。但屠格涅夫并未采用这类连接词使之成为冗长的复合句。

屠格涅夫也不回避使用复合句，但他的复合句常常同简单句混用。而且复合句的从句之间可以用较明显的停顿断开，分成一个个短句。看起来，复合句很像是一连串的简单句。这样，复合句与简单句之间的界线似乎也随之消失。

作家所使用的复合句中以并列复合句占据多数。各分句之间的连接词为 и, а, да, но 等。而且，连接词 и 和 да 经常连用。如：

Никто не знал, откуда он свалился к нам в уезд; поговаривали, что происходил он от однодворцев и состоял будто где-то прежде на службе; но ничего положительного об этом не знали; да и от кого было и узнавать, — не от него же самого: не было человека более молчаливого и угрюмого.

没有人知道他是哪里来的，怎么会落到我们这个县城来的；都说他是小地主出身，还一度在某处担任过职务，不过关于这一点没有人能够确切地知道；如果他本人不肯透露出来，那根本就无从知晓了，而他是个极度沉默、十分阴郁的人。

这时的 и 便带有附加意味，具有口语色彩，使整段句子显得轻松自如。主从复合句本来就用得很少，加上句中的词语不多，句子都很短，所以并不显得冗长、繁杂。例如：

Это просто были крестьянские ребятишки из соседних деревень, которые стерегли табун.

他们不过是附近村庄上看守马群的农家孩子。

但是，复合句中占主导地位的是无连接词复合句。这种复合句的类型很多，如：

Луны не было на небе: она в ту пору поздно всходила.

天上没有月亮，这个季节它很晚才升上来。

Казалось, отроду не бывал я в таких пустых местах: нигде не мерцал огонёк, не слышалось никакого звука.

我觉得有生以来从未到过如此荒僻的地方：哪儿都见不到一丁点儿火光，也听不到任何声响。

屠格涅夫极少使用特别冗长的复合句。含有三个或三个以上分句的复合句只出现在描绘大自然的段落中。

总之,由于作品语言的句子结构带有明显的口语体特点,即简单句和无连接词复合句占主导地位,因此,《猎人笔记》的语言显得简洁明了。

以上四个特点在作品中有机地结合在一起,正是它们的有机结合才使《猎人笔记》的语言独具特色。

值得注意的是:一方面,作品中大量运用了带有口语、方言和俗语色彩的词和短语;另一方面,作品中的不少章节犹如一篇篇优美的散文诗,就像是用诗一般的语言写就的。通常这两者是很难统一在一起的,而屠格涅夫却熟练、巧妙地将这两者有机地结合在一起。这种熟练驾驭语言的本领令人们叹赏不已。

抒情诗《冬夜》的艺术特色

《日瓦戈医生》的末章《尤里·日瓦戈诗作》由 25 首诗歌组成，组诗是散文叙事的延续，在内容上与小说的散文部分有着紧密联系。在这些诗作中，帕斯捷尔纳克充分发挥了自己的语言天赋与绘画才能，他用富含象征意义的色彩、光线以及大自然中的形象描绘出一幅幅具有立体感的画面，将情节叙事与语言之美融为一体。在诗中，帕斯捷尔纳克使用象征手法，把诗歌语言变成作家心灵符号的载体，使读者既看到充满意象的故事画面，又深切感受到浓郁的情感和深邃的哲理。

组诗中的每首诗都可以独立成篇，其中的《冬夜》被认为是"俄罗斯所有爱情诗的一座高峰"[①]。这首爱情诗歌咏了两个恋人无畏"风雪"，紧紧地将命运"交织"在一起，两人的爱情犹如暴风雪中炽烈"燃烧"的一枚蜡烛，在动荡的社会革命背景下显得弥足珍贵。象征革命喧嚣和社会动荡的"暴风雪"与温馨爱情的"蜡烛"成为诗篇意味隽永的两个艺术形象，诗人通过对反、隐喻、复沓等表现手法将两者鲜明生动地呈现在读者面前。以下我们从结构和词汇两个方面加以简要分析。

一

我国著名九叶派诗人郑敏先生曾经指出，"诗与散文的不同之处不在于是否分行、押韵、节拍有规律，二者的不同在于诗之所以称为诗，因为它有特殊

---

① В. С. Баевский, *Пастернак*. Москва, 1999, с. 82.

的内在结构"[1]。结构即作家对创作素材的编织与布局,"诗歌作品的诗段安排亦属于艺术结构"[2]。

1. 对立结构

《冬夜》共计八个诗段,除首尾两个诗段以外,其余诗段在内容上可分为两个部分:第二、第三诗段为第一部分,描写的是屋外"席卷整个大地"的暴风雪;第四、第五、第七诗段为第二部分,其主题是屋内的蜡烛与爱情。两部分经由第六诗段结合到一起:И всё терялось в снежной мгле/Седой и белой. / Свеча горела на столе, /Свеча горела.(一切被白茫茫的灰暗/雪幕所笼罩。/桌上燃烧着一枚蜡烛,/蜡烛在燃烧。)其中 всё 一词替代了上下文中所有的词汇与词组:свеча(蜡烛),скрещенье рук(交缠的胳膊),скрещенье ног(交缠的腿),два башмачка(两只女鞋),воск(烛蜡),ночник(烛灯),платье(衣裙),жар соблазна(灼人的诱惑)——这一切都被白茫茫的雪幕所笼罩;在最后两诗中,蜡烛的形象清晰地伫立于读者的眼前,与屋外混沌的世界形成鲜明对比。

从作品结构上看,第六诗段与第一、第八诗段紧密相关,第一、第三、第六及第八诗段就由"暴风雪"与"蜡烛"两个主题的对立所构成:

Метель(暴风雪)	Свеча(蜡烛)
[1] Мело, мело по всей земле Во все пределы. (风雪席卷着整个大地 /席卷着尘嚣。)	Свеча горела на столе, Свеча горела. (桌上燃烧着一枚蜡烛, /蜡烛在燃烧。)
[3] Метель лепила на стекле Кружки и стрелы. (风雪在玻璃上描画着 /圈、箭的图标。)	Свеча горела на столе, Свеча горела. (桌上燃烧着一枚蜡烛, /蜡烛在燃烧。)

---

[1] 郑敏著:《诗歌与哲学是近邻——结构/解构诗论》,北京大学出版社,1999 年版,第 1 页。
[2] А. И. Горшков, *Русская словесность: от слова к словесности*. Москва, 2001, с. 298.

[6] И всё терялось в снежной мгле
Седой и белой.
（一切被白茫茫的灰暗
/雪幕所笼罩。）

[8] Мело весь месяц в феврале,
И то и дело
（整个二月都刮着风雪，
/可总能看到）

Свеча горела на столе,
Свеча горела.
（桌上燃烧着一枚蜡烛，
/蜡烛在燃烧。）

Свеча горела на столе,
Свеча горела.
（桌上燃烧着一枚蜡烛，
/蜡烛在燃烧。）

其实这种对立早在第一诗段中就已表现得很清楚：

Мело, мело по всей земле
（风雪席卷着整个大地）

Свеча горела на столе
（桌上燃烧着一枚蜡烛）

诗人刚刚展现完一幅铺天盖地的暴风雪场景，就立刻将其与屋内孤零零的一枚蜡烛对立起来，如同刚刚提到酷暑，就让读者突然面对暴风雪肆虐的寒冬。显而易见，这里鲜明地表达出"暴风雪"与"蜡烛"的对立，而这样的对立贯穿全诗。

我们再看一下两个主题所涵盖的义素（сема）。"暴风雪"主题的义素有：холод（寒冷），тьма（黑暗），мгла（昏暗），"蜡烛"主题的义素有：огонь（火），жар（热），свет（光）。义素是构成词汇——语义的基本单位，多个义素组合到一起构成语义丛，进而形成一定的主题。义素的分析能从微观上观摩词义，有助于读者更深入地理解诗歌主题。如上所示，"暴风雪"和"蜡烛"主题的义素显示出冰与火、黑暗与光明的对峙。

2. 框式结构

所谓框式结构，是指整首诗在结构及内容方面首尾相接。请看《冬夜》的第一个诗段：

Мело, мело по всей земле	风雪席卷着整个大地，
Во все пределы.	席卷着尘嚣。
Свеча горела на столе,	桌上燃烧着一枚蜡烛，
Свеча горела.	蜡烛在燃烧。

再看最后一个诗段：

Мело весь месяц в феврале,	整个二月都刮着风雪，
И то и дело	可总能看到
Свеча горела на столе,	桌上燃烧着一枚蜡烛，
Свеча горела.	蜡烛在燃烧。

  框式结构在俄罗斯诗歌中并不鲜见，费特的《黎明时你不要把她叫醒》、勃洛克的《黑夜、街道、路灯、药房……》、叶赛宁的《莎甘奈啊，我的莎甘奈》等都是以这一艺术结构写就的。诗歌拥有框式结构也就意味着首尾表达的是同一主题，而且后者在内容与情感方面往往会有所升华。

  在《冬夜》中，框式结构的主要作用在于削弱暴风雪席卷整个大地的"淫威"。诗篇开头"席卷着尘嚣"的暴风雪显得无比强大，по всей земле（整个大地），во все пределы（整个尘嚣）给人以无边无际、无休无止的感觉。然而在最后的诗段中，诗人指出了明确的时间 в феврале（二月），并且不再重复使用动词 мело（席卷），这些细小的变化具有重要意义：二月预示着冬季接近尾声，温暖的春天即将到来，动词的不再重复意味着"席卷"的威力在削弱，暴风雪很快就会结束。因此开篇中"不可一世"的暴风雪在收篇中则成了强弩之末。

  需要指出的是，诗句 Свеча горела на столе, /Свеча горела（桌上燃烧着一枚蜡烛，/蜡烛在燃烧）是穿插诗文之中的一个叠句（рефрен），它重复出现了四次，分别在第一、第三、第六和第八诗段。不难看出其中的对称关系——它们分别出现在第一诗段、倒数第一和倒数第三诗段。这种结构上的对称展示出诗歌所特有的艺术魅力。不仅如此，正如音乐中的副歌一样，回环往复的叠句不仅渲染了情感，深化了主题，而且增强了诗歌的音乐性与节奏感。值得注意的是，这一诗句在用来收篇时，句中还出现了状语：И то и дело（总是，经常），这证明了微弱的烛光非但没有被强大的暴风雪所击败，反而更加坚定了胜利的信心。暴风雪正因为感到气数将尽，才一次次呼啸、喧嚣，用鹅毛雪花撞击玻璃窗，尽管它可以笼罩屋外的一切，席卷整个大地，但它却奈何不了男女主人公所处的独立空间，因为燃烧的蜡烛一直在陪伴着他们，使他们感到了家的温暖。

光明终究战胜黑暗这一思想经由对立结构和框式结构得到了充分的表现，从而成为诗作的核心内容。

二

全诗的词语在修辞色彩上多为中性，仅有三个词语是带有高雅色彩的书面语：жар соблазна（灼人的诱惑），вздымать（扬起），озарённый（照亮的）。前者专指男女间强烈的情感，常见于诗歌语言；后两者具有浓厚的宗教色彩，是宗教典籍中描绘圣像画的常用词汇。三个词语所表现的是同一个主题——爱情，这就使爱情在大量中性词汇的背景上得以突显，并获得了崇高、神圣的色调。

使用词语的象征义是此诗的一大词汇特点。我们知道，метель（暴风雪）的表层义是冬季里出现的自然力量，其潜层义则多指社会及历史的人为力量，这几乎已成为俄罗斯经典文学的传统用法（如普希金的《暴风雪》《上尉的女儿》、果戈理的《外套》、陀思妥耶夫斯基的《群魔》等作品）。暴风雪形象在勃洛克的史诗《十二个》中是革命的象征，青年帕斯捷尔纳克曾经是勃洛克的忠实追随者，在《日瓦戈医生》的创作过程中作家曾几易其名，先后使用过《男孩和女孩们》（源自勃洛克诗歌《褪色柳》）、《蜡烛在燃烧》等，诚如作家本人所言："我非常希望写一篇关于勃洛克的文章，所以就想写这部小说（指

《日瓦戈医生》——本书作者注）来代替关于勃洛克的文章。"① 试比较《冬夜》与勃洛克的史诗《十二个》的开篇：前者为 Мело, мело по всей земле, /Во все пределы（风雪席卷着整个大地，/ 席卷着尘嚣），后者为：<...>Ветер, ветер — /На всем божьем свете!（……风呀，风呀——/ 吹遍了整个神佑的大地！）总之，"暴风雪"在帕斯捷尔纳克的笔下，是社会革命的象征。而"蜡烛"一词则与东正教思想紧密相关，寓指光明、温暖。基督耶稣说："人点灯，不放在斗底下，是放在灯台上，就照亮一家的人。"（《马太福音》5:15）蜡烛不仅指家庭的温暖，而且还象征着对救赎的信仰。蜡烛在暴风雪中静静地燃烧，仿佛召唤他们在纷扰的乱世中坚守自己的信念。显然，经诗人艺术化处理，二词均获得了丰富的哲学意味。

在暴风雪与蜡烛之间，оконная рама（窗框）起着重要作用，它不仅将蜡烛照亮的房间与外面寒冷、动荡的世界分隔开来，而且婉转曲折地表达出爱情的主题。第三个诗段就已经点出了爱情的主题：Метель лепила на стекле/Кружки и стрелы.（风雪在玻璃上描画着 / 圈与箭。）窗户玻璃上的冰花图案——圆圈与箭头，在欧洲文化中自古以来分别就是男性与女性的象征。换言之，这些窗花图案承载着爱情的寓意。依照基督教的理解，人类的情欲本是有罪的，是上帝使它变得神圣而纯洁，蜡烛代表着对上帝的信仰，因而圈与箭的图标在烛光的照耀下折射出圣洁、崇高的爱情。同样暗指爱情的还有 башмачок（小皮鞋，常为女鞋）一词，在诗中该词不仅反映出女主人公的存在，而且还会让俄罗斯读者联想起童话《灰姑娘》中的爱情故事：小姑娘丢失了水晶鞋（башмачки），但却由此收获了一份幸福甜美的爱情。

可以看出，词汇的具象义和象征义在诗中交相呼应，使诗篇充满了丰厚的意蕴。下面我们列出其中的六组：

---

① В. М. Борисов, Е. Б. Пастернак, *Материалы к творческой истории романа Б.Пастернака «Доктор Живаго»* //Новый мир, 1988. № 6, с.221.

具象义	象征义
свеча горела на столе	свеча горела（重复了 8 次）
на свечку дуло из угла	мело, мело по всей земле, во все пределы
на озарённый потолок ложились тени；скрещенья рук, скрещенья ног	судьбы скрещенья
падали два башмачка со стуком на пол	жар соблазна, вздымал, как ангел, два крыла крестообразно
с ночника на платье капал	воск слезами
весь месяц в феврале	то и дело

"词汇是个有序的集合，各个词汇单位间按照不同的组合关系和聚合关系，形成一个有机的整体，从而使词汇具有了系统性。"[①] 正如前文所述，上世纪 30 年代德国学者特雷尔（J. Trier）提出了著名的"语义场理论"，"语义场"即词义的各种相互关系。在他看来，同一语义场范围内的各个词之间是彼此联系、相互制约的，研究者有必要系统地去观察词与词之间的关系。在《冬夜》中，构成"暴风雪"语义场的词汇有：мело（席卷），слетались（飞向），хлопья（棉絮），метель（暴风雪），лепила... кружки и стрелы（描画着……圈与箭），снежная мгла（茫茫大雪），седая и белая（银白色的），на свечку дуло（吹向烛火）。形成"蜡烛"语义场的词汇包括：свеча горела（蜡烛在燃烧），пламя（火焰），озарённый потолок（照亮的天花板），воск（蜡），ночник（烛灯），жар（热），свечка（蜡烛）。这两大语义场的对立突显出诗歌着力表现的主题。可以看出，对立不仅是诗歌结构同时也是词汇运用的一个显著特征。

此外，修辞格、格律和语法手段也赋予该诗以丰厚的意蕴和深邃的内涵。总之，《冬夜》作为小说《日瓦戈医生》末章《尤里·日瓦戈诗作》中的一首抒情诗，借助多种修辞手法鲜明地表达出生与死、革命与爱情、光明与黑暗等

---

① 骆小所主编：《现代语言学理论》，云南人民出版社，1998 年版，第 158 页。

主题的对立。这些主题也正是作家在小说中着力表现的创作思想。曾给帕斯捷尔纳克写过退稿信的《新世界》杂志主编西蒙诺夫以及批判、否定过小说的乌尔诺夫后来也不得不承认,《尤里·日瓦戈诗作》是帕氏这部小说中最出彩的华章,沃兹涅先斯基更是将组诗称作是"俄罗斯诗歌的瑰宝"。

四　作家语言篇

果戈理笔下人物姓名的修辞特性

在俄罗斯经典文学作品中，人物的姓名往往不仅具有称名的功能，而且还是塑造人物形象，揭示人物性格特征的一种语言修辞手段。文学作品中的人名（антропонимы в художественной литературе）已成为俄罗斯修辞学界所关注的一个焦点。著名学者巴赫金将文学作品中的人名问题视为文学修辞的重要任务之一。维诺格拉多夫院士也将这一问题列入研究 18 至 20 世纪俄罗斯文学作品的主要课题，他认为："关于文学作品中人名、姓氏、绰号的选用，关于它们在各种体裁和文体中的结构特点，关于它们的形象功能以及它们所特有的一些功能等问题……是文学修辞学的一个十分重大而又复杂的课题。"[①] 我们拟就果戈理文学作品中人物姓名的修辞特性做一探讨与论析。

一

果戈理笔下的许多人物姓名都已获得了"普通名称"，如：Хлестаков（赫列斯塔科夫），Держиморда（杰尔日莫尔达），Коробочка（柯罗博奇卡），Собакевич（索巴凯维奇）等。当然，这首先得力于作家成功地塑造了一个个典型生动的人物形象；但另一方面，这也是作家精心选用人物姓名的结果。果戈理极为重视对人物姓名的选用。为了给人物起一个恰当、妥帖的名字，他常常反复斟酌，仔细推敲，使之在最大程度上契合自己的创作意图。果戈理的一位同时代人曾这样评述作家对人物姓名的选用："他特别重视作品里各种人物

---

① В. В. Виноградов, *Стилистика. Теория поэтической речи. Поэтика.* Москва, 1963, с. 38.

的名字；他到处搜寻人的名字，以便使人名都有典型色彩。"① 为了使人名具有典型色彩，他不仅撷取现有的标准人名，而且还自创一些姓氏。

人们通常将果戈理视为 19 世纪俄国文学史上"最伟大的幽默作家"（而将谢德林视为"最伟大的讽刺作家"）。果戈理笔下的幽默品类丰富多样，既有滑稽戏谑式的幽默，又有嘲弄讽刺性的幽默。这些不同的幽默格调也体现在作家对人名的选用上。下面我们就从语音、语义及结构成分的组合这三个方面来具体分析一下这位幽默作家笔下的人物姓名的修辞特性。

1. 语音特征

果戈理非常喜欢、也非常善于朗读自己的作品，他对作品语言的语音效果予以高度重视。在给人物起名时，他也特别注意其语音效果。俄国著名学者艾亨鲍姆（Б. М. Эйхенбаум）这样写道："在果戈理的语言里，一个词的声音外壳、声学特点都变成有含义的东西，不受具体的逻辑意义的约束。在他的作品中，发音和声学效果变成富有表现力的重要手法。因此，他很喜欢各种称呼、姓氏、名字等。他从这里找到发音手法的广阔天地。"② 作家在选用人名时所追求的"发音和声学效果"与他的幽默格调是密不可分的。

如在小说集《狄康卡近乡夜话》（«Вечера на хуторе близ Диканьки»）中，作家描绘了一幅幅乌克兰普通劳动人民的生活画面，其中洋溢着盎然的生活情趣。这里表现的是一种戏谑式的幽默，为了突出戏谑式的幽默基调，作家在给人物取名时，故意选用一些发音较为困难的人名，甚至使人物的名和父称或姓氏的音节连缀显得很不协调，如：Евпл Акинфович（叶夫普尔·阿金福维奇），Грицько Голопупенко（格里齐科·戈卢普片科），Харлампий Кириллович（哈尔拉姆皮·基里洛维奇）等；此外，还故意使用一些在音节上与名相重叠的父称，如：Елевферий Елевфериевич（叶列夫费里·叶列夫费里耶维奇），Евтихий Евтихиевич（叶夫季希·叶夫季希耶维奇）等，人名的这种语音效果自然就获得了俳谐谑笑的意味。

---

① 茨·托多罗夫编选，蔡鸿滨译：《俄苏形式主义文论选》，中国社会科学出版社，1989 年版，第 189 页。
② 同上。

在另一部作品集《彼得堡故事》（«Петербургские повести»）的小说《外套》（«Шинель»）中，主人公的名和父称是 Акакий Акакиевич（阿卡基·阿卡基耶维奇）。这里的幽默效果不仅是由名和父称在音节上的明显一致所造成的，而且还是由于多次重复字母 к 的缘故。作家本人曾做了这样的说明："当然，我本来可以避免总是重复 к 这个字母，但是由于情况非常特殊，想要避免也不可能。"[①] 事实上，作家非但不想避免使用这个字母，而且还故意做了强调。因为果戈理起初给主人公起的是另一个父称，后来经过斟酌才改为 Акакиевич。再者，作家让 Акакий Акакиевич 这个名字在小说中频繁出现，似乎整篇小说都充满了 к 音。那么作家为什么偏偏要加强此音的效果呢？这是由俄语的语音修辞功能所决定的。19 世纪的俄罗斯诗学传统认为，响辅音（сонорные согласные），即 р、л、м、н 具有委婉动听的美学功能，而舌根辅音（заднеязычные согласные），即 к、г、х 则显得刺耳难听。作家突出此音的目的，是为了加强幽默的效果。不过，需要指出的是，从作家对这一人物的态度来看，这里的幽默显然是一种善意的同情式的幽默。

在喜剧《钦差大臣》（«Ревизор»）中果戈理使用了另外一种语音手段——故意安排两个名和父称完全相同，甚至连姓氏也基本相同的人物，一位叫 Пётр Иванович Бобчинский（彼得·伊万诺维奇·博布钦斯基），另一位叫 Пётр Иванович Добчинский（彼得·伊万诺维奇·多布钦斯基）。这是县城的两位乡绅，他俩形影不离，总爱搬弄是非，滋生事端，作家这样安排他俩的名字，不仅达到了嘲弄讽刺式的幽默效果，而且还突出了他俩"彼此非常相像"这一特点。其实，安排一对滑稽可笑的人物，并让他们的名和父称保持某种相像，这在俄国文学史上不乏其例，如：Иван Иванович（伊万·伊万诺维奇）和 Пётр Иванович（彼得·伊万诺维奇），Иван Петрович（伊万·彼得罗维奇）和 Иван Иванович（伊万·伊万诺维奇）等。果戈理发展了这一文学传统，让人物的姓氏也保持基本相同。

[①] 转引自茨·托多罗夫编选，蔡鸿滨译：《俄苏形式主义文论选》，中国社会科学出版社，1989 年版，第 193 页。

2. 姓氏和绰号的语义特征

果戈理作品中的人名作为揭示人物性格、塑造人物形象的语言手段之一，主要是依靠人物的姓氏（或绰号）所包含的语义来实现这一功能的。人物的姓氏（或绰号）的语义是由其内部形式所决定的，因此要揭示出它们所包含的语义，就必须弄清它们的内部形式。一个词语的内部形式，是指"借助于另一个词义来表达出某种含义"。果戈理作品中的人物姓氏（或绰号）的内部形式，有的是显露的，我们一看便知该姓氏（或绰号）是从何词而来；有的则比较隐晦，因为作家有时借助于古旧词语和乌克兰词语来编造一些姓氏。通过对其内部形式的分析，我们可以把作家笔下人物的姓氏（或绰号）所包含的语义分为两类：一类是表示人物的社会地位；另一类则是揭示人物的性格特征及内心品质。

1）表示人物的社会地位

当作家用同情的笔触描绘普通人，尤其是小人物的生活时，作家笔下的姓名往往能反映出他们卑微的社会地位。这时所表现出的是一种善意的同情式幽默。在长篇小说《死魂灵》中，作家不仅刻画了一幅丑态毕露的地主乡绅的众生相，而且还真实地描写了处于被奴役地位、备受欺凌的农民的生活情状。在农奴制度下，大多数农民是没有自己的姓氏的，只能用绰号来代替姓氏的功能，而他们的绰号大多是日常生活中最为普遍的器具或不起眼的物件的名称，如：Коровий Кирпич（砖），Колесо（轮子） Иван, Стёпа Пробка（塞子），Пётр Савельев Неуважай-Корыто（盆，小桶）等。由此可见，在农奴制度下，农民没有一点儿尊严可言，他们的地位十分低下。

小说《涅瓦大街》（«Невский проспект»）的主人公是一位正直善良的年轻画家，他非常热爱自己的艺术事业，对现实充满了美好幻想，可是残酷的现实逼他走上了绝路。作家起初给他取的是 Палитрин（帕利特林，源自 палитра［调色板］）这个姓，该姓氏反映出此人的职业是画家，后来作家将它改为 Пискарёв（皮斯卡廖夫），而这个姓源自 пискарь（小鱼），作家以此表明这一人物的卑微：他像一条小鱼那样不为人们所注意。主人公曾这样说自己："没人知道我，人家根本就不管我。"最后他又像小鱼一样被残酷的现实所吞没。

作家给小说《外套》主人公 Акакий Акакиевич 所选用的姓氏 Башмачкин（巴什马奇金）也是一个较为典型的例子。主人公是一位抄写员，平时他恪守本分，节衣缩食，好不容易攒够了钱给自己做了一件新的外套，可是没想到很快就被人劫去了。Башмачкин 这一姓氏源自 башмак（鞋）一词，比喻主人公是受人践踏和欺凌的小人物。另一方面，该姓氏还反映出作家对主人公所取的态度。一开始作家准备选用 Башмаков（巴什马科夫）或 Башмакевич（巴什马凯维奇），他在这两种形式之间犹疑不定，最后决定用 Башмачкин 这一形式。准确地说，Башмачкин 是 башмачок，即 башмак 的指小形式构成的，这一指小形式表现出一种温和的同情式的幽默效果。然而，果戈理是一位杰出的现实主义作家，为了不让这个姓氏的真实涵义过于直露，他在作品中以调侃的笔调写道：

> 光瞧这个字，就知道原来是从"鞋"变来的；可是它在哪一年，什么时候，怎样从"鞋"变来的，可就无从查考了。父亲、爷爷，甚至妻舅和全体巴什马奇金家的人都穿长统鞋，每年换两三回底。

2）揭示人物的性格特征及内心品质

在果戈理最有影响的《钦差大臣》和《死魂灵》这两部作品中，作家刻画了一个个栩栩如生的贵族官僚和地主乡绅的人物形象。在塑造这些人物形象时，作家使用了嘲弄讽刺的幽默手法，这种手法也体现在人物姓名的选用上。作品主要人物的姓氏都巧妙地、画龙点睛般地揭示出了他们各自的性格特征及其内心品质。

《钦差大臣》的主人公 Хлестаков 是京城彼得堡的花花公子，他是一个微不足道的、毫无价值可言的轻浮无聊之辈，但他却偏偏要摆出一副盛气凌人、不可一世的架势，他信口雌黄、漫天撒谎、自我吹嘘，他的这一特性在其姓氏中得到了反映。Хлестаков 源自 хлестать，根据"达利词典"的解释，хлестать 意为 врать（撒谎），пустословить（胡说一气）。

剧中的督学叫 Лука Лукич Хлопов（卢卡·卢基奇·赫洛波夫），此人奴性十足，胆小如鼠，为了保住这个低微可怜的官位，他总是担惊受怕、诚惶诚恐，并对上级极尽巴结讨好之能事。他说："老实说，我养成了这样一个习惯：要是一个官位比我高的人跟我说话，我就吓得心惊肉跳，连舌头都动弹不了。"而他的姓氏正说明了这点，Хлопов 源自 хлоп，亦即 холоп（奴才、走狗）。

与怯懦的 Хлопов 相反，警察 Держиморда 则是一个飞扬跋扈、胆大妄为之人，"他为了维持秩序，把人家打得鼻青脸肿，也不问人家是对是错"。他是沙皇专制制度（самодержавие）的直接体现者，他的姓氏自然会使我们联想到是由 самодержавная морда（专横粗暴的家伙）这两个词语构成的。

剧中的市长是一个贪污受贿、营私舞弊的赃官，他一听说钦差大臣要来察访，赶紧设法将自己的丑行劣迹遮掩起来，装扮成一个关心民众疾苦的父母官。他长年混迹官场，骗术高超，用他自己的话说，"曾骗过三个省长"。为了突出强调他的这一品性，果戈理给他起了复姓 Сквозник-Дмухановский（斯克沃兹尼克 - 德穆哈诺夫斯基）。在"达利词典"中，сквозник 的引申意义为 опытный плут（老到的骗子），хитрый пройдоха（奸滑的人）；而 Дмухановский 则源于乌克兰语 дмухати 一词，即俄语中的 дуть，自然使人联想到 обдуть（欺骗）、продувной（狡猾的）等同根词。

《死魂灵》中一系列地主的姓氏都揭示出了他们各自的特征，如人们所熟知的 Собакевич, Коробочка 等，这里我们仅以 Манилов（玛尼洛夫）为例。Манилов 是一个缺乏鲜明个性的地主形象，待人接物时，他总挂着一副笑脸，让人感到甜得发腻；此外，他懒惰成性，时常沉湎于不切实际的空想，在现实中却一事无成。他的姓氏 Манилов 源自 манить，意为"引诱、吸引"，其语义指向具有双重性：一方面，是指各种甜腻的梦想对他具有神奇般的诱惑力；另一方面，是指他的模样甚为诱人。作者在作品中这样写道：Он улыбался заманчиво.（他迷人地微笑着。）这里，заманчиво 是 манить 的同根词。

3. 人名结构成分的组合特征

俄罗斯人的标准姓名由名、父称和姓这三部分组成，果戈理有时利用人名构成成分的情感色彩的互相抵牾来产生出一种饶有意味的谐趣。比如，一方面作家给作品人物起了一个古希腊著名人物的姓，这样的姓自然具有明显的高雅色彩；另一方面，作家又给这一人物选用了一个显得非常土气的、具有低俗色彩的人名，这种反差就起到了幽默的效果。

如在小说《维》（«Вий»）中，作家安排了这样一个人名：Хома Брут（霍马·布鲁特）。Хома 这个名字是 Фома（福马）的乌克兰文的民间用法，可以说是一种土俗的称呼；而 Брут 是古罗马时期的一位著名人物的姓氏，他是自由的象征。在这篇小说中还有一个人物叫 Тиберий Горобець（提比略·戈罗别茨）。Тиберий 是古罗马的一个皇帝，而 Горобець 这个姓在乌克兰文中意为"麻雀"。人物姓名的这种土俗和高雅的糅合，在小说中起到了戏谑性的幽默效果。

小说《马车》（«Коляска»）的主人公叫 Пифагор Чертокуцкий（毕达哥拉斯·切尔托库茨基）。通过对这一人物形象的刻画，作家有力地鞭挞了上流人物的表面浮华和内心猥琐。Пифагор（毕达哥拉斯）是著名的古希腊哲学家和数学家；而 Чертокуцкий 这个俄罗斯人的姓氏是由 чёрт куцый（秃尾巴的鬼）这一词组构成的，它们搭配在一起，与人物形象的特性相联系，便具有明显的讽刺性幽默的效果。

在《死魂灵》中，地主 Манилов 的两个儿子的名字也同样具有讽刺性幽默的效果。一个叫 Алкид（阿尔喀得），即古希腊神话中的英雄 Геракл（赫拉克勒斯）的别称，他力大无比，功勋卓著；另一个叫 Фемистоклюс（费米斯托克柳斯），源自 Фемистокл（地米斯托克利），这是古希腊时期雅典的一位政治活动家和军事统帅。这两个人名跟 Манилов 的姓氏搭配在一起，再跟 Манилов 的生活方式联系起来，就显得非常滑稽，难怪连乞乞科夫听到这样的名字都觉得惊讶，"不禁稍微抬了一下眉毛"。

二

上面我们联系到果戈理的幽默风格，分析了作家所使用人物姓名的一些修辞特点。如果我们把果戈理和他的文学前辈使用人名的情形加以比照，就会更加清晰地看出这位杰出的现实主义作家对文学作品的人名学（антропонимика в художественной литературе）所做出的独特贡献。古典主义文学作品中所使用的人名，最典型的是 Скотинин（斯科季宁，源自 скот［牲畜，畜生］），Простаков（普罗斯塔科夫，源自 простак［老实人，朴实忠厚的人］），Добродеев（多布罗杰耶夫，源自 добродей［行善的人］）等姓氏。一看到这些姓氏，我们无需了解作品的内容，便可知道他们为何许人也，是"好人"，还是"坏人"。这是古典主义文学的创作方法和塑造人物形象的总原则所要求的，一个人物至多只是某一种特性的体现者，人物形象也是图解式的。在喜剧作家格里鲍耶多夫的现实主义作品《智慧的痛苦》中，人名的使用情况已有所改观，他笔下的人名对人物的性格特征只是做一些暗示，如 Молчалин（莫尔恰林）这一姓氏源自 молчать（沉默）一词，暗示出这一人物在上司面前总是唯唯诺诺，不随便多言，以讨得上司欢心的性格特征。果戈理将格里鲍耶多夫的这一文学传统又向前推进了一步。首先，果戈理不像古典主义作家那样让人物的姓名作为标签贴在人物的身上，我们只有对人物形象有了整体把握之后，才能认识到人名对塑造人物形象所起的具体作用。与格里鲍耶多夫相比，果戈理笔下的人名对揭示人物性格已不仅仅局限于做一些暗示，有时还让我们产生某种联想。这一点，我们在以上的分析中已做了交代。如果我们联系到作家对人名的修改，则会看得更加清楚。如在小说《肖像》（«Портрет»）中，作家本来给主人公取了 Чертков（切尔特科夫，源自 чёрт［魔鬼］）这个姓氏，由此反映出主人公将自己的灵魂出卖给了魔鬼，后来果戈理觉得这一姓氏过于直露，便改为 Чартков（恰尔特科夫），显然 Чартков 在发音上与 Чертков 是很相似的。当然，需要说明的是，果戈理在给次要人物取名时偶尔也使用语义过于直露的姓氏，如在早期作品《伊凡·费多罗维奇·希邦卡和他的姨妈》（«Иван Фёдорович Шпонька и его тётушка»）中有一位文法教师的姓氏是 Деепричастие（杰耶普里恰斯季耶），这是语法学中的术语"副动词"，此姓是作家为了达到戏谑、滑稽的效果而自创的。

总之，通过对果戈理笔下的人物姓名的修辞分析，我们不仅可以更加深刻地理解其人物形象，看出作家对人物所持的态度，还可以更加全面地认识和把握作家的创作风格。

谢德林笔下的"伊索式语言"

俄国政府的书刊审查制度始于 16 世纪。法国大革命爆发后,沙皇俄国进一步加强了对社会进步思想的封锁,凡反对专制政体和正教的作品一律查禁。19 世纪一些具有革命民主主义思想的俄国作家为了能使自己的作品通过严格的审查而免遭被"枪毙"的厄运,便与审查官斗智斗勇。他们用隐晦曲折的手法将自己的观点透露给读者,即所谓曲笔传意,而伊索式语言(эзопов язык 或 эзоповский язык)就是这种曲笔手法之一。伊索式语言不仅是俄国作家们用来抗争审查制度的有力武器,而且还是俄苏文学史上的一种独特表现手法,其艺术内涵十分丰富。下面我们就具体分析一下这一独特的艺术手法。

据有关记载,伊索(Эзоп)是公元前 6 世纪古希腊著名的寓言家。他是一名埃塞俄比亚黑人奴隶,长期遭受残暴的主人和监工的欺压和折磨。作为身处奴役地位的伊索自然没有任何话语权可言,他只好通过寓言来表达自己的抗议和信念,以及对生活的感受和认识。伊索寓言表面上是在写各类动物,而实际所指都是各种社会人群。作者一方面将批判的矛头对准高高在上的权贵,揭露他们的专横残暴;另一方面,反映下层人民的疾苦,传达他们的心声和呼号,同时通过对动物世界的描写总结人们的生活经验,概括为人处世的道理。这便是伊索式语言的初始用法。

后来这一手法在 19 世纪的俄罗斯文学中得到了发展,从而成为一种需要解密的"暗码写作法"(тайнопись)。所谓暗码写作,就是用直接的表面意思来掩盖其真实内涵的一种特殊表达方式,作家通过这种隐蔽的表述方式既达到了反对官方意识形态和沙皇专制统治的目的,又成功逃避了相关机构的严格审查,将自己的思想观点巧妙地传送给了读者。一般来说,伊索式语言中具有直意（即字面意思）和转意（即深层含义）这两层平行的涵义，通常转意会隐藏在直意的背后。这就需要读者对文本做认真的理解和深刻的领会。比如有时表面上是赞同或肯定，然而实际上却是暗讽或反对，这种效果的产生在很大程度上取决于读者的悉心体会。伊索式语言可以使用各种不同类型的寓意表达法（иносказание），如：寓喻（аллегория），换说（перифраза），跳脱（умолчание），引喻（аллюзия），以及赋有社会文化含义的寓言和民间故事人物形象（басенные и фольклорные персонажи, наделённые социально-культурной коннотацией），童话元素（сказочные элементы）等。伊索式语言所适用的体裁也十分广泛，如寓言（басни），童话（сказки），传说（легенды），诗歌（поэзия），劝喻寓言（притчи），幻想作品（фантастика）及政论文章（публицистические сочинения）等。

在俄国文学史上，伊索式语言最初用于政论、讽刺文章和公民诗歌（гражданская лирика）以及小说中，如：车尔尼雪夫斯基（Н. Г. Чернышевский）的《怎么办》（«Что делать?»），杜勃罗留波夫（Н. А. Добролюбов）的《真正的白天何时到来》（«Когда наступит настоящий день?»），涅克拉索夫（Н. А. Некрасов）的多部讽刺作品等。不过，使得伊索式语言这一概念深深植根于俄罗斯文学土壤的则是伟大的讽刺作家萨尔蒂科夫－谢德林（М. Е. Салтыков-Щедрин, 1826—1889）。作家本人这样写道：

> Моя манера писать есть манера рабья. Она состоит в том, что писатель, берясь за перо, не столько озабочен предметом предстоящей работы, сколько обдумыванием способов проведения его в среду читателей. Ещё древний Эзоп занимался таким обдумыванием.
>
> 我的写作方式就是奴隶写作法。其要义在于，作家在提笔创作时所关注的主要不是这部作品的描写对象，而是要考虑如何将它传达给读者大众。古代的伊索早就做过这样的思考。

谢德林运用伊索式语言成功冲破书刊审查机关的屏障，对阻碍俄国社会进步的腐朽落后势力做了淋漓嘲讽和无情奚落。从表现手法来看，作家主要使用了反语、寓喻、换说以及他所特有的伊索式词语。

1. 反语（ирония）

反语就是利用与字面意思相反的意义达到讽刺的目的，即所谓正话反说或反话正说，因此读者要从反面去理解表面意思。反语有词语反语、话语反语（或情景式反语）等。词语反语指言语意义与词的指称意义相反，如讽刺小说《一个城市的历史》（«История одного города»）中有这样一句话：

Бунт кончился; невежество было подавлено, и на место его водворено просвещение.

暴乱结束了；野蛮被镇压下去，在愚昧无知的地方建立了启蒙。

Просвещение 原意为"教育，启蒙"，作者此处使用该词意在讽刺18世纪后期叶卡捷琳娜二世在俄罗斯实行的"开明"专制，所谓"启蒙"（просвещение）实际上就是另一种愚昧（невежество），也就是说这里的"启蒙"用作"愚昧"的同义词。话语反语即指整个段落或篇章中蕴含着讽刺意味，这样的文章或段落中也可能有词语反语出现，但整个段落或文章可根据上下文的含义直接构成反语。如在讽刺作品《匆忙的新闻检察员》（«Цензор в попыхах»）中，结尾处作家大赞书刊检查机关：

Не знаю, как ты, читатель, но я положительно нахожу, что цензура очень полезная вещь. Охраняя общество от наплыва идей вредных <...> Всё это так верно, что у меня даже слёзы навёртываются на глазах от благодарности <...>

我不知道读者你是怎样想的，但是我认为书刊检查机关是非常有益的。它保护社会不受腐坏思想侵害……这是千真万确的，我因对它心怀感激而热泪盈眶……

这里令作者感动得热泪盈眶的竟然是他恨之入骨的反动检查机关——这种乖张的讽刺手法可谓力透纸背、入木三分。

2. 寓喻（аллегория）

寓喻，就是借助具体的形象表达某种抽象概念的手法，又称寓意。该辞格可以形象生动地揭示人的品质、性格特点、行为特征。谢德林童话作品中经常使用这一手法。谢氏童话中的主人公通常是带有各种寓意的动物，有些动物所充当的角色可以说是某个社会阶层的代表，它们所反映的是这一阶层的生活状况和心理状态，如在童话《老马》（«Коняга»）中，主人公老马的形象其实就是俄罗斯普通农民的生动写照：处于奴役地位的农民像老马一样为主人不知疲倦地辛勤劳作。作者通过对马的描写，向读者展示了农民的非人生活，以此揭露社会的黑暗，表达了对底层劳苦大众的深切同情。再如，童话《聪明绝顶的鮈鱼》（«Премудрый пескарь»）写的是一条性格温和的小鮈鱼，它整日里只知道躲在自己的洞穴里，并且哆嗦个不停，最后活到了一百多岁：

Был он пескарь просвещённый, умеренно-либеральный, и очень твёрдо понимал, что жизнь прожить — не то, что мутовку облизать.

它是条知识渊博的鱼，又是个温和的自由主义者，它真真切切地懂得，想平平安安过一辈子，可不是一件容易的事儿。

显然，鮈鱼象征的是一部分苟且偷生的俄国知识分子——他们胆小怕事、明哲保身。谢德林在这里将讽刺的矛头直指斤斤计较个人得失而贪生怕死的市侩形象。

3. 换说（перифраза）

换说，又称代换，就是用描述性的表达手段来替代某人、某事物的本来名称，或对某现象的直接说法，以强调描述对象的某种特征，突现其形象性。在19世纪的俄国，具有革命民主主义思想的作家们在其文学作品中假如不加掩饰地直接宣传革命思想，那肯定逃脱不了被封杀的厄运，于是他们就对一些敏感的词语巧妙地进行了包装，如用"真正的白天"（настоящий день）、"穿粉红色衣服的妇人"（дама в розовом）等词语来替代"革命"（революция）。而在谢德林的笔下，这种换说表达方式更是比比皆是，如在《外省人旅居彼得堡日记》（«Дневник провинциала в Петербурге»）中用"叶拉布加的小市民"（Елабужский мещанин）来代指假仁假义的人；在童话《一个庄稼汉如何养活两位将军中》（«Повесть о том, как один мужик двух генералов прокормил»）中用"以滨藜为生的人"（человек, питающийся лебедой）代指农民；在《现代牧歌》（«Современная идиллия»）中用"豌豆般的小丑"（гороховое пугало）代换政治密探——这一类人物通常身穿不得体的丑陋外套，其模样很容易使人联想到豌豆，既滑稽可笑，又具讽刺意味；再如讽刺小说《一个城市的历史》中用"大的跳蚤工厂"（большой блошиный завод）代称监狱、牢房——这种代换说法除了替代直接说法之外，还具有一定的附加意味：脏乱的监狱跳蚤丛生，囚徒们的生存条件也就可想而知了。

4. 伊索式词语（эзоповские словечки）

谢德林笔下的伊索式词语实际上是属于新词（неологизм）的一种。新词通常分为两类，即词汇新词（лексический неологизм）和词义新词（семантический неологизм）。前者是指根据构词模式或借入外来词的方式构成的新词，后者是指通过原有词获得新义的途径而产生的新词。而伊索式词语则属于新词的第二种类别，即作家赋予了原有词以新的含义，并将这种含有特殊意义的词汇广泛使用于自己的作品。由于这类词语使用频率较高，因此读者对其特殊含义的理解并不会感到十分困难。这类词语在伊索式语言中占有非常重要的地位。下面我们列举几个最典型的伊索式词语，如：Помпадуры и помпадурши（庞巴杜尔先生和庞巴杜尔太太），这是一部讽刺小说集的名称（《庞巴杜尔先生和庞巴杜尔太太》）。"庞巴杜尔"一词来源于法国的一位历史人物，庞巴杜尔侯爵夫人是18世纪法国国王路易十四的情妇，当时法国所有高级官员的任免完全取决于她那反复无常的古怪脾气。谢德林让"庞巴杜尔"这个词反复出现在多篇小说里，这样就很容易使读者联想到"庞巴杜尔"就是俄国官僚机构里靠裙带关系爬上高位的官员。"庞巴杜尔"一词后来便流行开来，专指靠裙带关系上位，昏聩无能的官僚。又如：ташкентцы（塔什干人）专指披着"文明人"的外衣盗窃国家财产的人；пенкосниматель 意为坐享其成者，不劳而获者；хищники 专指正在发展壮大的资产阶级势力；фюить 意为政治流放；скандал 意为变革、社会关系的崩溃；жрать 意为贪婪、欺骗、盗窃公款；либерал（自由主义者）则与негодяй（卑鄙的人，坏蛋）构成同义；Пошехонье（波舍霍尼耶），Глупов（格鲁波夫），Ташкент（塔什干）这些地名在谢德林的笔下都意为独裁专制横行、没有任何民权可言的整个俄罗斯。

　　需要说明的是，伊索式词语与换说在形式上有一个显著的区别，即后者是词组，而前者则通常为单词。

　　谢德林笔下的伊索式语言成分十分丰富，除了以上四种常见的表现手法之外，作家还使用了藏头露尾（недомолвка）、言犹未尽（недоговорённость）、暗示（намёк）以及引用（цитирование）等修辞手段。需要强调的是，这一独特的语言现象不仅有助于作品冲破审查机关的屏障而得以公开发表，而且作为一个有着深刻艺术内涵的修辞手法已成了俄苏文学史上的一道亮丽风景线。后人继承了谢德林的这一文学传统，并且不断丰富了伊索式语言的内涵。例如在文网森严的苏联时期，许多作家——如布尔加科夫（М. А. Булгаков）、普拉东诺夫（А. П. Платонов）、左琴科（М. М. Зощенко）、奥库扎瓦（Б. Ш. Окуджава）、维索茨基（В. С. Высоцкий）等都巧妙地利用伊索式语言进行创作，他们的作品有的成功避过了苏联当局严格的书刊审查，有的通过非官方渠道在民间广为流传，还有的则是在"解冻"后才得以正式面世。苏联解体后，随着审查制度的取消和主要审查机构——报刊保密检查总局的撤销，"伊索式语言"才逐渐淡出了俄罗斯文学舞台，然而它作为一种独特的创作方式却具有经久不衰的艺术魅力。

契诃夫作品的标题艺术

标题是作品的眉目，读者在阅读文本时首先映入眼帘的就是文章的标题。标题是点睛的艺术，它与作品的艺术世界、情节、主人公、叙述形式以及贯穿整部作品的作者情调有着密切的关系。俄罗斯语言大师契诃夫非常注重作品的标题艺术，他笔下的标题不仅准确、生动、简洁，而且还具有丰富的内涵、深刻的社会和心理特征。我们拟从修辞层面入手来具体分析一下契诃夫的作品标题艺术。我们发现，在契诃夫的作品标题中较多地使用了象征、反语、双关和成语的活用这几种语言手段。

1. 象征

象征是指借某一具体事物的外部特征，寓以某种深邃的思想，或表达某种富有特殊意义的事理的技法。象征的运用可以使抽象的概念具体化，同时还可以延伸描写的内蕴，创造一种艺术意境，从而引起人们的联想，深化作品的主题思想，使作品更具艺术概括力。契诃夫作品的许多标题都有丰富的潜台词和深刻的象征意义。

契诃夫的戏剧代表作品 «Вишневый сад»（《樱桃园》）具有双重的象征意义。вишневый 一词有两种读法，在 19 世纪末至 20 世纪初期，ви́шневый 是通用词，而вишнёвый 则是古词。莫斯科艺术剧院的创建人斯坦尼斯拉夫斯基回忆说：

> 契诃夫在演出时间走进我的化妆室，脸上带着得意的微笑在我的桌子旁边坐下。……"听着，不是 Ви́шневый，而是 Вишнёвый сад。"他说着发出了一阵子笑声。起初我甚至不了解他在说些什么，但安东·巴甫洛维奇依然在玩味着剧名，着重地发出 Вишнёвый 这个词里的 ё 的柔美

声音，仿佛力图借助于这个声音来慰抚那已经逝去的、美丽的、但却不为现在所需要的生活，这种生活，他在剧本里是含泪加以破坏了的。这次我才懂得其中的微妙之处：Вúшневый сад ——这是可以带来收入的商业性的果园。①

原来契诃夫是想通过《Вишнёвый сад》的标题来指出这是没有任何生产价值，仅供贵族老爷太太们欣赏的园子，而这种象征着贵族家园的樱桃园必然会遭到新兴资产者罗巴辛的砍伐。契诃夫仅仅改动标题的重音就大大突出了"与旧生活告别，迎接新生活"的主题思想。②另一方面，樱桃园又是俄罗斯的象征。正如特罗菲莫夫在第二幕所说"整个俄罗斯是我们的花园"，而俄罗斯的未来正是剧本着力揭示的主题。这一象征渗透着契诃夫对祖国俄罗斯的关怀和热爱。因此《樱桃园》的象征意义是双重的，既是具体的，又是概括的。

在戏剧作品《Чайка》（《海鸥》）中，海鸥的象征意义也不是单一的。剧中的女主人公尼娜·扎列齐纳娅克服重重的困难，实现了自己的美好理想——当上了一名演员，她宛若一只美丽的海鸥，在艺术世界里自由地飞翔。而她的恋人——青年作家特里勃列夫却没有经受住事业和爱情的考验，就像剧中被射杀的那只海鸥，惨遭毁灭。对自己的命运，他似乎早有预感，请看下面这段台词：

尼娜：这算什么意思？
特里勃列夫：今天我真卑鄙，打死了这只海鸥。我把它放在你的脚下。
尼娜：你怎么啦？（拾起那只海鸥，端详着。）
特里勃列夫（稍停）：不久我就会照这个样子打死我自己。

中篇小说《Степь》（《草原》）具有浓厚的抒情气息。在契诃夫的笔下，草原是生活的同义语，具有丰富的内涵。它既广漠无垠，有着雄浑的气魄，又

---

① 史敏徒译：《斯坦尼斯拉夫斯基全集》（第一卷），北京：中国电影出版社，1985年，第317页。
② 需要指出的是 вишневый 一词的语音特征后来又有了新的变化，在当今的俄语中 вишнёвый 是通用词，而 вишневый 则成了古旧形式。

单调、郁闷。契诃夫描写的是枯黄的、灰蒙蒙的，带有疲倦色调的草原，但无生机的地皮上的小草却有着顽强的生命力，向世界展示自己的美丽和勃勃生机。这种忧郁色调的草原使我们联想到了当时的俄国社会，但小草的形象则又表现出契诃夫对生活充满信心，对未来充满希望。其中的象征意义不言而喻。

契诃夫标题艺术中的象征往往从现实出发上升到哲理高度，并贯穿于整个作品的形象体系之中。它在赋予小说或剧本以诗情画意的同时，又能使读者产生丰富的联想。这是契诃夫在创作晚期对现实进行哲理思考的表现。

2. **反语**

反语即使用与本意相反的词语来表达本意，也称反辞、反话。在一定的环境中反语的使用比正面的话更鲜明、更具表现力、更有针对性。用于讽刺则辛辣有力，用于幽默则意蕴深刻并引人发笑，如表诙谐则妙趣横生。为了增强作品的讽刺效果，契诃夫常常使用这一修辞手段。

在«Беззащитное существо»（《受气包》）中作者描写的是一名恐吓银行经理和职员，向他们索取钱财的女无赖。就是这名勒索他人钱财的"强人"却口口声声称自己是个"弱女子"。

> Я женщина беззащитная, слабая, я женщина болезненная <...>Кофий сегодня я пила, но без всякого удовольствия... <...>Что-о? Да как вы смеете? Я женщина слабая, беззащитная, я не позволю! <...>Вы велели ему моё дело разобрать, а он насмехается! Я женщина слабая, беззащитная...

> 我是个受气包，弱女子，我又是个有病的女人……今天我喝咖啡的时候，觉得一点味道也没有……什么？您怎么敢这样？我是个弱女子，受气包。我受不了！……您刚才吩咐他解决我的事，可是他耍笑我！我是个弱女子，受气包。

她自称是一个懦弱的人，可她的口气却咄咄逼人，丝毫没有软弱的味道，人物性格与标题有着天壤之别，她如此自诩就道出了她无耻的本性。

«Делец»（《生意人》）的开篇是这样描写主人公的："他是掮客，交易所的黑经纪人，舞蹈的指挥者，代售商，傧相，教父，在葬礼中受雇哭的人，诉讼代理人。"在他的记事本上记满了他所干的勾当：替人家的新情妇租赁住宅，再把人家的旧情妇转让出去，为人索回情书，从中牟利等诸如此类庸俗无聊的事情。其实他根本就不是什么生意人（делец），而是一个下流的无赖（подлец）。

«Мститель»（《复仇者》）讲的是一个被欺骗的丈夫为了报复妻子和她的情人，准备去武器商店买把手枪，他在店里徘徊了许久，一想到可能发生可怖的流血场面，不禁毛骨悚然，结果只买了一张对他毫无用处的捕鹌鹑的网。由此可见，作品主人公不是一个真正的复仇者，而是一个忍受屈辱的懦夫。契诃夫借此讽刺了一些人的懦弱心理：在强势面前忍气吞声，不敢反抗。

作品标题中的这种反语手法是契诃夫早期幽默诙谐小说中常用的嘲讽手段之一。我们可以发现，在这类标题中既有对下层人物充满善意同情的幽默，也有对种种丑恶势力的嘲弄和讽刺。

3. 双关

作者常用语义双关，即利用词汇的多义性——直义和转义，造成对词语的不同理解，把两件事关联起来，表现特定内容，以达到一箭双雕、一举两得的效果。双关手法的运用就可以使读者产生由"表"及"里"，从表体到本体的联想，为读者理解作品中的人物形象留下了宽广空间。

契诃夫有一部短篇小说的标题是 «О драме»。Драма 一词具有双重含义：一是指戏剧、话剧；二是转义，指不幸事件或痛苦遭遇。故事的情节是这样的：两位老朋友正在大讲艺术和人道主义，这时其中一位外甥的到来打断了他们的谈话，外甥因在希腊语考试中得了2分，而被舅舅带到另一个房间里毒打了一顿，然后这位舅舅与朋友又继续对戏剧、对艺术中的人道主义发表高谈阔论。«О драме» 这个标题一方面指对艺术一窍不通的两位朋友嗜谈戏剧；另一方面既指小孩所遭遇的不幸，又指现实社会亵渎艺术和崇高美德的不幸。

又如 «Нищий»，这一标题有两重含义，一是表层意义：乞丐、叫花子；二是深层意义：指在某方面缺乏的、贫乏的。联系到作品内容，我们便可以发现，它不仅指外表邋遢，后来在别人的感化下不再走向堕落的乞丐卢希科夫，也指物质上富有，但精神上贫瘠的律师斯克沃尔佐夫。这位律师贵族派头十足，他完全带着一种幸灾乐祸的心理，想用自己所谓高尚的操行来感召乞丐，可实际上使得乞丐改邪归正的却是具有美好心灵的律师的厨娘。标题一语双关，意味深长。

«Заблудшие» 也有两种含义：一是旧义，指迷路的、迷途的；二是转义，指误入歧途的、不走正路的。小说讲的是深夜一点钟两个烂醉如泥的律师在回"腐败村"的途中迷了路，误入"瘦弱村"，把一户人家弄得鸡飞蛋打，他们不但没有对这家主人表示歉意，反而横加责难，颐指气使，简直迷失了人性。这一标题不仅指出了事件的表面现象，也道出了人物的本性。

双关手法以极大的容量把作品的内容和思想蕴涵于其中，使读者如嚼橄榄，其味无穷。的确，这种标题的"内容比文字多得多"[①]，这也是契诃夫善于以最短小精悍的形式来表现丰富深刻内容的手法之一。

4. 成语的活用

契诃夫作品的一些标题是由简缩的成语构成的，我们所说的成语是指广义上的，包括谚语、俗语、熟语、名言、格言和警句等。其中既有成语的变异又有成语的翻新。这种化古出新的语言手段大大增强了作品标题的艺术感染力。

如："Конь и трепетная лань"（《马和胆怯的鹿》），这一标题是从普希金的长诗《波尔塔瓦》中的诗句 В одну телегу впрячь не можно коня и трепетную лань（一辆板车上不能同时拴一匹马和一只胆怯的鹿）简缩而来。这是一句熟语（крылатое выражение），含义是"把两个不相容的东西放在一起是不会有好结果的"。这里作者拓展了熟语的本义，把"马和胆怯的鹿"的比喻又赋予了新的内容，与《波尔塔瓦》中的庄重色彩所不同的是，它用于带有低俗色彩的日常生活氛围。丈夫瓦夏是一名记者，为了采访新闻他一直奔波忙碌，每天半夜大醉而归。可他的妻子并不支持他的工作，天天幻想着能过上上流社会的生活，与有社会地位的人交往。这一浓缩的熟语揭示出了作品的两位主人公是一对同床异梦的夫妻。

"Шило в мешке" 源自谚语 Шило в мешке не утаишь，含义是"口袋里藏

[①] 转引自朱逸森著：《短篇小说家契诃夫》，华东师范大学出版社，1984年版，第167页。

不住锥子；纸里包不住火"。作者在此运用的是谚语的变体。故事讲述了某官员为了查明下层僚属的劣迹，决定微服私访，岂料他的某些官僚举止引起了下面人的警觉，于是他们事先做好了安排，最后他一无所获，只好悻悻而归。情节出人意料，又在情理之中。标题不仅恰当妥帖，而且令人回味。

«Тоска»（《苦恼》）这篇小说的副标题是："Кому повем печаль мою?"，出自《旧约全书》中的《诗篇》，意思是"我拿我的烦恼去向谁说呢？"。故事讲的是马车夫姚纳的苦恼：他的独生子不幸夭折，他异常痛苦，可迫于生计，还得冒雪赶车上街，他的痛苦又无人诉说，最后只好向马儿倾吐自己的满腹苦水。副标题更加突出了马车夫的苦恼和他的不幸命运，增加了作品的悲剧色彩。

成语的活用不仅使作品富有浓郁的民族特色，也显露出作者的褒贬之情。

从以上的分析可以看出，象征、反语、双关、成语等修辞手法的活用使得作品的标题具有了深厚的内涵和丰富的意境。契诃夫标题艺术中的点睛之笔不仅深化了作品内容的主题思想，增强了全篇的艺术感染力，而且还饱含着作者的种种情感因素：既有辛辣的讽刺，淡淡的幽默，又有深切的同情，浓郁的抒情色彩。因此，掌握契诃夫的标题艺术对于我们理解作品的主题思想，把握作者的情感世界具有重要意义。

最后需要说明的是，除了我们所分析的这四类修辞手法，契诃夫在其作品标题中也使用了另外一些语言手段，如人名的运用、对比、借喻等。

契诃夫小说的对比手法

——以《胖子和瘦子》为例

小人物的"善变性"是俄国文学大师契诃夫在小说创作中着力表现的主题之一,《变色龙》《合二而一》等一系列短篇小说都对小人物的投机善变进行了辛辣的讽刺和无情的嘲笑。为了充分凸显小人物的这一劣性,契诃夫经常使用对比的艺术手法。对比(антитеза,又译"对反"),就是把两种对立的事物或同一事物的两个不同方面加以对照比较,来揭示事物的本质。本文以《胖子和瘦子》(«Толстый и тонкий»,1883 年)为例,拟从人物语言和作者语言这两个层面来分析一下对比手法在契诃夫小说中的具体运用及其修辞功能。

一

《胖子和瘦子》是一篇短小精悍的佳作,全文仅有 513 个词,其中人物语言占了很大的篇幅,其单词数量为 274 个,约占全篇的二分之一。

小说在结构上以瘦子得知胖子的真实身份为界分成两个部分。在前半部分中,瘦子和胖子的对白,尤其是瘦子的人物语言充满了亲切感。小说开篇描述的是瘦子和胖子这两个童年时的朋友在火车站上偶然相遇的情景。从瘦子的语言中,我们可以看出他的惊喜和兴奋,瘦子使用的大多是简单的疑问句和感叹句,如:"Вот не ожидал! Вот сюрприз!"(真是没有想到!真是喜出望外!),"Богат? Женат?"(发财了吧?结婚了吧?)等,这些句式具有明显的口语特征。与胖子的意外相逢,勾起了瘦子对童年的美好回忆,此时瘦子与胖子是在平等的心态下进行对话的。

然而，当瘦子得知胖子"已经做到三品文官，而且有了两个星章"的时候，他俩之间已不再是平等的交流，瘦子语言中原有的亲切感荡然无存，他的"善变性"便充分地体现了出来。此时瘦子语言中表示敬意的语言成分突然增多，如：

Я, ваше превосходительство… Очень приятно-с! Друг, можно сказать, детства и вдруг вышли в такие вельможи-с! Хи-хи-с.

我，大人……非常愉快！您，可以说是我儿时的朋友，忽然间成了达官贵人！嘻嘻！

Помилуйте… Что вы-с…

请上帝宽恕我……您老怎么能这样说呢……

此处的词语 ваше превосходительство，помилуйте 和语气词 -c 显示出瘦子对上司的敬重之意。

在瘦子的人物语言中，通过前后的对比我们发现有三处虽然表述对象相同，但表达形式却有了明显的变化。

首先，瘦子对胖子的称呼发生了变化。刚见面时，瘦子惊呼道："Миша! Друг детства!"（米沙！小时候的朋友！），"Милый мой!"（我亲爱的！）。当他得知胖子已是三品文官时，便改称为 ваше превосходительство（大人）。第二人称代词也由"你"（Ах ты, господи! Ну, что же ты？[是你呀，天哪！哎，你怎么样？]）改用"您"（Помилуйте… Что вы-с…[请上帝宽恕我……您老怎么能这样说呢……]）。在瘦子这位八品芝麻官看来，既然胖子已是三品文官，即便他是自己儿时的好友，那也应该遵循官场上的礼仪，以"大人"和"您"相称。这充分体现出小官吏的奴性心理，而且这种心理已非他人所施，恰恰就是小人物自我奴役的结果。

其次，瘦子的笑声从 хо-хо（哈哈）转变为 хи-хи（嘻嘻）。在俄语中 хо-хо 常常表示由衷的笑，而 хи-хи 则表示不自然的、虚情假意的笑。在回忆学校生活时，瘦子似乎笑得很开心：

  Помнишь, как тебя дразнили? Тебя дразнили Геростратом за то, что ты казённую книжку папироской прожёг, а меня Эфиальтом за то, что я ябедничать любил. Хо-хо... Детьми были!

  你还记得从前大家怎样拿你开玩笑吗？他们给你起了个外号叫赫洛斯特拉托斯，因为你拿纸烟在发给我们的课本上烧了个洞；他们给我起的外号是厄菲阿尔忒斯，因为我爱打小报告。哈哈！……那时候咱们都是小孩子么！

当胖子说出"我已经做到三品文官"时，瘦子却发出了谄媚的笑声：

  Я, ваше превосходительство... Очень приятно-с! Друг, можно сказать, детства и вдруг вышли в такие вельможи-с! Хи-хи-с.
  我，大人……非常愉快！您，可以说是我儿时的朋友，忽然间成了达官贵人！嘻嘻！
  Тонкий пожал три пальца, поклонился всем туловищем и захихикал, как китаец: «хи-хи-хи».
  瘦子握住（胖子的）三个手指头，弯下整个身体，深深鞠了一躬，并像中国人那样笑了起来："嘻嘻嘻。"

这里，由情真意切的开怀一笑陡然转变为阿谀奉承的假笑，瘦子的善变性由此可见一斑。
  再次，瘦子先后两次向胖子介绍自己的妻子时，采用了不同的口吻。一开始他这样说道：

  Это вот моя жена, Луиза, урождённая Ванценбах... лютеранка...
  这是我的妻子路易丝，娘家姓万采巴赫……她是路德教信徒……

而在小说的后半部分，当他重新介绍时，却明显带有不确定的口气：

> Это вот, ваше превосходительство, сын мой Нафанаил... жена Луиза, лютеранка, некоторым образом...
>
> 大人，这是我的儿子纳法纳伊尔……这是我的妻子路易丝，从某种程度上说，是路德教信徒……

这种不确定的口气表现出瘦子在高官面前低下和畏缩的心理。

可以看出，在小说前后两部分中，瘦子的人物语言，无论是用词，说话的口气，还是笑声都表现出极大的差异，他的言谈在小说前后判若两人，一个善变的、奴性十足的小官吏形象就这样活脱脱地呈现在读者的面前。

顺便指出，胖子的语言前后并没有太大的变化。不过，他所使用的感叹句应引起我们的注意，因为他前后发出的是全然不同的感叹——从见到朋友时的兴奋转而对他的失望：

— Профирий! — воскликнул толстый, увидев тонкого. — Ты ли это? Голубчик мой! Сколько зим, сколько лет!	— Ну, полно! — поморщился толстый. — Для чего этот тон? Мы с тобой друзья детства — и к чему тут это чинопочитание!
"波尔菲里！"胖子看见瘦子就叫起来，"是你吗？亲爱的朋友！有多少个冬天，多少个夏天没看见你了！"	"哎，算了！"胖子皱起眉头，"干吗用这种口气讲话？你我可是小时候的朋友，根本用不着官场的那套奉承！"

从喜悦到失望的心情在胖子的这两次感叹中表现了出来：一个高居官场的人，时常淹没在下属的巴结讨好之中，突然遇见儿时的朋友，那种喜悦和激动的心情油然而生，但当看到这位好友的个性已被官场的礼仪磨灭殆尽，又不禁大失所望。

二

以上简要分析了对比手法在人物语言中的运用。现在我们再来看一下这一手法在作者语言中的使用情形。

作品的开篇有一段对胖子和瘦子的外貌描写:

Толстый только что пообедал на вокзале, и губы его, подёрнутые маслом, лоснились, как спелые вишни. Пахло от него хересом и флер-д'оранжем.	Тонкий же только что вышел из вагона и был навьючен чемоданами, узлами и картонками. Пахло от него ветчиной и кофейной гущей.
胖子刚刚在火车站上吃完饭,嘴唇上粘着油而发亮,跟熟透的樱桃一样。他身上散发出白葡萄酒和香橙花的气味。	瘦子刚下火车,拿着皮箱、包裹和硬纸盒。他散发出火腿和咖啡渣的气味。

这里的对比主要是通过描写胖子和瘦子两人身上所散发出的不同气味来实现的。"白葡萄酒和香橙花的气味"与"火腿和咖啡渣的气味"凸现出两人在生活条件及社会地位方面的差距。

我们发现,在描述语言中作者大量使用了身势语。我们这里所说的身势(жест)包括身体动作和姿势,也包括面部表情和神态。身势语对于反映人物的社会地位,揭示人物性格特点及心理活动起到了举足轻重的作用。契诃夫本人在论及人物的心态描写时,这样写道:"最好还是避免描写人物的心理状态;应当尽力使得人物的心理状态能够从他的行为举止中看明白……"[1]

小说中瘦子对待胖子的态度从他的动作中表现得更加真切,更为直接明

---

[1] *Русские писатели* XVIII — XIX *веков о языке*. Москва, 2000, с. 386.

了，这也正是身势语的优势所在，因为动作是人物内心不自觉的流露，正如弗洛伊德所言："没有人可以隐藏秘密，假如他的嘴唇不说话，他则会用指尖说话。"① 下面我们对比一下瘦子在作品前后的动作变化：

Приятели троекратно облобызались и устремили друг на друга глаза, полные слёз. 两个朋友吻了三次，彼此打量着，眼睛里满含泪水。	Тонкий пожал три пальца, поклонился всем туловищем и захихикал, как китаец: «хи-хи-хи». 瘦子握住（胖子的）三个手指头，弯下整个身体，深深鞠了一躬，并像中国人那样笑了起来："嘻嘻嘻。"

这里瘦子的动作是由交际性的身势语构成的，但右列中的身势语已被作者赋予了强烈的感情色彩：瘦子陪着笑，紧缩起身子，只敢握住胖子的三个手指，他和胖子的关系已经由原来的朋友变成了上下级的关系。所以他一方面担惊受怕、诚惶诚恐，另一方面又想巴结讨好上司。

瘦子的善变性在下面的身势语中表现得尤为突出：

Тонкий вдруг побледнел, окаменел, но скоро лицо его искривилось во все стороны широчайшей улыбкой; казалось, что от лица и глаз его посыпались искры. Сам он съёжился, сгорбился, сузился...

瘦子忽然脸色变白，一下子愣住了，然而他的脸很快就向四下里扯了开去，露出一副顶顶畅快的笑意，他脸上和眼睛里似乎迸射出了火星。他蜷起身子，哈着腰，缩成一团……

瘦子的这种复杂心理也传染给了他的家人。小说借助于一系列的身势语来反映瘦子的家人在作品前后的内心变化。

---

① 转引自孙汝建著：《性别与语言》，江苏教育出版社，1999年版，第68页。

在对瘦子妻子的外貌描写中，作者先后两次突出了人物的下巴这一细节。

Из-за его спины выглядывала худенькая женщина с длинным подбородком — его жена <...> 他背后站着一个长下巴的瘦女人，那是他的妻子……	Длинный подбородок жены стал ещё длиннее <...> 他妻子的长下巴越发变长了……

瘦子的妻子在得知胖子是三品文官之前可以说是没有任何表情，在这之后，她做出的反应是"下巴越发变长了"，而在小说的最后作者又这样写道：Жена улыбнулась.（妻子微微一笑。）不难看出，从没有任何表情到做出这样的反应，其动因全然在于胖子是位高官。

瘦子的儿子也做出了相应的反应。他的身势语在第一部分表现出一副漫不经心的样子，而在第二部分却是一副全神贯注的架势：

Нафанаил немного подумал и снял шапку. 纳法纳伊尔想了想，脱下帽子。	Нафанаил вытянулся во фрунт и застегнул все пуговицы своего мундира… 纳法纳伊尔做了个立正的姿势，扣好制服上的所有纽扣……
Нафанаил немного подумал и спрятался за спину отца. 纳法纳伊尔想了想，躲到父亲背后去了。	Нафанаил шаркнул ногой и уронил фуражку. 纳法纳伊尔并拢了脚跟，制帽掉到了地上。

瘦子的家人随着他做出了基本一致的反应，可见他的家人也是深受官场礼仪的"熏陶"，他们待人接物的标准取决于对方官阶的高低。

有趣的是，就连瘦子随身携带的行李好像也感染上了主人的性格特点，它们似乎感受到了他的心理变化，并随之做出了一致的反应：

Его чемоданы, узлы и картонки съёжились, поморщились...
他的皮箱、包裹和硬纸盒也都紧缩起来，好像还起了皱纹……

这种夸张的描写将行李的主人——瘦子的畏缩心理刻画得入木三分。

总之，对比手法的运用是这篇小说主要的修辞特色。这一手法包括两方面的内容：一是胖子和瘦子这两个不同人物之间的对比，《胖子和瘦子》的篇名本身就已经说明了这一点；二是指瘦子在作品前后的言行对比。显然，作者更加突出强调了后者，以此揭露出小官吏、小人物的奴性心理和善变特征。

阿赫玛托娃诗歌的艺术风格

安娜·阿赫玛托娃是俄罗斯杰出的女诗人。她生前曾出版过六种单行本的诗集：《黄昏》（1912），《念珠》（1914），《群飞的白鸟》（1917），《车前草》（1921），《Anno Domini》（拉丁文，意为《耶稣纪元》，1922）和《时间在奔驰》（1965）。在诗中通过对个人独特的内心感情的抒发，揭示出人们所共有的普遍性心理特征，这是阿赫玛托娃的擅长。她早期的爱情诗曾引起许多女性的仿效，诗集《念珠》在问世后的九年间，一版再版，尽管当时正值第一次世界大战、革命和内战时期，纸张匮乏，但再版次数竟达八次之多，实属罕见。她在卫国战争期间创作的一些爱国主义诗篇曾激励过俄罗斯人民英勇抗敌。她的抒情诗不仅深受俄罗斯人民的喜爱，而且在国际上也赢得了广泛的声誉。1964年，她在意大利被授予"埃特纳·塔奥尔敏"国际诗歌奖。一年后，又获得英国牛津大学授予的荣誉博士学位。1988年，位于美国的国际行星研究中心以女诗人的姓命名了一颗小行星。1989年为阿赫玛托娃诞辰一百周年，联合国教科文组织宣布这一年为阿赫玛托娃纪念年。

诗人叶夫图申科将普希金称为俄罗斯诗歌的"太阳"，而将阿赫玛托娃誉为俄罗斯诗歌的"月亮"。[①] 我们认为，这一比喻是恰当的。它不仅突出了女诗人的历史地位，更重要的是点明了她诗歌创作的主要特色：阿赫玛托娃作为一名女诗人，在自己的抒情诗中，倾吐了女性的心曲，写出了她们的喜怒哀乐，尤其是爱情方面的种种感受。正是在这个意义上，她被称为20世纪的萨福。

---

① 转引自王守仁：《阿赫玛托娃诗选》前言，见王守仁等译：《阿赫玛托娃诗选》，漓江出版社，1987年版，第20页。

不过，阿赫玛托娃的爱情诗总是充满了紧张不安、惆怅伤感的情绪，绝少描写自由平和的、无忧无虑的爱情生活所带来的欢乐。

阿赫玛托娃的早期诗歌曾被认为是"室内诗"。所谓"室内诗"，是指缺乏对火热的现实生活的反映，其创作题材过于狭窄，仅仅局限于个人情感恩怨的诗歌。从30年代中后期起，诗人拓宽了自己的创作视野，逐渐甩掉了"室内诗人"的帽子。纵观诗人的创作历程，我们发现，虽然其创作题材是变化的，但艺术风格则是相对稳定的。这里我们拟对阿赫玛托娃诗歌的艺术风格及其形成原因做下探讨与分析。

一

我们说阿赫玛托娃诗歌的艺术风格是相对稳定的，这并非意味着她的艺术风格一成不变，而只是想强调，有些特点较为鲜明地贯穿于诗人的整个创作历程。正是从这一意义上讲，她的艺术风格在前期和后期的创作中并没有表现出明显的差异，所以有的评论家才直截了当地说："并不存在早期的阿赫玛托娃。"[①]我们认为，诗人的艺术风格应包括以下几个特点：一是独特的景物描写；二是明显的小说特征；三是简洁、准确、新颖、富有浓郁的民间文学特色的诗歌语言。

阿赫玛托娃的诗歌中有许多景物描写，它们不单纯是诗歌内容的背景，而且也是表达女主人公情感活动的手段。诗人总是把景物的描写与人物的情感活动联系起来，其联系手段是很独特的。总的来讲，景物与情感内容之间的关系较为复杂。正如日尔蒙斯基所说：

> 她不直接讲述自己，而是讲述内心表现的外部环境，讲述外部生活的事件和外部世界的物体，而且只是在对这些物体的独特选择中，在对它的不断变化的认识过程中，才表现出诗人真正的心绪，表现出词语所包涵

---

① Д. Т. Хренков, *Анна Ахматова в Петербурге—Петрограде—Ленинграде*. Ленинград, 1989, с. 186.

的独特的情感内容。……她所说的并不多于物体本身所告诉我们的。她从不硬向你灌输什么，也从不站出来向你做任何解释说明。①

因此其产生的艺术效果是：一方面正是由于在景物、事件与情感之间没有任何解释说明，便可引起读者丰富的想象；另一方面，景物的描写与伴随出现的人物情感之间往往会出现跳跃，使读者感到很突然。有时，两者之间还隐藏着细微的联想关系：

　　Столько просьб у любимой всегда!
　　У разлюбленной просьб не бывает.
　　Как я рада, что нынче вода
　　Под бесцветным ледком замирает.
　　　　（«Столько просьб у любимой всегда...», 1913）
被钟情的女郎总有千百种请求！
失恋的姑娘却什么请求都没有。
我多么欣喜，今天淙淙的溪水，
在无色的薄冰下已不再奔流。②
　　　　（《被钟情的女郎有千百种请求》，1913）
　　Ива на небе пустом распластала
　　Веер сквозной.
　　Может быть, лучше, что я не стала
　　Вашей женой.
　　　　（«Память о солнце в сердце слабеет...», 1911）
柳树把透笼的折扇

---

① В. М. Жирмунский, *Теория литературы. Поэтика. Стилистика.* Ленинград, 1977, с. 116.
② 本文和《析阿赫玛托娃早期诗歌创作中的"象征"手法》中的诗歌译文大多引自乌兰汗翻译的《爱——阿赫马托娃诗选》（外国文学出版社，1991年版）和王守仁等翻译的《阿赫玛托娃诗选》（漓江出版社，1987年版）。

伸展在空漠的苍穹里。

或许那样更好：我没有成为

你的妻室。

（《对阳光的忆念在心田里逐渐淡薄》，1911）

如果说在这两个诗段中，还能看出景物的描写与情感的抒发之间蛛丝马迹的联系，那么在下面的诗行中，就很难把握这两者之间的关系：

Мне с тобою пьяным весело —

Смысла нет в твоих рассказах.

Осень ранняя развесила

Флаги жёлтые на вязах.

（«Мне с тобою пьяным весело...», 1911）

我同醉酒的你十分愉快——

你的绵绵情话已没有什么意义。

初秋已经在榆树枝头

挂满了一面面黄色小旗。

（《我同醉酒的你十分愉快》，1911）

На кустах зацветает крыжовник,

И везут кирпичи за оградой.

Кто ты: брат мой или любовник,

Я не помню, и помнить не надо.

（«Как соломинкой, пьёшь мою душу...», 1911）

灌木丛上醋栗开花了，

篱墙外车马在运送砖瓦。

你是谁呢：是我的兄弟还是情侣，

我记不起了，也不必记得啦。

（《仿佛用麦杆你吮吸我的魂魄》，1911）

然而，不能将这些景物描写简单地归之于象征主义的细节描写，因为在阿赫玛托娃的诗中找不出任何带有神秘色彩的情感，在其诗歌的形象和词语中并不含有神秘的成分。她的每首诗的整个情感世界都很分明而具体，质朴而自然。在内心活动与景物之间也没有产生通常所说的"移情"作用。内心活动的状况和外部世界的景物，在感情色彩上的区分是很明显的，它们并不都是趋向同一，而是常常脱离对方独立存在，乃至各行其道，互不相干。如在《在我们经常相会的堤岸上》（1914）这首诗中，外部生活的徐缓流动与分手时的离情别绪形成一种鲜明的对比。

阿赫玛托娃的抒情诗具有较为明显的小说特征，尤其是心理小说的特征。其特征具体表现在以下几个方面：

1. 肖像描写

在阿赫玛托娃的诗歌中，我们可以看到许多著名诗人和作家的肖像画，这其中有女诗人特别崇拜的人，也有她的朋友。女诗人往往用寥寥数笔就勾勒出了某个人物在某一时期的典型特征。如：皇村中学时期的普希金（《黝黑的少年在林荫路上徘徊》）（1911），1913年的马雅可夫斯基（《马雅可夫斯基在1913年》）（1940）。这些肖像画还常常能展示出人物的心理活动。在《我到诗人家里作客》（1914）这首诗中，女诗人虽然没有从正面描写勃洛克的肖像，却给读者展示出一幅充满心理活动、蕴藏着丰富情感的肖像画：

> У него глаза такие,
>
> Что запомнить каждый должен;
>
> Мне же лучше, осторожной,
>
> В них и вовсе не глядеть.

他那一双眼睛

让人一见就铭记在心；

我呀，还是谨慎为妙，

最好根本别看它们。

2. 紧张的情节

阿赫玛托娃并不去描述情节发展的全部过程，而是剪取最为重要的一个镜头。如《灰眼睛的君主》（1910）这首诗只交待了结果——"君主"被杀的这一事实。

> Слава тебе, безысходная боль!
> Умер вчера сероглазый король.
> 光荣属于你，无穷尽的痛苦！
> 昨天死了那灰眼睛的君主。

至于事情的原委，诗中只是做了一系列的暗示：

> Вечер осенний был душен и ал,
> Муж мой, вернувшись, спокойно сказал:
>
> «Знаешь, с охоты его принесли,
> Тело у старого дуба нашли.
>
> Жаль королеву. Такой молодой!..
> За ночь одну она стала седой».
>
> Трубку свою на камине нашёл
> И на работу ночную ушёл.
>
> Дочку мою я сейчас разбужу,
> В серые глазки её погляжу.
>
> А за окном шелестят тополя:

«Нет на земле твоего короля...»

秋天的傍晚闷热，天边泛红，
丈夫回家平静地讲给我听：

"要知道，是从打猎的地方把他运回的，
在一棵老槲树旁找到他的躯体。

君主那么年轻！……王后多么可怜，
她变得白发苍苍在一夜之间。"

丈夫在壁炉上找到烟斗，
于是为上夜班他离家而走。

我这就到床边把女儿唤醒，
凝眸观赏她那对灰色的小眼睛。

窗外的白杨却在簌簌作响：
"你的君主已不再活在世上……"

这里有被杀的"君主"与不动声色的丈夫之间的对比，也有一夜间头发变成灰白色的"王后"与默不作答、无法表露出痛苦心情的女主人公之间的对比。诗的结句 А за окном шелестят тополя: /«Нет на земле твоего короля...» 和起句 Слава тебе, безысходная боль 遥相呼应，从这里读者可以想象出女主人公与"君主"之间的私情关系。因此，阿赫玛托娃诗歌的包容量很大，她的许多短诗都是浓缩了的小说。日尔蒙斯基说：

每首诗都是一篇浓缩的小说，它描述的是小说情节发展到最为紧张的时刻，由此便有可能想象到事情的前因后果。①

3. 男女主人公的对白形式

女诗人的许多爱情诗是以第二人称"你"为述说对象的。有的爱情诗则是与第三人称"他"的对话记录。这种对白无论是在与"你"或是在与"他"之间进行，它们都是些简短而充满心理冲突的对语。有时男女主人公对话中的字面意义衔接不上，从逻辑上看似乎失去了联系。这是因为他们已深入到对方的心灵深处，使得他们的对语超越了字面上的意义，造成对话表面上的相互分离。这样，诗歌内容的悲剧色调就更加浓厚了。如：

> Задыхаясь, я крикнула: «Шутка
> Всё, что было. Уйдёшь, я умру.»
> Улыбнулся спокойно и жутко
> И сказал мне: «Не стой на ветру».
> （«Сжала руки под темной вуалью...», 1911）

> 我急喘着高声喊道："这一切
> 都是玩笑。我会死去的，你若一走。"
> 他漠然而又可怕地微微一笑，
> 对我说："不要站在风口。"
> （《深色披肩下紧抱着的双臂》，1911）

在这一诗段中，男主人公的答语表面上与女主人公的话并没有逻辑联系，但却暗藏着更深一层的含义，即表明他们关系的破裂和冷冰冰的道别。这样，字面上似乎平静无波，内中却暗流汹涌。此类对话还间杂着小说作品中常见的一些解释性说明："他对我说""我回答""并喊了一声""对欺凌者我愤然回答"等。

---

① В. М. Жирмунский, *Теория литературы. Поэтика. Стилистика.* Ленинград, 1977, с. 120.

4. 心理描写

阿赫玛托娃的诗歌很少去描写心理活动本身的过程，人物的心理状态都是通过动作、手势、表情再现出来的。这一点，阿赫玛托娃师承了屠格涅夫的艺术手法。诗中出现的诸多心理状态都用相应的外部现象表现出来。如表示心灵的惊慌不安：

> Я на правую руку надела
> Перчатку с левой руки.
> 　　（«Песня последней встречи», 1911）

我竟把左手的手套
套在了右手上。
　　（《最后一次相见》，1911）

> Я не могу поднять усталых век,
> Когда моё он имя произносит.
> 　　（«Вечерние часы перед столом...», 1913）

我都不能抬起倦慵的眼睑，
在他喊我名姓的时候。
　　（《晚饭前已暮色深沉》，1913）

对所失去情感的痛切意识：

Настоящую нежность не спутаешь
Ни с чем, и она тиха.
Ты напрасно бережно кутаешь
Мне плечи и грудь в меха.
　　（«Настоящую нежность не спутаешь...», 1913）

真正的体贴不声不响，
它不会跟任何感情混同。

你不必用皮衣爱护地
围裹我的肩膀和酥胸。
（《真正的体贴不声不响》，1913）

以上的这些小说特征表明，阿赫玛托娃的诗歌从俄罗斯的小说传统中吸取了丰富的养料。曼德尔施塔姆曾这样评论说：

> 阿赫玛托娃把19世纪俄罗斯长篇小说的全部规模雄伟的复杂性和丰富性引进了俄罗斯的抒情诗中。没有托尔斯泰和他的《安娜·卡列尼娜》，没有屠格涅夫和他的《贵族之家》，没有陀思妥耶夫斯基的全部著作和列斯科夫的部分著作，也就不会有阿赫玛托娃的诗。阿赫玛托娃起源于俄罗斯小说，而不是起源于诗歌。她是在注目于心理小说的基础上发展了自己那尖锐而又独特的诗歌形式的。①

很显然，最后两句说得有些绝对。阿赫玛托娃作为一名诗人，主要还是在接受了俄罗斯诗歌传统的基础上成长起来的。

阿赫玛托娃的诗歌语言简洁、新颖而准确，具有浓郁的民间文学的特色。

阿赫玛托娃以创作玲珑剔透的抒情短诗而著称。她的诗措辞自然，寥寥数语，明白如话。她在使用语言时，一般只取其原义和直义，而少用其转义，更不用词语的隐喻。一首诗通常由三四个诗段组成，一段四行、五个诗段的较为少见。女诗人非常善于用充满深刻哲理，却又高度洗练的词句去概括人们的普遍感受，这样便产生了许多警句。这些警句不仅反映出女诗人洞烛幽微、见微知著的观察力，而且还有一股强烈的艺术感染力。它们在诗中的位置并不固定，有的位于诗的起首：

Столько просьб у любимой всегда!

---

① 转引自乌兰汗：《爱——阿赫马托娃诗选》前言，外国文学出版社，1991年版，第7页。

У разлюбленной просьб не бывает.

（«Столько просьб у любимой всегда...», 1913）

被钟情的女郎总有千百种请求！

失恋的姑娘却什么请求也没有。

（《被钟情的女郎总有千百种请求》，1913）

但更多的则置于诗的末尾：

Чтобы туча над тёмной Россией

Стала облаком в славе лучей.

（«Молитва», 1915）

但愿黑暗的俄罗斯上空，

乌云变成彩霞辉煌照耀。

（《祷告》，1915）

这些警句都是诗人的情感升华，是哲理的凝结，自然也反映出诗人的独特感受和睿智思想。

语言的新颖准确，主要表现在诗人大量运用了矛盾修饰法（оксюморон）来揭示女主人公充满矛盾的内心活动，即所谓"心灵的辩证活动"。如：

Слагаю я весёлые стихи

О жизни тленной, тленной и прекрасной.

（«Я научилась просто, мудро жить...», 1912）

我抒写快乐的诗篇歌颂生活——

腐朽的，腐朽而美好的生活。

（《我学会了纯朴、贤明地生活》，1912）

Смотри, ей весело грустить,

Такой нарядно обнажённой.

（«Царскосельская статуя», 1916）

瞧，她愉悦地忧思，

那样美丽地裸露着。

（《皇村雕像》，1916）

阿赫玛托娃笔下的比喻也体现了语言的新颖和准确，其特点是：比喻中的喻体别具一格，如：

Высоко в небе облачко серело,

Как беличья расстеленная шкурка.

（«Высоко в небе облачко серело...», 1911）

在寥廓的苍空一片浮云呈现灰色，

如同一张铺开的灰鼠皮。

（《在寥廓的苍空……》，1911）

通常，这类比喻中喻体与本体之间与其说是逻辑上的联系，倒不如说是感情色彩上的关联。如：

Руки голы выше локтя,

А глаза синей, чем лёд.

（«Рыбак», 1911）

手臂裸露，衣袖捋过臂肘，

眼睛却比冰凌还要青幽。

（《渔人》，1911）

浓郁的民间文学特色是阿赫玛托娃诗歌风格的构成要素之一。女诗人比较喜欢运用俄罗斯民歌中的一些语言手段，经常直接使用民间文学的各类体裁来抒发情怀，如各类短歌（песенка）（《旅人的歌》《多余的歌》《告别的歌》）

哀泣歌（причитание）（《哀歌》《勃洛克》）等。而《我们将不同杯共饮》《别把我的信，亲爱的，揉搓》《我没有遮掩小窗》，这些诗则具有明显的"四句头流行歌谣"（частушка）的成分，包括对词汇和成语的运用。

二

阿赫玛托娃艺术风格的形成是一个非常复杂的问题，涉及诸多方面。我们认为，它至少与以下几个因素紧密相关：一是阿克梅派所提出的一系列文学主张；二是普希金、安年斯基等人对女诗人的影响；三是俄罗斯的小说传统对女诗人的影响。其中的第三个因素，我们在上文中已有所论及，这里我们主要谈前两个因素。

阿赫玛托娃登上文坛大致是在1910年前后，这时正值俄国象征主义诗歌流派解体。以古米廖夫（Н. С. Гумилёв）和戈罗捷茨基（С. М. Городецкий）为首的一些年轻诗人为了将诗歌从象征主义的神秘和模糊中解脱出来，于1911年组建了"诗人行会"，其成员有：曼德尔施塔姆（О. Э. Мандельштам）、阿赫玛托娃、吉皮乌斯（З. Н. Гиппиус）、津克维奇（М. А. Зенкевич）等人。这支队伍比较复杂，各成员之间的文学主张不尽相同，他们只是出于对诗歌的热爱才走到了一起。1912年，在一次行会的会议上决定创建新的诗歌流派——阿克梅派，以替代象征主义。"阿克梅"这一术语，源自希腊语，意为"顶点"。他们之所以起名为阿克梅派，是想把诗歌推向一个新的艺术高峰。他们的文学阵地是《阿波罗》诗刊，其创作纲领和大量的诗歌作品都刊登在这一诗刊上。阿克梅派的理论家们号召人们远离政治斗争，主张诗歌旨在言情咏物。他们针对象征主义流派提出了一系列新的文学主张。在象征主义看来，外部物质世界，以及它们之间的关系是超现实的、神秘莫测的。因此象征主义诗人所传达的不是现象的客观本质，而是他们对于世界独特的主观感受和理解，这种理解往往是模糊不清、无法确认的。而阿克梅派恰恰与之相反，把物质世界看成是实实在在的现实。戈罗捷茨基宣称：

阿克梅派与象征主义之间的斗争……首先是为了这个有声有色的、具有一定形状、重量和时间的世界，即为了我们这个地球的斗争。象征主义用各种"对应"来充斥世界，最终把它变成了幻影。这幻影的重要程度只取决于用其他世界进行关照的程度，因此贬低了世界崇高的自身价值。在阿克梅派诗人的笔下，玫瑰花又以自己的花瓣、气味和颜色，而不是以其可以想象的与神秘的爱或别的什么东西相类的特征重新变得美丽了。[①]

因此，阿克梅派诗人力图恢复事物的本来面目，保持住它们的原样，而不是让它们作为现实以外的某种含义的代表出现在诗歌中。在阿克梅派那里尽管物质世界也是不可揣测的，然而他们反对象征主义流派企图去认识它、探究它。古米廖夫声称，去认识不可知的东西，这是不明智的，是多余的。他说：

要将不可认识的东西时时牢记在心，但不可用某些在一定程度上可能想象出的猜测去损害关于它的思想——这便是阿克梅派的原则。[②]

这句话理解起来颇为费力，实际上它的涵义并不复杂，不可知的东西是客观存在的，我们要时刻提醒自己注意，但不可勉强自己通过刻意探求或猜度去解释、说明它，姑且让它作为一个具体客观的现象存在于我们的头脑中。既然这一点是阿克梅派的创作原则，那么我们就不难理解为什么在阿赫玛托娃这位阿克梅派杰出代表的诗歌创作中，景物描写与诗歌内容之间的关系有时不那么明朗。无怪乎阿克梅派的理论家之一库兹明（М. А. Кузмин）这样评论阿赫玛托娃的诗歌创作：

我们觉得阿赫玛托娃与其他喜欢描写景物的诗人有所不同，她善于在景物与心境之间的模糊关系中去接受并喜爱这些景物。她往往准确而鲜

[①] *Поэтические течения в русской литературе конца XIX—начала XX века(Хрестоматия)/Составитель* А. Г. Соколов. Москва, 1988, с. 93.

[②] Там же, с. 86.

明地提到某个景物（桌子上的手套，卧室里黄色的烛光，天空中像一张羊皮的云彩，皇村公园里的三角帽），它与诗的整个内容好像并没有什么关系，它被抛弃在一旁，遗忘在一边。而正是由于提到了它，我们便会感到有一股更为强烈的刺痛、有一种更为甜蜜的毒剂。[1]

象征主义的诗歌极富于暗示性，以轻描淡写的手法透露出含糊不清、难以捕捉的心绪。针对这一点，阿克梅派提出：

> 要保持民众语言的纯洁性，要有自己的笔法，要写得有逻辑性，要清楚地感觉到这一形式和特定内容以及与之相宜的语言之间的对应关系。您的表达要明白易懂……如果您不滥用语言手段，注意节约词句，写得准确、逼真——那么您就会找到高度清晰的秘诀。[2]

由此可见，多用词语的原义、直义，少用其转义、象征义；强调语言的简洁明了——这是阿克梅派运用诗歌语言的主要原则。阿赫玛托娃的诗歌恰恰体现了这一原则。总之，反对象征主义的神秘和朦胧，极力歌颂世俗间色彩斑斓、具有确定性的万象世界，用词简明易懂，这是阿克梅派诗歌创作的特色。从这一意义上讲，阿克梅派是对象征主义的一种反拨。然而也不能过分夸大阿克梅派与象征主义之间的差异，象征主义毕竟是阿克梅派的"先父"。而被认作是阿克梅派诗歌实践代表的阿赫玛托娃，也并未囿于阿克梅派所倡导的以言情咏物为主的艺术主张。因此，不能将阿赫玛托娃的诗歌创作仅仅框限在阿克梅派的范围之内，阿赫玛托娃诗歌创作的意义已经超出了这一流派本身所具有的影响。勃洛克甚至认为，阿赫玛托娃是阿克梅派诗人中"真正的例外"。[3]

阿赫玛托娃艺术风格的形成与她从俄罗斯的诗歌传统中汲取丰富的营养

---

[1] *Об Анне Ахматовой*. Ленинград, 1990, с. 39—40.
[2] *Поэтические течения в русской литературе конца XIX—начала XX века(Хрестоматия)/Составитель А. Г. Соколов*. Москва, 1988, с. 102.
[3] Д. Т. Хренков, *Анна Ахматова в Петербурге—Петрограде—Ленинграде*. Ленинград, 1989, с. 60.

紧密相关。对阿赫玛托娃的创作产生重大影响的有好几位诗人，其中影响最大的当属安年斯基和普希金。

安年斯基（И. Ф. Анненский，1855—1905）是象征主义诗歌流派老一辈的代表人物。阿赫玛托娃将他称为自己的恩师，她的《导师》一诗就是献给安年斯基的。她不止一次地谈到安年斯基对她的诗歌创作所起的决定性作用。她回忆说：

> 后来出现了这样的情形：（1910年初，我在返回彼得堡的途中）……看完《柏树匣》的校样后，我对诗歌才有所领悟。……我顿时对周围的一切视而不见，听而不闻。无论是白天、黑夜，我都重复着这些诗句，欲罢不能……它们向我揭示了一种新的、和谐的声音。①

在安年斯基的诗中究竟是什么如此吸引了阿赫玛托娃呢？从内容上说，安年斯基的诗歌充满了悲观、灰色的情调。他的诗歌所表现的大多是无尽的惆怅，乃至绝望，这恰恰切合了青年时期的阿赫玛托娃的心境。从表现手法上来说，有两点深受阿赫玛托娃的喜爱：一是诗中的警句，这是对情感的抒发所做的具有概括性的、精炼的总结。安年斯基诗中的警句很多，通常是由它们把诗歌的整个情感内容推向高潮。如："我爱这世界上没有 / 和声、回声的万事万物"等。二是用日常生活中最为普通的景物来表现人物的内心活动。在安年斯基笔下，景物描写与情感内容经常脱节而失去逻辑联系。这两点恰恰正是阿赫玛托娃艺术风格的构成要素之一。阿赫玛托娃早年曾写过一首《仿安年斯基》（约为1910），晚期又效仿安年斯基写了组诗《莫斯科的红三叶》（1961—1963），由此也可以看出安年斯基对阿赫玛托娃的创作所产生的强烈影响。

如果把阿赫玛托娃与普希金的诗歌作品加以对照，我们便会发现有一个较为明显的共同点——他们都善于运用民间文学创作中的一些形式，诗歌语言简洁、朴实。如阿赫玛托娃的长诗《就在海边》与普希金的《渔夫和金鱼的故事》

---

① 转引自 В. М. Жирмунский, *Творчество Анны Ахматовой*. Ленинград, 1973, с. 71.

都有明显的俄罗斯民间故事、民间诗歌的一些特点。阿赫玛托娃的《黑戒指的故事》与普希金的《苏丹王的故事》都运用了民间诗歌常用的四步抑扬格以及具有民间诗歌色彩的词汇和成语。这种相似并不是偶然的巧合，而是阿赫玛托娃有意识地接受了普希金的传统。普希金是阿赫玛托娃最为崇敬的诗人，普希金的形象多次出现在女诗人不同创作阶段的诗歌作品中：有皇村中学时期的普希金（《黝黑的少年在林荫路上徘徊》）(1911)，也有不惜代价"买得神秘地保持沉默权利"的普希金（《普希金》）(1943)。我们在阿赫玛托娃的诗歌中还能见到普希金的诗句，如：

> Но крепки тюремные затворы,
> А за ними «каторжные норы» <...>
> 　　　　　　　（«Реквием», 1935—1940 ）
> 可是，狱门锁得坚牢，
> 门后是"苦役的洞穴"条条……
> 　　　　　　　（《安魂曲》, 1935—1940）

其中 каторжные норы (苦役的洞穴)引自普希金的著名诗篇《致西伯利亚》。阿赫玛托娃是一位出色的普希金学研究专家，她在自传中写道：

> 大约于20年代中期，我兴致勃勃着手研究……普希金的生平和创作。研究普希金，其成果是关于《金鸡》、关于贡斯当·德·雷贝克的《阿道尔夫》和关于《石客》的三篇文章。……近20年来，我写的《亚历山德林娜》《普希金与涅瓦海滩》《普希金在1828年》可能收入《普希金之死》一书中。[①]

阿赫玛托娃的研究成果受到专家们的一致好评。一位诗歌评论家在自己的文章中谈到普希金对阿赫玛托娃的影响，他在发表这篇文章之前，向阿赫玛托

---

① Анна Ахматова, *Сочинения: в 2 т.* Москва, 1986, Т.2, с. 238.

娃征求意见。阿赫玛托娃觉得自己不能与普希金相提并论,她说:

"哪里!可别提得这么过分。……即使谈到这一点,也只能说就像是从远处投射过来的反光。"①

这表现了女诗人的虚怀若谷和对普希金的崇敬之情。

---

① Л. А. Озеров, *Предисловие.// Анна Ахматова, Стихотворения.Поэмы.О поэтах.* Москва, 1989, с. 18.

附录

俄国文学名著注释本对汉译的重要参考作用
——以《叶甫盖尼·奥涅金》注释本为例

俄罗斯一向有出版本国文学名著注释本的传统，上个世纪八十年代笔者在莫斯科大学留学时，就曾购得格里鲍耶多夫的《智慧的痛苦》、莱蒙托夫的《当代英雄》、屠格涅夫的《父与子》、奥斯特洛夫斯基的《大雷雨》、陀思妥耶夫斯基的《罪与罚》等十几本十九世纪经典作品的注释本，近年来又淘得布尔加科夫的《大师与玛格丽特》、马雅可夫斯基的《好！》等二十世纪文学名著的注释本。这些注本的内容非常广泛，既有作品所涉及的社会背景、历史事件和人物、民俗风情、生活习惯，也有文学典故、词语释义，借此读者可以进一步深入理解作品的思想内涵和艺术特色。不过，这些注本在形式上不同于我们所熟知的注释读物。书中通常不收录原作，而只有对作品部分文字所做的注解。有的注解旁征博引，甚为详明，因此不少注本的篇幅比原作还长。注本的作者都是俄国文学领域的行家里手，其中不乏赫赫有名的顶尖学者。有些经典名著的注释本还不止一种，如莱蒙托夫的长篇小说《当代英雄》有两个注释本，分别由谢·尼·杜雷林（С. Н. Дурылин）和维·安·马努依洛夫（В. А. Мануйлов）撰写，两人皆系著名的俄国文学研究专家。

普希金的诗体长篇小说《叶甫盖尼·奥涅金》先后已有四个注释本面世，第一本是尼·列·布罗茨基（Н. Л. Бродский）的《〈叶甫盖尼·奥涅金〉。亚·谢·普希金的长篇小说》（莫斯科，1932 年）。该书曾于 1937 年、1950 年、1957 年和 1964 年再版过四次，而且其中有三次为修订版，修订版中加入了不少在当时的苏联甚为流行的庸俗社会学方法的诠释与解读，因而它成为了一部深深打上苏联意识形态烙印的注释本。第二本是弗·弗·纳博科夫（В. В. Набоков）的《亚·谢·普希金的长篇小说〈叶甫盖尼·奥涅金〉注释》。纳博科夫是《叶甫盖尼·奥涅金》的英译者，注本的最初版本是英文版，1964年在纽约面世，直到1998年才被译成俄文在圣彼得堡出版。第三本是尤·米·洛特曼（Ю. М. Лотман）的《亚·谢·普希金的长篇小说〈叶甫盖尼·奥涅金〉。注释》（列宁格勒，1980年）。该书曾再版过三次，后来还被收入洛特曼的文集《普希金》（圣彼得堡，1995年、2003年再版）。第四本是语言学家尼·马·尚斯基（Н. М. Шанский）院士撰写的《沿着〈叶甫盖尼·奥涅金〉的足迹。简明语言注释》（莫斯科，1999年）。该书主要对作品中的词语、语法和语音等语言现象进行注释说明。上述注本各有特色，对于读者阅读和欣赏这部"俄罗斯生活的百科全书"均有很大裨益，但其中最具学术价值的则是洛特曼的注本。

一

尤·米·洛特曼（1922—1993）是享誉世界的文学理论家和文化学家，被公认为杰出的普希金研究专家。在六七十年代他就已经发表了大量有关普希金文学创作，尤其是关于《叶甫盖尼·奥涅金》的论著。[1] 从某种意义上说，八十年代出版的《亚·谢·普希金的长篇小说〈叶甫盖尼·奥涅金〉。注释》（以下简称《注释》）是他对普希金代表作的研究总结。这部《注释》被誉为是"一本创新之作"[2]，其创新之处主要体现在注释内容——文化、文学和语言这三方面。

---

[1] 其主要研究成果有：*К эволюции построения характеров в романе «Евгений Онегин» // Пушкин: Исследования и материалы.* М.; Л., 1960. Т.3. с.131—173; *Из истории полемики вокруг седьмой главы «Евгения Онегина»: (Письмо Е. М. Хитрово к неизвестному издателю) // Временник Пушкинской комиссии.* 1962. М.; Л., 1963. с.52—57; *Художественная структура «Евгения Онегина» // Учёные записки Тартуского государственного университета.* 1966. Выпуск 184. с.5—32; *Роман в стихах Пушкина «Евгений Онегин». Спецкурс. Вводные лекции в изучение текста.* Тарту, 1975.

[2] В. И. Коровин, *А. С. Пушкин. Школьный энциклопедический словарь.* Москва, 1999, с. 728.

文化注释是该书的一大亮点。身为文化学家的洛特曼对十九世纪上半叶的俄国社会，尤其是贵族生活的方方面面相当熟悉，注释的内容既有日常生活，风俗习惯，也有人物和事件，以及社会思想，涉猎面非常之广，显示出这位学者百科全书式的渊博知识。这类注释的范围涵盖了我们通常所说的文化的三个层面，即物质层面（包括建筑物、服饰、日用品、劳动工具、通讯交通方式等在内的物质实体），精神层面（文学、艺术、科学、哲学等精神产品）和社会层面（包括风俗习惯、道德禁忌、宗教、法律等内容的社会规范）。例如，普希金在小说第四章第 27 至 31 节这五个诗节中对京城贵族小姐中十分流行的纪念册做了浓彩重抹的描述，而且其中第 28 至 30 节是脱离故事情节的作者插笔。普通读者不禁会顿生疑惑：诗人为何如此偏爱这一话题？读了洛特曼的诠释，我们的疑惑便会迎刃而解。洛特曼对纪念册的起源和内容，及其在贵族日常生活中的地位与作用做了较为详细的解释：纪念册原先是底层的"家庭"文化的一种现象，后来才成为上流社会的一种时尚，它"是 18 世纪下半叶至 19 世纪上半叶'大众文化'的一个重要实例"；"纪念册的第一页多半为空白页"，"前几页供父母和长者题写诗句，之后留给友人题写。较为柔情的话语则写在纪念册的末尾，最后一页的题诗尤为重要"。父母的题句大多为劝喻和训导，友人的题诗则为赞美之词，甚或爱情表白。"19 世纪初期的纪念册不仅有诗句，还有图画"；"学习绘画在贵族家庭教育中极为普遍"，纪念册中的图画既有即兴现画的，也有从书刊里剪贴下来的。① 既然纪念册在贵族生活中占有如此重要的地位，那么我们也就不难理解，普希金为何用五个诗节的篇幅来描述"上流社会的这一时尚"了。洛特曼不仅对作品中出现的各种文化现象做出注释，而且还设专章对奥涅金时代的贵族生活做了详明而通俗的介绍，其具体内容有："奥涅金时代贵族日常生活概述：经济和财产地位；贵族的教育和供职；女贵族的兴趣和事务；贵族在城里和郊区的住宅及其周围设施；上流人物的一天；消遣；舞会；决斗；交通工具；道路。"② 此章占有 75 页的篇幅。总之，将文

---

① Ю. М. Лотман, *Роман А.С.Пушкина «Евгений Онегин». Комментарий.* Ленинград, 1983, с. 241—243.

② Там же. с. 416.

学研究与历史文化的考察相结合，这是作为文学理论家的洛特曼在治学方法上的一大特点。

在文学注释中，作者一方面给出了丰富的知识性注解，考证了文本所引用的一些诗句，比较了作品的不同版本；另一方面，对某些重要的文学形象和关键的文学意象做出了自己的解读，甚至提出了自己的学术观点。例如就"理想（идеал）"这一文学意象的内涵，洛特曼先做了常识性的解释："'理想（идеал）'和'理想的（идеальный）'二词在浪漫主义时代具有特别的色彩，因为浪漫主义将尘世的鄙俗事物与崇高而美好的、梦寐以求的事物相对立……'理想'一词很快就成了流行的爱情词语。在1810年代的诗歌中，该词还没有被广泛使用。"[①] 然后，洛特曼便对这一意象在小说中的使用情形做了细致的分析，指出：该意象既用作普通的爱情词汇（如在第四章第13节中："假如我想寻求从前的理想，/我一定会选中您这一位，/来当我这愁苦日子的伴侣。"），也作为一种反讽手段对浪漫主义文学进行辩驳，如从《奥尼金的旅行（断章）》的诗行"喧闹的大海，嵯峨的巉岩，/和一位高傲的理想的姑娘"中可以看出，诗人故意把这一意象与现实世界，而不是理想世界联系在一起，而在"如今我的理想是做一名主妇"这一诗句中，其反讽意味则更为明显。[②] 除了逐章注释外，洛特曼在该书的引论部分详细交代了小说各章节的创作时间和作品情节的发展时间，而且还就小说中的人物原型等问题做了论述。

在语言注释中，洛特曼对一些较难理解或容易引起误解的词语和修辞现象进行了解释，尤其是对语义古词做了重点说明。所谓语义古词，是指普希金笔下的某些词语虽然现在人们还在使用，但其语义已发生了变化。如педант一词现在意为"墨守成规的人"，但在普希金时代该词义为"好炫耀知识的人"，如在小说第一章第五节中，该词就用于此意。[③]

其次，《注释》的创新之处还体现在写作风格上。该书虽然是语文教师参考用书，但由于写得通俗易懂、生动有趣，因而引起了普通读者浓厚的阅

---

① Ю. М. Лотман, *Роман А.С.Пушкина «Евгений Онегин». Комментарий.* Ленинград, 1983, с. 301.
② Там же. с. 301—302.
③ Там же. с. 129.

读兴趣，其单行本的印数竟达 55 万册之多。关于这本书的趣味性，洛特曼在致友人的书信中这样写道："我刚刚彻底完成了《〈叶甫盖尼·奥涅金〉注释》一书的手稿，今天就送交列宁格勒的一家出版社……这似乎十分有趣：我决定把符号学先放一放，想休整一下，我确信，除此之外我还能做点别的事情，因此在做这项工作时，我感到身心愉快。结果写出了许多饶有趣味的纯属日常生活的注释。"[1] 有评论指出："《叶甫盖尼·奥涅金》的（这本）注释将宏大的思想和学术视野与出色的表述方式，与面向广大读者的通俗性相结合。"[2]

总之，学术性和趣味性的结合是该书的一大特色。

二

洛特曼的《注释》不仅有助于提高俄国读者对这部小说的欣赏水平，而且对我国译者进一步准确理解原作的内容也十分有益。我们不妨以《注释》的内容来检验一下上述五位译者对原文的理解是否准确（有时我们还会借助于其他注释本和工具书）。由于篇幅所限，我们仅选取书中的六条注释为例，其中三条属于文化注释，另三条属语言注释。

例①：Театр уж полон; ложи блещут;
　　　Партер и кресла — всё кипит; <...>

这是小说第一章第 20 节的两个诗行，第一章主要写奥涅金在 1819 年末混迹京城社交界的情景，其中的第 20 节描写的是彼得堡的一家剧院。剧院的包厢为什么会"闪闪发光"（ложи блещут）呢？洛特曼提供了这样的注释："彼得堡剧院的演出晚上六时开始。包厢供家庭观众使用（夫人们只能出现在包厢

---

[1] Ю. М. Лотман, *Письма 1940—1993.* Москва, 1997, с. 684.
[2] В. И. Коровин, *А. С. Пушкин.Школьный энциклопедический словарь.* Москва, 1999, с. 728.

里)……制服上的勋章与星章,女士的钻石在包厢里闪闪发光……"① 尚斯基也给出了几乎完全相同的解释:"男士制服上的勋章与星章,女士的钻石在包厢里闪闪发光。"② 而上述五个译本均未做这样的理解,不是译作"包厢里灯火辉煌"(智译),"包厢通明"(丁译和王译),就是译为"包厢好辉煌"(查译),"包厢多辉煌"(冯译)。我们看一下丁译和冯译的完整译文:

  剧院人满。包厢通明;
  池座、雅座,喧腾不已;……　　　　　　　(丁译)

  剧院已满座,包厢多辉煌,
  前座和后座,到处人声沸扬,……　　　　　(冯译)

  比较这两个译文,我们又会发现另一个问题,即原文中的 партер и кресла 分别被译为"池座和雅座""前座和后座"。也许我们会觉得,这是一个无关紧要的问题,不必纠缠于细枝末节。不过,洛特曼却严格区分了这两个不同的概念,他指出,剧院中的 партер 是指位于 кресла 后面的地方,此处的观众是站着看戏的,票价也比较便宜。而 кресла,就是摆放在观众厅前部的几排圈椅,"位于舞台的前面。池座通常被高官显贵们预订一空。"③ 如此看来,кресла 与汉语中的"池座"是大致对应的,因为池座在汉语中就是指"剧场正厅前部的座位"④,而 партер 则相当于"正厅的后部",因为"正厅"在汉语中是指"剧场中楼下正对舞台的部分"⑤。关于这两者的区别,尚斯基的注释则更为明了:"供有身份地位的观众使用的池座(кресла)位于观众厅的前部,池座的后面是正

---

① Ю. М. Лотман, *Роман А. С. Пушкина «Евгений Онегин». Комментарий*. Ленинград, 1983, с. 149—150.
② Н. М. Шанский, *По следам «Евгения Онегина». Краткий лингвистический комментарий*. Москва, 1999, с. 213.
③ Ю. М. Лотман, *Роман А. С. Пушкина «Евгений Онегин». Комментарий*. Ленинград, 1983, с. 149.
④ 《现代汉语词典》,商务印书馆,1996 版,第 168 页。
⑤ 同上,第 1607 页。

厅后部（партер），即为一块空地，观众在此处站着看戏。"① 因此将 партер 译为"池座""前座"都是欠准确的。查译和王译也都译为"池座"，只有智译把 партер и кресла 译作"正厅和池座"，显然这一译法与注释是比较接近的。

  例②：Ещё усталые лакеи
     На шубах у подъезда спят; <...>

  第一章第 22 节中的这两个诗行写的是正当主人们在剧院里看戏的时候，他们的仆人在剧院门口等待散场的情形。这句话看起来似乎不难理解，不过五位译者对 на шубах спят 的理解却不尽一致，我们先看一下智译：

  门廊里，疲惫不堪的仆人
  裹在皮大衣里睡得正香；……

  显然，把 на шубах спят 译为"裹在皮大衣里睡得正香"是不准确的，因为在俄语中表示"裹在皮大衣里"只能用前置词 в，而不能用 на。另三位译者都注意到了这一点，分别将该词组译为"在大衣上睡倒"（冯译），"垫着皮衣睡觉"（丁译），"躺在皮大衣上睡得正香"（王译）。在 19 世纪，只有富人们才穿得起 шуба（毛皮大衣），仆人们垫着睡觉的毛皮大衣肯定不是他们自己的，而是在剧院里看戏的那些主人们的。那么主人为什么不把自己的外衣放在存衣处呢？对此洛特曼解释道："19 世纪初期的剧院没有存衣处，外衣由仆人看管。"② 尚斯基也做了类似的解释："在普希金时代，剧院里不设存衣处，来看戏的人将外衣留给仆人保管。"③ 与注释完全一致的只有查译："正靠着主人的皮衣睡倒。"其实，也可以将"主人的皮衣"这一信

---

① Н. М. Шанский, *По следам «Евгения Онегина». Краткий лингвистический комментарий.* Москва, 1999, с. 213.
② Ю. М. Лотман, *Роман А. С. Пушкина «Евгений Онегин». Комментарий.* Ленинград, 1983, с. 152.
③ Н. М. Шанский, *По следам «Евгения Онегина». Краткий лингвистический комментарий.* Москва, 1999, с. 213.

息作为译注来处理。

例③：Зато читал Адама Смита
И был глубокий эконом,
То есть умел судить о том,
Как государство богатеет,
И чем живёт, и почему
Не нужно золота ему,
Когда *простой продукт* имеет. （Ⅰ, 7）

值得注意的是,普希金用斜体标出其中的 простой продукт,是有其用意的,洛特曼指出:"普希金用斜体来强调这一表述的引用特征和术语特征。"也就是说,这是一个术语,"从 produit net（纯产品）翻译而来,系重农学派者经济理论的基本概念之一,在他们看来,构成国家财富之基础的是农业产品。"① 重农学派是十八世纪法国资产阶级古典政治经济学派,这一学派的追随者"认为只有农业才能创造'纯产品',即总产量超过生产费用的剩余,实质上是剩余价值"②,重农学派理论的核心是纯产品学说。因此 простой продукт 作为通用的经济学术语,只能译为"纯产品",其他的译法都是不合适的。五位汉译者均未把这一词组当作经济学术语来看待,分别译为:"天然的产物"（查译）,"天然物产"（智译）,"简单产品"（王译）,"从土地上取得纯收益"（冯译）,"农业的纯利"（丁译）。我们看一下丁译的完整译文:

亚当·斯密却百读不厌,
经济学俨然造诣高深,
也就是挺会谈古论今,

---

① Ю. М. Лотман, *Роман А. С. Пушкина «Евгений Онегин». Комментарий*. Ленинград, 1983, с. 135.
② 《辞海（缩印本）》,上海辞书出版社,1999 年版,第 2236 页。

说说国家怎么能富足，

讲讲它赖以生存的门路，

为什么它有了农业的纯利，

简直连黄金也无须一顾。

以上三例均属于文化注释，下面我们选取三条语言注释。

例④：«Ужели, — думает Евгений, —

　　　　Ужель она? Но точно... Нет...

　　　　Как! из глуши степных селений...»

这是第八章第 17 节中的三个诗行。第二行中的"她"指的是小说女主人公塔季扬娜。此处的 степной 一词是语义古词，并不是现在义"草原的"。洛特曼解释道，该词"在普希金笔下有时用于'乡村的'之义——作为'文明的'这一概念的反义词"。如果把该词理解为"草原的"，那与作品中的事实也是不相符的，因为"塔季扬娜并不是来自俄罗斯的草原地带，而是来自西北地带……"① 冯译似乎注意到了这一点，虽然在译文中省略了此词（将 из глуши степных селений 译为"从偏僻的乡下到了京城"），但由于添补了"到了京城"，因此我们认为，其译文与洛特曼的注释是相符的。而其他四个译本都将此词误译为"草原的"，如王译：

"难道是她？"奥涅金心想，

"难道真是她？果然……不会……

　奇怪！从偏僻草原的乡村……"

由于例中的 степной 是 селение（村庄）的修饰语，因此洛特曼进而认为，

---

① Ю. М. Лотман, *Роман А. С. Пушкина «Евгений Онегин». Комментарий.* Ленинград, 1983, c. 355.

应将 степные селения 理解为 "简陋的、贫穷的村庄"。另外，洛特曼还指出，степной 一词在第八章第 6 节中也用于该义——"乡村的"。[1]

例⑤：Он верил, что друзья готовы
　　　За честь его приять оковы,
　　　И что не дрогнет их рука
　　　Разбить сосуд клеветника;

小说第二章第 8 节写的是连斯基的所思所想。此处的 сосуд 为语义古词，并非用于现在义 "血管，脉管" 或 "容器，器皿"。洛特曼解释道，该词 "在此处指武器，即连斯基相信，朋友们准备去砸碎诽谤的武器"。[2] 尚斯基也做了相同的注释。[3] 四个译本都在此词现在义 "血管，脉管" 的基础上做了引申，译作 "脑袋" "头颅"，分别把最后一行译为："击碎诽谤者的脑袋"（冯译），"击碎诽谤者们的头颅"（丁译），"那人的头颅会被碾成齑粉"（王译），"敲碎诽谤者的脑袋"（智译）。查译虽未译出该词的具体涵义，但也做了同样的理解：

　　　他相信朋友都肯为了他
　　　而甘心坐牢、戴上枷锁，
　　　他们连手也不会颤一下
　　　就去诛戮诽谤他的家伙；

例⑥：Он пел те дальние страны,
　　　Где долго в лоно тишины
　　　Лились его живые слёзы;

---

[1] Ю. М. Лотман, *Роман А. С. Пушкина «Евгений Онегин». Комментарий*. Ленинград, 1983, с. 355.
[2] Там же. с. 183.
[3] Н. М. Шанский, *По следам «Евгения Онегина». Краткий лингвистический комментарий*. Москва, 1999, с. 229.

第二章第 10 节中的这三行诗描写的是曾在德国留学的连斯基。智译、丁译和冯译都把第一行中的 дальние страны 译为"那些遥远的国度（或国家）"，智译的完整译文是：

他还歌唱那些遥远的国度，
在那儿，他曾长久地居住，
在寂静的怀抱中流过热泪；

根据小说的内容，我们知道，连斯基除了德国之外，并未在其他国家"长久地居住"。在洛特曼的注释中，дальние страны 仅指德国①。尚斯基也指出："дальние страны 指德国。"② 既然这里仅指德国，那么普希金为什么不使用该词组的单数形式，而用了复数形式呢？原来此处的 страны 系语义古词，不是"国家"之义，而是"地方，地区"之义。③ 也就是说，诗人用"遥远的地方"代换了"德国"。也许另两位译者意识到，如果将 дальние страны 理解成复数意义上的国家，那与小说内容是不相符的，因此就做了模糊其词的处理，分别译为"他飘零过的遥远国度"（查译），"遥远的异国风景"（王译）。

从以上的实例分析中可以看出，注本中的许多内容往往是一般的文学评论，以及介绍、赏析性质的文章或书籍中所没有的。注本中所解释的各种独特的文化现象和词汇的特殊用法也往往是我们的译者容易忽视的。毋庸置疑，注释本可以帮助译者降低译文的差错率，提高译文的准确性。不仅如此，这些内容丰富的诠释还有助于译者加深对某些具体问题、人物形象、抽象概念，甚至各种场景的认识和把握，因而对译者在移译过程中如何遣词造句，如何把握译文表达的分寸感，也都具有积极的作用。

---

① Ю. М. Лотман, *Роман А. С. Пушкина «Евгений Онегин». Комментарий.* Ленинград, 1983, с. 190.
② Н. М. Шанский, *По следам «Евгения Онегина». Краткий лингвистический комментарий.* Москва, 1999, с. 230.
③ *Словарь языка Пушкина:в 4 т.* Москва, 1956—1961, Т.4, с.391.

主要参考文献

А. С. Пушкин., Школьный энциклопедический словарь (Под ред. В. И. Коровина). Москва, 1999.

Бахтин М. М., *Эстетика словесного творчества*. Москва, 1986.

Бочаров С. Г., *Поэтика Пушкина*. Москва, 1974.

Буслакова Т. П., *Русская литература XIX века*. Москва, 2001.

Васильева А. Н., *Художественная речь*. Москва, 1983.

Введение в литературоведение/Под ред. Г. Н. Поспелова. Москва, 1988.

Виноградов В. В., *О теории художественной речи*. Москва, 1971.

Виноградов В. В., *О языке художественной литературы*. Москва, 1959.

Виноградов В. В., *О языке художественной прозы*. Москва, 1980.

Виноградов В. В., *Поэтика русской литературы*. Москва, 1976.

Виноградов В. В., *Проблемы русской стилистики*. Москва, 1981.

Виноградов В. В., *Стилистика. Теория поэтической речи. Поэтика*. Москва, 1963.

Виноградов В. В., *Стиль Пушкина*. Москва, 1999.

Виноградов В. В., *Язык и стиль русских писателей*. Москва, 1990.

Волгина Н. С., *Использование фразеологических средств языка в ранних рассказах А. П. Чехова.// Русский язык в школе*. 1960, № 1.

Галкина-Федорук Е. М., *О языке А. П. Чехова.//Русский язык в школе*. 1960, № 1.

Гинзбург Л. Я., *О лирике*. Москва-Ленинград, 1964.

Глухих В. М., *А. П. Чехов о качествах языка художественного произведения. // Русский язык в школе*. 1988, № 6.

Голуб И. Б., *Стилистика русского языка*. Москва, 2001.

Голубков В. В., *Художественное мастерство И. С. Тургенева*. Москва, 1955.

Горбаневский М. В., *Ономастика в художественной литературе*. Москва, 1988.

Гореликова М. И., Магомедова Д. М., *Лингвистический анализ художественного текста.* Москва, 1989.

Горшков А. И., *А. С. Пушкин в истории русского языка.* Москва, 2000.

Горшков А. И., *Русская словесность: от слова к словесности.* Москва, 2001.

Григорьева А. Д., *Язык поэзии XIX—XX веков.* Москва, 1985.

Демидова М. П. и др., *Лингвистический анализ текста.* Минск, 1988.

Еремина Л. И., *О языке художественной прозы Н. В. Гоголя.* Москва, 1987.

Ефимов А. И., *Стилистика художественной речи.* Москва, 1975.

Ефимов А. И., *Язык сатиры Салтыкова-Щедрина.* Москва, 1953.

Жирмунский В. М., *Творчество Анны Ахматовой.* Ленинград, 1973.

Жирмунский В. М., *Теория литературы. Поэтика. Стилистика.* Ленинград, 1977.

Ильинская И. С., *Лексика стихотворной речи Пушкина.* Москва, 1970.

Каплан И. Е., *Анализ произведений русской классики.* Москва, 1997.

Ковалев В. А., *«Записки охотника» Тургенева.* Ленинград, 1980.

Ковалевская Е. Г., *История русского литературного языка.* Москва, 1978.

Кожевникова Н. А., *Словоупотребление в русской поэзии начала XX века.* Москва, 1986.

Кожин А. Н., *Литературный язык до пушкинской России.* Москва, 1989.

Комедия А. С. Грибоедова «Горе от ума» в русской критике и литературоведении. Санкт-Петербург, 2002.

Костомаров В. Г., Бурвикова Н. Д., *Читая и почитая Грибоедова.Крылатые слова и выражения.* Москва, 1998.

Ларин Б. А., *Эстетика слова и языка писателя.* Ленинград, 1974.

Лебедев Ю. В., *«Записки охотника» И. С. Тургенева.* Москва, 1977.

Лингвистический энциклопедический словарь/Гл. ред. В. Н. Ярцева. Москва, 1990.

Лотман Ю. М., *Пушкин.* Санкт-Петербург, 2003.

Лотман Ю. М., *Роман А. С. Пушкина «Евгений Онегин». Комментарий.* Ленинград, 1983.

Манн Ю. В., *Поэтика Гоголя.* Москва, 1988.

Машинский С. И., *«Мертвые души» Н. В. Гоголя.* Москва, 1978.

Машинский С. И., *Художественный мир Гоголя.* Москва, 1971.

Никитина С. Е., Васильева Н. В., *Экспериментальный системный толковый словарь стилистических терминов.* Москва, 1996.

Новиков А. Б., *Словарь перифраз русского языка.* Москва, 1999.

Новиков И. А., *Тургенев — художник слова*. Москва, 1954.

Новиков Л. А., *Художественный текст и его анализ*. Москва, 1988.

Об Анне Ахматовой. Ленинград, 1990.

Огнев А. В., *Рассказ М. Шолохова «Судьба человека»*. Москва, 1984.

Основы литературоведения /Под редакцией В. П. Мещерякова. Москва, 2000.

Павловский А. И., *Анна Ахматова*. Ленинград, 1966.

Петриева Л. И., Пранцова Г. В., *А. С. Грибоедов. Изучение в школе*. Москва, 2001.

Писканов Н. К., *Творческая история «Горя от ума»*. Москва, 1971.

Поэтика и стилистика русской литературы. Ленинград, 1971.

Поэтические течения в русской литературе конца XIX—начала XX века (Хрестоматия) / Составитель А. Г. Соколов. Москва, 1988.

Пустовойт П. Г., *И. С. Тургенев — художник слова*. Москва, 1987.

Пустовойт П. Г., *Роман И. С. Тургенева «Отцы и дети»*. Москва, 1983.

Ревякин А. И., *История русской литературы XIX века*. Москва, 1985.

Ревякин А. И., *«Вишнёвый сад» А. П. Чехова*. Москва, 1960.

Рождественский В. А., *Читая Пушкина*. Ленинград, 1962.

Рудяков Н. А., *«Судьба человека» М. А. Шолохова*. //Русский язык в школе. 1984, № 2.

Русская литература XIX века/Под ред. С. А. Громова. Москва, 2003.

Русские писатели XVIII — XIX веков о языке/Под общей редакцией Н. А. Николиной: в 2 томах. Москва, 2000.

Русский язык. Энциклопедия/Главный редактор Ю. Н. Караулов. Москва, 1998.

Семанова М. Л., *Чехов — художник*. Москва, 1976.

Словарь языка Пушкина: в 4 т. Москва, 1956—1961.

Стилистический энциклопедический словарь русского языка/Под ред. М. Н. Кожиной. Москва, 2003.

Суперанская А. В. и др., *Современные русские фамилии*. Москва, 1984.

Томашевский Б. В., *Стилистика*. Москва, 1983.

Томашевский Б. В., *Теория литературы. Поэтика*. Москва, 1999.

Тынянов Ю. Н., *История литературы. Критика*. Санкт-Петербург, 2001.

Успенский Б. А., *Поэтика композиции*. Москва, 1970.

Уфимцева А. А., *Лексическое значение*. Москва, 1986.

Федоров А. И., *Образная речь*. Новосибирск, 1985.

Фомичев С. А., *Комедия А. С. Грибоедова «Горе от ума»* (Комментарий). Москва, 1983.

Ходасова А. П., *Крылатые фразы наших дней*. Москва, 1999.

Храпченко М. Б., *Николай Гоголь*. Москва, 1984.

Хренков Д. Т., *Анна Ахматова в Петербурге-Петрограде-Ленинграде*. Ленинград, 1989.

Чичерин А. В., *Очерки по истории русского литературного стиля*. Москва, 1985.

Чичерин А. В., *Ритм образа*. Москва, 1980.

Чичерин А. В., *Очерки по истории русского литературного стиля*. Москва, 1985.

Шанский Н. М., *Лингвистический анализ художественного текста*. Ленинград, 1984.

Шанский Н. М., *По следам «Евгения Онегина»*. Москва, 1999.

Шанский Н. М., Турьянская Б. И. *Этот загадочный «Евгений Онегин»*. Москва, 2001.

Шанский Н. М., *Художественный текст под лингвистическим микроскопом*. Москва, 1986.

Шаталов С. Е., *Проблемы поэтики И. С. Тургенева*. Москва, 1969.

Шаталов С. Е., *Художественный мир И. С. Тургенева*. Москва, 1979.

Эйхенбаум Б. М., *О литературе*. Москва, 1987.

Эйхенбаум Б. М., *О прозе. О поэзии*. Ленинград, 1986.

白春仁：《文学修辞学》，吉林教育出版社，1993年版。

曹靖华主编：《俄国文学史》（上卷），北京大学出版社，2007年版。

成伟钧等编：《修辞通鉴》，中国青年出版社，2007年版。

茨·托多罗夫编选，蔡鸿滨译：《俄苏形式主义文论选》，中国社会科学出版社，1989年版。

叶尔米洛夫：《论契诃夫的戏剧创作》，中国戏剧出版社，1985年版。

孙美玲编：《肖洛霍夫研究》，外语教学与研究出版社，1982年版。

钱中文主编：《巴赫金全集》，河北教育出版社，1998年版。

王德春编：《修辞学词典》，浙江教育出版社，1987年版。

朱逸森：《短篇小说家契诃夫》，华东师范大学出版社，1984年版。

后　　记

　　《俄罗斯文学修辞特色研究》（北京大学出版社，2004年）出版后，得到了不少业内人士的肯定与好评。《中华读书报》（2005年8月24日第16版）发表山东师范大学胡学星教授的文章《俄罗斯文学修辞研究新成果》，该文写道："作者将文学审美和修辞分析之间的微妙关系处理得十分妥帖。不管是考察人物语层，还是研究作者语层或作家语言，该书作者始终抓住文学作品语言的显要特征着手分析……在文学修辞领域取得了突破性成果。"《中国俄语教学》杂志（2006年第1期）刊登华东师范大学陈静博士的书评《务实求真的学术探索》，评论认为"该书的出版对于推动国内修辞学研究与应用的纵深发展无疑具有深刻意义"。教育部人文社会科学重点研究基地主办的电子期刊《俄语语言文学研究》（2006年第1期）也发表了北京外国语大学白春仁教授的《修辞艺术与修辞分析》一文，对该书做了推介。我国俄语语言文学界的一些老前辈和资深专家还写来书信以资嘉许和鼓励。尤其令我感动的是，著名学者、黑龙江大学教授李锡胤先生曾两次寄来手书，奖掖后学："惠赠之书《俄罗斯文学修辞特色研究》，已大部拜读了，深佩精深。尤其是关于维诺格拉多夫提出的'作者形象'理论谈得比较透彻。事实上，任何文学作品都折射出作者的形象，有的强烈些，有的平淡些。太史公所谓'读其文，想见其为人'，就是此意。中国文人往往'心知其意'足矣，不去条分缕析。足下引进他山'之玉'，作为加工本土'之玉'的方法，贡献不小。《人物语层篇》也写得很好，要言不烦，重点突出。关于阿赫玛托娃的两篇文章对我很有启发。"此外，该书于2005年被评为第五届南京大学哲学社会科学优秀成果一等奖，一些高校的俄语专业还将该书列入俄罗斯文学、文学修辞学方向的硕士或博士研究生必读书目。

作者在《俄罗斯文学修辞特色研究》的基础上做了大量的增补和必要的修订，遂成此书。增补部分包括《〈智慧的痛苦〉人物语言的口语化特征和诗律特色》《爱情诗篇〈致凯恩〉的修辞特色》《谢德林笔下的"伊索式语言"》《契诃夫小说的对比手法》《〈日瓦戈医生〉人物语言浅析》《抒情诗〈冬夜〉的艺术特色》以及《俄国文学名著注释本对汉译的重要参考作用》这七篇文章，新加入的篇幅约为原书的二分之一。

此书的有关内容已在《中国俄语教学》《外语研究》《外语学刊》《外语与外语教学》《解放军外语学院学报》《外语教学》《当代外国文学》《南京大学学报》《西安外国语大学学报》等国内核心期刊上发表。书稿的相关内容曾作为南京大学俄语专业硕士研究生课程"俄国文学名著修辞分析"的讲稿使用。

需要说明的是，张俊翔、赵丹、金晓慧、汪磊、高艳娟和刘宏伟为本书的撰写工作提供了各种帮助。本书的出版得到了商务印书馆外语编辑室冯华英编审和原黑龙江大学俄罗斯语言文学与文化研究中心主任孙淑芳的大力支持，谨在此致以诚挚的谢意！

王加兴
2017 年 1 月于南京大学仙林校区和园